MINGUO TONGSU XIAOSHUO
DIANCANG WENKU

民国通俗小说典藏文库·冯玉奇卷

# 春雨飞花·热血冰心

冯玉奇◎著

中国文史出版社

# 目　录

## 春雨飞花

## 热血冰心

春雨飞花

# 第一回

## 春雨飞花　哀怨芳心身世泪

"孩子，你快别哭啦，事到如今，你就该听从爸爸的话，还是回你的家里去吧。"这是一个很富丽很堂皇的上房里，裘将军的太太坐在炕床上，一面呼噜噜地吸着水烟筒，一面向歪躺在沙发上正抽抽噎噎哭泣着的女儿低低地劝告。

她的女儿锦花听了娘的话，遂坐正了身子，停止了哭泣，鼓着红红的小嘴，冷笑了一声说道："哼！这是邵国强的家，为什么偏要说我的家？这儿才是我自己的家，难道爸爸妈妈就不要我了吗？我偏不走，我要死也得死在这儿的。"她说完了这两句话，倒在沙发椅背上，掩着脸儿忍不住又呜呜咽咽地哭泣起来。

"哎，你这孩子还是那样脾气。"裘太太在叹过了一声气之后，她倒不禁又笑了起来，向正在房中反剪着双手踱步的裘廷章望了一眼，同时又努了努嘴，这是叫她丈夫劝劝女儿的意思。

裘廷章嘴里嚼着雪茄，好像很有些焦急的样子，他只管在室中来回地踱步。因为事情在发生困难的时候，他终是这样一个老样子的。

裘老太见丈夫并不理会自己的意思，遂也只好又接下去说道："孩子，你不是堂堂正正地已经和邵国强结过婚了吗？那么你们就是夫妇啦。既成了夫妇，他的家还不是你的家吗？唉，你真是一个孩子气未脱的姑娘。并不是说你来母亲家中住几天就讨厌你了，因为你要闹着一辈子不肯回去，所以咱们总这么劝劝你的。你要明白，比方说我嫁给你爸爸之后，难道也依然把妈的家当作自己的家吗？"

"可是你也不知道，那时因为妈妈爱爸爸的，我可并不爱他呀！"裘锦花回答的理由还是相当充足。但这两句话倒把他们老夫妇引逗得笑出声音来了。裘老太因为裘廷章曾经向自己望了一眼，所以她苍老的脸颊上也会盖了一层微红。她放下手中的水烟筒，把手拍了拍身兜上的烟末子，笑道："不过你已经嫁给他了，还能再反抗他吗？邵国强这孩子年纪虽然大一些，但事情很会干的。你爸爸为了怕你心中不快乐，特地提拔他做了师长，这样你也是一位师长太太，将来你的前途还不是很光明的吗？唉，一个人终应该满足，我们也只有你一个孩子，所以你爸爸老后，这个地位终也是你们夫妇所有的了，你为什么老是闹着不快乐呢？"

"你以为我希望做一个将军太太吗？"裘锦花听妈说了这么一大套劝慰的话，她心里头更感到悲酸一些。因为做娘的太不了解女儿的心理，所以恨恨地问出了这一句话，眼泪还是像雨点一般地滚了下来。

"孩子你这话奇怪，那么做人为了些什么？"裘老太还是不了解女儿心中的意思，皱了两条稀疏的眉毛，向她怔怔地愣住了一会子。

"做人为了些什么？……"裘锦花心头虽然怨恨到了极点，但她到底说不出苦楚来，噘了小嘴向她妈妈反问了一句，忍不住深长地叹了一口气。

裘老太被她反问得也有些莫名其妙，遂向裘廷章望望，谁知他还是热锅上的蚂蚁一样，团团地打着圈了。因为事情还得不到一个圆满的解决，所以在她心中也不免怨恨到老头子身上来，白了他一眼说道："这头婚事本来是你做的主意，现在女儿闹着不如意，尽管让我一个人唱独角戏，你不劝劝她倒也罢了，偏还能在室内团团地打圈子。你圈子再转下去，我的头脑子要痛晕起来了呢！"

裘廷章这才停止了踱步，靠在那花架子旁，喷去了一口烟，笑道："好太太，你也不要埋怨我了。我还不是为了急得没了主意，所以才打圈子吗？"

　　裘老太听了这话，又好气又好笑，啐道："这儿可不是跑马厅，我对你说你只管打着圈子，女儿难道就懂得你的意思了吗？这一些小小的事情，你就急得这份没了主意，亏你还是一位大将军哩！唉！"裘老太后面这句话至少有些讥笑他的意思。

　　"你不知道，常言道'清官难断家务事'，自己家庭中的事情，真是重不得轻不得的。比方说，我答应女儿和他离婚吧，这叫我面子上如何坍得了这个台？假使向女儿狠狠地教训一顿吧，说起来咱们一个独养女儿，她又如何受得了这个委屈？你想叫我为难不为难？倘然是别人家的事情，管他妈的！天大的事情我也这么不管死活地判决了下去。不要说这些小事，十万八万军队的事儿，我也早已解决了。"裘廷章听太太这么地讽刺自己，也只好向她苦笑了一下，接着把自己心头那番为难的意思，向她滔滔不绝地告诉出来。在他心中的意思，一方面固然是讨女儿的好，而同一方面也表示自己并非像太太所说的那样没有主意、没有判决能力的人。

　　可是裘锦花并不记她爸爸的情，冷笑了一声说道："那么为了怕丢了你的面子，难道就不管女儿终身的幸福了吗？况且女儿和他离婚，这是女儿自己的事情，和爸爸有什么相干？又不是爸和妈闹离婚，这才要被外界笑话的呢！"

　　"唉！你这孩子胡说！"裘廷章这才把脚在地板上一顿，表示有些恼怒的意思。

　　"妈，你们也不用发什么脾气给我瞧的。"裘锦花倒也刁得可爱，发脾气的是爸，而她却向妈这样地说，同时站起来身子，一面哭，一面说道，"反正你们把女儿是赶出了，我就去死好了，我就去死好了……"她口里说着话，人已向房门口走了。

裘锦花这一下子举动是瞧准了妈的弱点才实行的。果然裘老太急起来了，她一面跟着站起，一面哭叫着道："孩子，你是死不得的，你是死不得的！我是只有你这一个宝贝呀！你要死，咱们娘俩就一块儿去死吧！"

这样的话，裘廷章觉得事情是闹大了，他不得不委委屈屈地赶上一步，把锦花的身子拉住了，皱了眉说道："孩子，你的年纪也不小了，别这么地发脾气吧。你瞧眼前的情景，还是爸爸的脾气大，还是你的脾气大？我也没有什么得罪过你呀，你就闹死闹活了。这样吧，我也不做人了，叫阿根到药房里去买瓶安神片来，让咱们三个人一起吞服了可好？"

"何苦来，爸说这些气话给我听。"裘锦花虽然觉得爸是软化了，不过后面这句话，叫人听了有些不受用，就一面说，一面益发大哭起来。

大家正闹得不得开交，忽见嫣红匆匆进来报告道："老爷，表少爷从大清镇回来了！"随了这句话就听一阵皮靴声响，外面走进来一个身穿戎装的少年军官。他向裘廷章叫了一声姑爹，忽然瞧了锦花的情形，他倒是怔怔地愣住了一会儿。

廷章这才把锦花的身子放下了，向他说道："雨秋，你回来了，快坐下息息。"冷雨秋于是走到沙发旁边去，一面向裘老太太叫声姑妈，然后方坐了下来。

锦花见了表弟到来，自然不好意思再哭。她拭了拭眼泪，把身子退到母亲身旁去坐下了，垂了粉脸默不作声。嫣红倒上了香茗后，又把热毛巾偷偷地递给锦花擦了脸。这时裘廷章也在太师椅上坐下，把右腿搁在左膝上去抖动了一回，一面吸着雪茄，一面问道："雨秋，你瞧大清镇的军队怎样？纪律还好吗？有人报告谢旅长克扣军饷，这件事情到底属实吗？我这次派你去调查，大概你一定很详细的了吧？"

冷雨秋喝了一口茶后，摇了摇头说道："这件事情完全是诬告谢旅长的，因为他的部下都没说有这一回事。据说谢旅长告诉我，一个月前有个王得中排长因强奸妇女被处罚五十记军棍，现在人儿业已逃走，故而散布谣言，我想大概是这个情形的了。"

"唔！这王八蛋可恶得很！但谢旅长治军欠严，以后有强奸妇女等行为，理应枪毙了才是呀！"裴廷章点了点头，他心头不免有些儿着苦恼，遂愤愤地说。

雨秋道："据谢旅长告我，本当原欲将他枪毙，因为他颇有一些小功劳，所以从轻发落，以为人才难得，不料他竟怀恨在心，谢旅长也颇觉得遗憾。"

"那么这件事既已明白真相，倒放下我一心头事。你来回也辛苦了，且在这儿休养几天，至于军部里教导官一职另有他人担任了，你将来我尚有重用，所以你不必再去干这个苦差事了。"廷章听了这话也觉得谢旅长不错，遂很欣慰地回答，一面向雨秋表示慰劳，是又表示颇有提拔他的意思。

雨秋也很感激地笑道："承蒙姑爹热爱栽培，当然叫小侄感恩不尽。我回北京后，听说表姊已在上月嫁给邵国强了，我却没有赶得上喝这杯喜酒。"他说到后面因为公事已经完毕，遂把话题扯到私事上去了。

裴老太听他这么地说，方才叹了一口气，插嘴说道："雨秋，你快不要再说起这头婚事了，你想想总结婚不到一个月，锦花就要闹着和他离婚，这……叫我们真没了办法。现在你回来得正好，你也给我们代为劝劝她吧。"

雨秋听了这些话，一时倒不禁为之愕然，暗想怪不得我走进房中的时候，却见表姊眼泪鼻涕地在哭泣。一面想着，一面又向表姊望了一眼。不料锦花的秋波掠到自己脸上来，四目相接，她似乎感到有些难为情，颊上飞过了一阵红后，立刻又垂下了粉脸儿。雨秋这才低低地说道："好好儿地结了婚，为什么又会要闹离婚了？我想其中终有缘故的吧。"

"谁知道她是什么意思？"廷章站起身子，怕事情又要闹大了，自己还是一走了事为好，于是又说道，"你们谈谈，我军部例还有公事。嫣红，你叫阿根给我备车。"他一面说着话，一面已跟着嫣红跨出房门外面去了。

雨秋这时也跟着站起，在他是表示相送的意思。不过在他站起之后，他就没有再坐下去，向锦花又说："我听说姑爹已给国强升做师长了，那么这也是件很喜欢的事情……"

"得！得！表弟，你别站在爸妈那一派劝我，就是他做了军长，我也不会欢喜的。他们不同情我，你也不同情我……"锦花不待他说下去，就开始抬头把秋波逗了他一瞥怨恨的目光，先恨恨地埋怨他，但说到这里，泪水又扑簌簌地占据了她整个面容。

雨秋听了她末后这两句话，不但哑口无言，而且心中也感到有些黯然。因为他明白国强是个三十八岁的男子，但表姊却还只有二十三岁的年纪。假使国强是个面目英俊身材魁伟的男子倒也罢了，偏是个矮大块头的样子，仿佛一只肥胖的猪猡。你想叫一个风流美丽的表姊如何会爱上他呢？在这么沉思之下，因此要把劝慰的话便再也说不上口来了。

裘老太见雨秋被女儿抢白得红了脸儿，默不作声，还以为他有些生气了，遂向锦花瞅了一眼，也埋怨道："瞧你这个孩子真有些儿疯了，雨秋是听了我的话才劝告你几句，你不能得罪他的呀！叫他下不了台面子，可不是叫他心中生气吗？"

"我哪儿曾经得罪过表弟？"锦花被妈这么地一说，方才泪眼盈盈地瞟了他一眼，破涕嫣然地笑了。雨秋见表姊挂着泪眼会笑，觉得一个二十三岁的姑娘也还脱不了孩子气，忙也连连笑道："没有关系，没有关系，即使表姊骂我几句我也不会生气的。"

雨秋这几句话无非要引逗她高兴而已，其实在他是并无一些儿作用的。不过听到锦花的耳里，芳心倒不免荡漾了下，逗给他一个娇嗔之后，益发背过身子去笑出声音来了。裘老太见女儿回家后泪眼就没有干过，如今好容易也有笑的时候，内心也觉欢喜，这就说道："锦花，你听听，雨秋就像你亲弟弟一样。我瞧这么好的天气，你们别闷在家里了，还是到外面玩上一阵子。明天叫雨秋送你好好儿地回家，两小口子多几句嘴也是常有的事情，一会儿好一会儿闹算得了什么稀奇。"

锦花对后面这几句话，虽然有些格格不入耳，但前面这一同去玩的意思，她倒引起了无限的兴趣，于是伸手揉擦了一下眼皮，很干脆地站起身子笑道："也好，我不再自寻烦恼了，表弟，我们到城外一起骑马去好吗？"

"好的，表姊有兴趣，我当然奉陪。"雨秋因为姑妈先提议同玩的意思，所以也没有异议，表示赞成。

这时嫣红又走进房内来，锦花道："你叫阿诚去备两匹马儿，我和表少爷骑马玩去。"一面回头又向雨秋道："你等一会儿，我回去换身衣服去。"雨秋点头答应，锦花遂和嫣红匆匆地走到房外去了。

裘老太待锦花走后，她向雨秋低低地叮嘱道："雨秋，你表姊的脾气真是古怪，我瞧她对于你的话倒还听从，所以我把这件事情拜托你了，你千万给我负一个责任，叫她不要和邵国强闹离婚。假使她果然听从了你的话，我和姑爹都很感激你。对于你的前程问题，你放心，我终会叫姑爹竭力帮你忙的。

"姑妈，你也放心，我终会尽我的力量劝表姊不要跟姊夫离婚的。"雨秋口里虽然这么地回答，心里却在暗想：这可糟糕的了。表姊刚已对我说"他们不同情我，你也不同情我"，可见表姊对我还认作知音看待，那叫我再有什么话可以劝她呢？因为我在良心上说，确实也同情她的呀。

雨秋这么地沉思着，裘老太在一旁还是絮絮地叮咛着他。直到锦花穿着骑马的服装笑盈盈进来了，她才停止了说话，转向锦花道："锦花，你们早去早回，晚饭回家里来吃吧！我等着你们。"

"人家还没有开步走哩，妈就叫人家早回了，那么我们还是别去了吧，就算已经玩过回来了，那不是再快也没有了吗？"锦花在十分悲哀之余，今天表弟突然回到家里，而且一同骑马游玩，所以她是感到意外的喜悦，说话的时候表情是分外轻松。

"好啦好啦，你这妮子终会派我的不是。妈妈承认自己又说错了话，那终好了。"裘老太见女儿这么欢悦的神情，虽然感到女儿的脾气真有些古怪，但她也不去追思女儿为什么突然又高兴起来了。她含了满面皱纹的笑容，这话声是包在母亲含了讨饶的成分。

雨秋听姑妈这么地说，从可知表姊平日是娇养得这一份样儿的程度，遂向她望了回，只见她穿着戎装的打扮，俨然是一位英俊风流的英雄，别具一股子妩媚的风韵。因为她在母亲的面前至少还带着些小女儿撒娇的成分，望着她也微微地笑起来。

"奇怪了，干么望着我傻笑？走吧！"锦花的秋波又掠到雨秋俊美的脸蛋上来，她见雨秋出神的意态，遂逗给他一个娇嗔。在她说了一句走吧之后，身子已向房门口跨出去了。雨秋这才向裘老太点头作别，匆匆地跟出。

院子里四周植着许多高大的银杏树，西首堆着拖曳的假山，假山前有个小小的池塘。从假山上斜插出一支红杏，倒映在池水面上，显得分外艳丽。嫣红牵了两匹马，一黄一白，手里拿着两根马鞭子，见小姐和表少爷从上房里走出，遂含笑问道："小姐，你骑白马还是黄马？"

"我骑白马好了。"锦花先走到嫣红身旁，接过马鞭子分一根给雨秋，两人蹿身上马，一前一后的，先按辔徐行，踱出了松云别墅的大门。

是三月里暮春的季节，鸟语花香，草长莺飞。他们出了城外之后，一路上的风景自然格外美丽了。在经过了一阵子的疾驰，锦花不免香汗盈盈、娇喘吁吁起来。她勒住了丝缰，向前面的雨秋娇声叫道："表弟，我受不了了，你别太快呀！"

雨秋听了遂也停马不前，回头来笑道："表姊，你这么不中用吗？总跑不了多少路，你就感到累乏了吗？"

就在说话时，锦花从后面追上来，她冷笑着道："表弟，你不要小觑我，我偏要和你决赛一下谁跑得快！"她一面说，一面连连地加鞭，同时把马腹一夹，只听哗啦啦的一阵马蹄声，便向前绝尘而去。

雨秋见她刁难得厉害，把自己哄得停止了进行，她自己却抢前疾驰去了，于是也挥了一鞭子，那匹马跟着飞驰追上去了。

这一阵子疾驰，路跑得实在不少，前面已是山脉之地了。雨秋跟在她的背后，见她兀是疾驰，遂叫道："表姊！你歇歇吧，算我输给你了，那终好了。"

不料锦花仍旧向前飞跑，雨秋心里奇怪，只听锦花急急地叫道："表弟，那马发了性子，我收拾它不住了！"

雨秋听了这话，方才明白，忍不住笑道："你怎么会收拾它不住？把丝缰快勒住了呀！"谁知话还没有说完，只见锦花的身子已被马儿耸得横倒在马背上了。她又急又怕，不禁竭声地叫起来。雨秋到此，也吃了一惊，遂加上一鞭，把马疾驰到她那匹马的旁边，见锦花的身子差不多头向下、脚朝上的了，不过她的手还是拉住了丝缰不放，否则她的身子是已跌到地下去了。

正在万分危急之间，雨秋不慌不忙地把右臂伸了过去，将锦花的腰肢一把抱了过来。锦花的身子既到了雨秋的马背上，她手里拉着的丝缰也就放去了。这时候雨秋也把左手勒住缰绳，停住了马，笑道："表姊，别怕别怕，真的太危险了。"

锦花横在马背上一阵子颠簸之后，她早已吓得魂不附体，神志几乎也有些模糊了。此刻倒在雨秋的怀里，虽然惊魂稍定，但她的粉脸还是白一阵红一阵地变化着，同时额角上的香汗也像雨点一般地冒上来。

雨秋见她星眸微饧，娇柔无力，气吁不止，知道她确实又吓又累，一些气力都没有的了。一时心头又好笑，又觉爱怜，遂把她抱着跳下马背，走到山脚旁一堆草丛内坐下。这时锦花虽已清楚了许多，不过自己有倒在表弟怀里的机会也是很不容易，所以她索性装出吓昏了的样子，老实不客气地把整个身子都倒在雨秋的怀里，紧紧地偎住了。

雨秋见她这个神情，遂伸手理着她披散的云发，低低地唤道："表姊！表姊！你快醒醒吧！你快醒醒吧！"

锦花被他这一阵子的叫喊，当然不好意思再装糊涂了，遂微蹙了两条翠眉，把明眸慢慢地睁了开来，逗了他一瞥多情的目光，叹了一口气，柔和地道："表弟，这次要没有你奋勇相救的话，恐怕我是要跌得头破血流，没有小性命哩！"

"我问你，你下次还要逞强吗？"雨秋听她这么说话，忍不住微微地一笑，把头点了点，这表情至少包含了一些顽皮的成分。

"表弟，我再也不敢了。"锦花把头低低地回答，她躺在雨秋的怀内似乎得到了十分的安慰，白里透粉的粉颊上浮现了一丝妩媚的浅笑。

雨秋对于表姊会向自己讨饶了，一时倒也出乎意料之外的。因为她这娇媚的意态至少有些令人感到可怜的样子，所以他情不自禁地把手帕取出，给她额角上轻轻地拭着香汗，笑道："幸亏还好，否则把你跌得头破血流的话，叫我心中也太抱歉太肉疼的了。"

"表弟你也肉疼着我吗？"锦花对于他这句话感到惊喜，她乌圆眸珠一转，忍不住笑出声音来了，接着又道，"不过这次骑马原是我约你出来游玩的，就是跌伤了也不干你的事，你何必抱歉呢？"

雨秋说肉疼这句话原也无心的，如今被她这么地一问，他也感到十分难为情，微红了脸儿，笑道："你是我的表姊，我是你的表弟。姑妈刚才说过我像你的亲弟弟一样，那么你若真的跌伤了，怎么叫弟弟心中能不肉疼吗？"

"是的弟弟，你待我太好一些了，我真感激你！"锦花见他天真地说，芳心里有些感动，遂把他手儿紧紧地握了一阵，亲切地说。

雨秋觉得她的手软绵得可爱，同时见了她微微起伏的胸部，吹气如兰的口风，明眸含情脉脉地凝望了自己，他心里不免跳动了一下，遂低低地道："表姊，你此刻好一些儿了吗？我们站起来把那边两匹马儿去牵过来好吗？"

"我还觉得有些头晕，表弟，你不肯给我多靠一会儿吗？"锦花怎么舍得就离开表弟的怀抱呢？她把纤手摸着额角，蹙了眉尖低低地说。

"不，我并不是这个意思，既然表姊还有些头晕，那么你就不妨多靠一会儿。"雨秋没有勇气拒绝她的要求，只好反而用话去安慰她。

锦花感到胜利的喜悦，含笑点了点头说道："表弟，你真是一个多情温柔的青年……"雨秋听到了这话，两颊涨红了，却不知所对。锦花这就愈感到他老实得可爱，忽然噗的一声笑道："表弟，我想不到你这么一个文弱的人却有这一份的力气吗？"

"表姊，我不懂你说的是什么话。"雨秋似乎不了解般的神气问她。

"咦！你刚才不是把我身子猛可地抱过去的吗？当时我昏昏糊糊的，还以为一阵风儿把我身子吹到半空里去了。"锦花含了微笑低低地告诉。

"哦！那是我一时情急了，所以自己也不知打那儿来的一股子气力，就把你抱过来了。不过表姊的身材儿原也太娇小一些。"雨秋这才"哦"了一声，他情不自禁地说出了这几句话，微微地笑。

"嗯！表弟，我不依你取笑我。"锦花觉得这是一个撒娇的好机会，遂扭捏了一下身子，秋波逗给他一个妩媚的白眼，伸手在他身上打了一下，却又嫣然地笑了。

雨秋没有作答，心弦震动得厉害，也只好对她憨然地傻笑。锦花仰着粉脸，见他笑的神情实在俊美得可爱，真可说唇红齿白、一表人才的，遂把纤手抬到他的脸儿上抚摸了一会儿，瞟了他一眼，低低地叫道："表弟……"

"做什么？是不是现在好些儿了吗？"雨秋见她低声儿叫了自己一声，却是欲语还停的神气，一时误会她要站起身子来了，遂向她问了一句，同时扶着她的肋间是要她站起身子的意思。

锦花见他并不了解自己的芳心，一时真有说不出的怨恨，不过在表弟怀内实在躺了好一会儿的时候，大概他也有些累了吧，于是只好跟着他站起身子。但既站了起来，她忽然把身子又扑到雨秋的怀内去，把头儿靠到他的肩胛上。

"表姊，怎么啦？你……"雨秋不知她做什么缘故，心头有些惊慌，急急地问。

"没有什么，眼花缭乱的，只觉一片漆黑……"锦花抱住他的脖子说。

"那是你身子虚亏的缘故。表姊，你应该服些补品才是。"雨秋信以为真，遂拍着她的背脊，向她正经地劝告。

"表弟，你真会体贴女孩儿家的心理，我真感激你。"锦花觉得他一举一动一言一语的多情，因此心里也愈感到他的可爱，她微仰了粉脸，望着她柔声儿地说。

雨秋在她微仰起粉脸的同时，感到彼此脸儿的距离只有两三寸的光景。因为锦花的脸她太具有一股子妩媚的引诱力，兼之小嘴里吹气如兰的香味，把自己差不多有些熏醉的样子。他几次想低下头儿去接吻，然而他到底始终鼓不起这个勇气。最后他把锦花身子轻轻地推开了，微笑道："表姊，你站一会儿，我去把马儿牵过来，大家到半山上游玩一会儿好吗？那里有很美丽的花朵，还有小池塘，真是清静得很。"

锦花心中自然也很需要他热情的灌溉，然而使她失望得很。她觉得表弟究竟是个鲁男子式的处子，他的老实更衬托他的多情，所以虽有怨恨的意思，却更增了一分爱他的心。向他点了点头，雨秋便奔到草丛中去牵那低了头儿在吃草的马儿了。两人各牵了马匹，一同步上了半山。那边有平原一块，前有桃林一丛，在淡淡的春阳光芒下瞧那些花朵更灿烂得可爱。桃林的旁边有小池一方，里面浮萍落红相映成趣。雨秋把马匹拴在桃林下，他在池塘旁的石凳上铺上了手帕，向锦花招手笑道："表姊，我们在这儿坐下谈谈好吗？"

"表弟，你这儿也常来玩儿的吗？"锦花含笑和他并肩坐下来了，低声儿地问。

"是的，咱们也来玩过几次，因为这儿的风景太美丽了。"雨秋两眼凝望着池中的落红，毫不介意地回答。

"咱们？你们两个人来玩的吗？是谁？"锦花却相当细心，猜疑地追问。

"是……朋友……"雨秋这才意识到似的回过脸儿来，飞过了一阵红，支吾着说。

"我知道，是女朋友，对不？"锦花心头有些酸溜溜的滋味，但表面上还含了妩媚的笑。

"不，你猜错了……"雨秋搓着两手，很不好意思地笑了。

"哼！你还赖吗？不用吧。弟弟在阿姊的面前少说谎。你告诉我！那女朋友叫什么名字？"锦花冷笑了一声，她瞧出雨秋那种局促的表情是因为心虚的缘故。

"告诉你也不要紧，她是我的同学，名叫戴湘纹。"雨秋这才红了脸儿，老实地告诉了她。

"她今年几岁了？家里住在什么地方？"锦花心头有些悲哀的意味，但她兀自镇静了态度，含笑探听她的仔细。

"唔，大概十九岁吧，家里是狮子胡同第十四号门牌，这倒记不大清楚了。"雨秋虽然告诉了，但他还装出糊涂的样子。

"十九岁，比你小一岁，我想你一定爱上她了是不是?"锦花点了点头，秋波向他默默地望，她的话声有些凄婉的成分。

"咱们不过是普通的朋友，还谈不上爱与不爱的问题。"雨秋含笑低声儿辩解。

"那也不必骗我了。"锦花淡淡地说了这一句话，她垂下粉脸儿来默然了。

"表姊，"过了一会儿，雨秋把手搭到她的肩头上去，也问她说道，"我现在也问你一句话，你既然和国强结了婚，为什么此刻又要和他闹离婚?"

"你为什么要问我这句话？你心头存的是什么意思?"锦花听到表弟有了爱人的消息之后，她已经感到要哭，但还有些不好意思，此刻听到他问出这些话来，因此她的眼眶子里再也忍熬不住贮满了晶莹莹的泪水。

雨秋道："因为姑妈刚才叮嘱我，要我负责任来劝告你，请你不要再有这个意思。我负了这个使命，所以我不得不向姊姊再劝告几句……"

"可是我不希望听你说这些话……"锦花大胆伸过手儿扪住他的嘴，接着叹了一口气说道，"我已对你说过，你竟也不同情我……"说到这里，倒入他的怀抱哭泣起来，因为她胸口闷得紧，若不是这么地哭一场，她内心会更感到痛苦一些的。

雨秋被她这么一哭，自己眼皮也感到有些湿润起来，遂叹道："表姊，并非我不同情你，但是我觉得奇怪，你当初为什么要嫁过去？因为这不过前后不到一个月的时间，你既然情愿了，何必反悔？若不情愿，又何必要答应这个婚姻？所以我以为你的思想不免有些矛盾。"

"我何尝是心甘情愿的！"锦花被他问得哑口无言，这就益发痛哭起来说道，"爸爸说国强是个好人好角色，将来很有希望，他强迫我……我……"说到这里，她感到自己的意志薄弱，没有决断的能力，这不啻把自己的终身幸福在当儿戏玩，所以她痛悔得说不下去，抽抽噎噎地更加哭泣不停。

因为她哭的地方是在雨秋的怀中，所以他感到有些不舒服，遂把她扶起身子，望着她海棠着雨般的娇容，安慰她说道："表姊，你不要哭了，我的心也被你哭酸了。现在事情已到这个地步，你也只好委屈一些儿了。要知道离婚到底是件不名誉的事情，再说姑爹也不会答应你的。在谈婚姻的时候，当然有拒绝的可能。如今结婚已一个多月了，你还有什么可说的呢？所以你还是受些委屈，明天回家去吧。"

锦花见他的眼角旁也涌着一颗泪水，从可知表弟真是个富于感情的青年。她芳心在感动十分之余，更感到他的可爱，遂把娇躯又偎到他的怀内去，把粉脸靠着他的脸颊。叹息着道："表弟，别的事情可以受一些委屈，这……的事情，日子久长，叫我如何能够忍受得了？唉！我近来见了他，愈觉愈讨厌，愈觉愈惹气。又胖又丑，像一只猪猡。假使我和他做一辈子夫妻的话，我情愿一个人终身寡居的……"她一面絮絮地说，一面把脸儿略为偏过去。她的小嘴就凑在他的颊上，不过她的手指却十分多情地抹去他眼角旁的泪水。

雨秋虽然对于表姊对待自己的举动未免感到太显亲热一些，不过在她这么柔媚的手腕之下，又觉得缺少了抵拒的勇气，这就勉强推开了她的身子，也把手帕给她拭了泪水，低低地问道："表姊，那么你的意思预备怎么样呢？"

"我的意思……"锦花抬了粉脸，望着淡蓝的天空中是飘飞着朵朵的浮云。她见阳光已被浮云遮蔽了去，大地上的一切显出了一层阴影。她蹙了眉尖，似乎有些触景生情，感到自己往后的命运也会像浮云遮蔽了阳光一样暗淡。这就把手猛可地摇了他一下肩胛，秋波充满了坚强的毅力，说道："我的意思……决定和他离婚，我寻找新的生命。"

"可是离了婚后，又将怎么办？"雨秋觉得风儿吹大得多了，锦花鬟边的云发一丝一丝地飘飞起来。因为锦花这么坚决的口吻，使他心头感到竭度的紧张，还沉着脸认真地问。

"我……我……"锦花几次吐露到喉咙口的话，她终究没有勇气说出来。忽然她颊上飞溅了一点水珠，她意识到地叫道："表弟，你瞧天下雨了，那可怎么办呀？咱们到什么地方去躲一躲呢？"

"那边有山洞，我们快到洞里去吧。"雨秋也感到雨点落得大了，遂站起身子，取了石凳上的手帕，先到桃林下解了缰绳，和锦花把马一同牵到山洞里去。

山洞里的光线并不十分透明，有些黑魆魆的。锦花感到害怕，她把马匹系在山石上，偎着雨秋却不敢走进深处去。两人站在洞口，见天空由灰淡而变成黑暗，同时那斜风细雨也变成暴风狂雨了。锦花急道："雨落得这么大，我们怎么回去？"

"过一会儿自然会停止的，你担心什么？"雨秋拍着她的肩胛，含笑安慰着她。忽然他指着那边桃林又笑道："表姊，你瞧那桃花被雨淋打被风吹动，满天都是飞着花瓣，多好看的。"

"是的，真好看的……"锦花明眸望着春雨绵绵，满天飞舞的花瓣，她也附和着回答。不过她这说话的声音是包含了一些颤抖的成分。

"为什么？表姊，你又淌泪了？"雨秋似乎感到她的话声有些异样，遂低头去望她的粉颊，却笼罩着了无数点的泪珠。他不了解锦花心中的意思，遂急急地问。

锦花泪眼盈盈望了他一眼，脸上又浮现了一丝苦笑，低声地道："在这春雨飞花的情景之下，虽然是非常好看和美丽，不过到底有些暮春的凄凉。尤其在我的眼睛里看来，倍觉分外伤神。我觉得我现在的身世，正和那风雨中落红一样可怜，一样悲哀。唉！美丽的花朵，生命是多么短促啊！"说到这里，眼泪也更加扑簌簌地滚下来了。

"表姊，你太会多愁善感了。好好儿的为什么又想到这个悲哀的观念上去？不要太抱消极了。你瞧这雨实在落得太大了。我们别站在洞口，看一时里不会停止，还是走到里面找块大石坐坐吧。"雨秋听她这么说，一时心头也感到她的可怜，遂抹着她颊上的泪水，一面安慰，一面扶了她身子向山洞里面走进去。

不料总走了十余步路，锦花突然竭叫了一声"啊哟"，抱住了雨秋的身子，脸儿在他胸口乱藏。雨秋被她冷不防这么一来，当然大吃了一惊，以为锦花发现了什么怪物，他一面抱住了锦花，一面把腰间的盒子炮也拔了出来。

# 第二回

## 燃火息夜　坐对山洞待天明

雨秋既把盒子炮拔了出来，遂向锦花急急地问道："表姊，你瞧到了什么？你瞧到了什么？"锦花还是紧偎了他的胸怀，微侧转粉脸儿去，用了恐怖的目光向那边山石望着说："表弟，你瞧那是什么呀？"

"哦，那是松鼠呀。表姊，你别害怕。大概是因为天下了大雨，所以它们也到山洞里来躲雨了。你瞧多好玩的，它们也有两只哩！"雨秋随了她的手指的山石上望去，他忍不住笑出声音来了。他把刚才极度紧张的心儿又松弛了许多，护抱着锦花的手儿也放松了，同时他把盒子炮依旧放入皮匣子内，含了微笑向她告诉。

锦花被他一说明，方才也瞧清楚了，遂笑道："起初我还以为是条蛇儿呢，不知道它们也是表姊和表弟吗？"她说到这里，把粉脸儿又回了过来，秋波掠了他一眼，妩媚地微笑着问。

"也许它们是表哥和表妹。"雨秋听她这句话说得有趣，遂忍不住也微笑起来说。在他心中的感觉，这位长大了自己三岁的表姊，在神情上、在举动上真像自己表妹一样娇憨和温柔。

因了他这也许两个字，使锦花心中也有个也许的感觉来。她嫣然地笑道："不过我的猜测，也许它们是对夫妻。你瞧它们偎在一起是多么亲热啊！"锦花说完了这两句话，故意把娇躯又偎到他的怀内去，显得分外亲热的样子。

雨秋心中忐忑地一阵子乱跳，他的两颊不期然地微红起来。经过了一阵愕住之后，他把锦花的手拉住了，向里走了几步，说道："表姊，我们找个地方坐坐吧。"

锦花见他每次听到自己含有意思的话儿之后，他终显出木然无知的神气。虽然她明白这绝不是表弟不懂情义，也许正因为他懂得情义，所以才这么假装木人的吧。她在怨恨中有些悲哀的滋味，忍不住轻微地叹了一口气。

雨秋却并不理会她心中的悲哀，他找到了一块大石，自己坐下一半，其余一半的地方给锦花坐下了。两人并坐大石上，还可以直对地望到洞外的雨景。花朵在满天地飞舞，树叶枝儿在不停地点头。雨秋笑道："表姊，在山洞里面瞧外面的雨景，这也真是一件难得的事情。好好的天气，突然会下此大雨，这可怪不怪?"说到后面，又有些嗔怪老天的意思。

"那确实是件难得的事情，尤其和我心爱的表弟在一处。"锦花听他这么地说，频频地点了下头。她把身子偎紧了雨秋一些，含笑回答，可是她并不注意他后面这两句话。

雨秋回头望了她一眼，不禁噗地一笑。锦花被他笑得难为情，粉脸儿又涂了一层玫瑰的色彩，把手扳住他的肩头，秋波斜乜着他，忸忸地问道："你笑什么?"

"没有什么……"雨秋也微红了脸儿，低低地说，接着他又瞧了一下手表，有些忧愁的口吻说道，"已四点半了，这雨不知什么时候才会肯停止。"

"让它落一夜也好……"锦花哧地笑起来，但又觉不好意思，遂蹙了眉尖，正经地问道，"表弟，这雨假使真的不停止，那么我们怎样办?"

"有什么办法? 还不是只好在山洞里坐一夜吗?"雨秋听了这话也不禁愁眉苦脸地搓着两手。他望着山洞外风是风、雨是雨的情景，低低地回答。

锦花起初的芳心里也是十分忧愁，此刻听到他这两句话之后，她立刻又感到欢喜起来，暗想：不错，我们在山洞里可以坐一夜的。那么但愿老天爷真的落他一整夜的大雨吧，也好给咱们这样相依相偎地亲热了一夜。不过在她表弟面前还故意拿话去挑逗他说道："表弟，我们整夜地在外面，不怕……"

"怕什么？我是什么都不怕。可是我只怕你没有吃晚饭，会饿得受不了的。"雨秋并不待她说下去，就先接着回答她，同时回头望了她一眼，似乎有些忧愁的样子。

锦花见他又误会了自己的意思，心中不免感到好笑。不过从他后面这句话中猜想，可见他是很疼爱我的身子，一时心里不免荡漾了一下，笑道："并不是这个意思。我倒不怕肚子饿，饿一餐终还可以受得了。"

"那你怕什么？哦，你怕有什么野兽会来伤害你吗？不过有我在你的身边，你可以不用害怕的……"雨秋还是不了解她心中的意思，遂向她温和地安慰。

"是的，我有表弟陪伴着我，我什么都不怕，我希望表弟能永远地在我的身边。"锦花知道纯洁清白的表弟绝不会想到这些卑鄙的事情，所以他始终误解我的意思。她觉得表弟的可爱，同时也觉得自己的羞耻。她说完了这两句话，她满眶子的热泪忍不住又涌上来了。

"表姊，你干什么又伤心了？"雨秋见她痴得可怜，话声有些颤抖的成分。

"我并没有伤心，我感到很快乐。"锦花慌忙伸手擦了一下眼皮，秋波斜乜了他一眼，她又妩媚地笑。

雨秋见了表姊挂着眼泪的笑，不知怎么的，他也感觉到有些难受，遂微微地叹了一口气，把脸儿又别向山洞外面去见那倾盆样的雨点了。

风只管地刮，雨只管地落，而天空已完全地昏暗下来。山洞外的桃花和树叶都已模糊得瞧不清楚了，山洞里的光线自然也越发黑沉沉的了。因为眼前都已黑暗的缘故，所以四周也更显得分外寂静。

但是因了寂静的缘故，倒又显得山洞外的风雨之声，俄而如万马奔腾，俄而若千军哭喊。这响声触送到锦花的耳里，真有些心惊胆寒，全身不寒而栗起来。她忽然偎紧了雨秋的身子，低声道："表弟，我心里太害怕了。"

"表姊，你不是说有我在你的身边，你并不害怕吗？"雨秋抱着她的娇躯，向她含笑低低地安慰。锦花颤抖地应了一声，她的粉脸已贴到他的颊上去说道："不过我瞧不见你，我觉得我的四周太黑暗了。"

"你别害怕，我会想办法驱逐咱们这四周的黑暗。"雨秋灵机一动，他觉得自己糊涂得可怜，于是他把锦花身子扶起来，笑道，"我可以拾些枯枝来烧的，那么咱们四周不是可以光明了吗？"

"表弟，你带着火种吗？"锦花把身子在大石上坐正了向他低低地问。

"唔，表姊，你坐一会儿，我找枯枝去。"雨秋说着身子已走开去。

"表弟，你别走远。"锦花的话声是颤抖得厉害。

"你别怕，我一会儿就找来了。"雨秋见她那么胆小，他又忍不住笑出声音来。

不多一会儿，锦花的眼前忽然闪烁着火光。她见雨秋已燃烧了一根枯枝，同时他左手又抱了一大堆的枯枝。锦花既瞧到雨秋的脸儿之后，她胆子大了。而且也欢喜得跳起来，含笑迎上去帮着他捧过枯枝堆在大石的面前。然后把那根已燃烧的枝条抽在下面，于是那堆枯枝便燃烧起来。

一大堆的枯枝燃烧之后，黑暗就悄悄地溜走了。雨秋拉了她的手，大家又在石上坐下来了。望着闪烁不停的火光，锦花的脸庞像一朵芙蓉花。于是他低低地问道："表姊，你现在终可以不用害怕的了。"

锦花点了点头，她脸部的表情至少还包含了一种天真的成分，笑道："我只要瞧到了你的脸儿，我心里就一些儿害怕也没有了。"

雨秋觉得表姊对自己说的话，每一句里面终是有着那样缱绻的情意。他心头怎忑跳动之余，确实感到有些儿害怕，遂沉寂着脸部的笑容，默然地出了一会子神。忽然他把刚才所没有谈完的问题又提起来，望着锦花那种妩媚的神情，低低地道："表姊，你的意思一定要和国强离婚。不过离婚终得有个理由，无缘无故的，这话如何说得出口？所以我以为不大妥当……"锦花想不到他又会谈起这些话，就颦锁翠眉，冷笑了一声说道："这是很简单的理由，因为我不爱他。"

"你不爱他？那么你为什么要嫁给他？假使在法庭上的时候，这句话是法官必然要向你责问的一句。"雨秋并不同情她的苦楚，向她这么地反驳。

"可是你并不是法官，你不应该向我问这句话……"锦花逗了他一眼怨恨的目光，眼泪大颗儿地又滚了下来，说道，"你应该同情我的遭遇，因为我是被迫于父母之命而牺牲终身幸福的一个姑娘。"她说到这里，倒入雨秋的怀抱，忍不住又呜呜咽咽地伤心着哭泣起来。

雨秋有些无法可想的样子，他抚摸着锦花乌亮的头发，两眼望着融融的火光，愕住了一会子后，方才低低地道："我虽然同情你的遭遇，然而外界未必会同情你而谅解你的。所以我觉得已经是结过婚了之后，你此刻提出离婚的条件还太早。"

"那么照你说，到什么才可以提出离婚的条件呢？"锦花并没有离开他的身怀，依然紧紧地偎住了他，停止了呜咽问他。

"当然要到了国强对你有冷淡或虐待的举动时候，这才有了充分的理由可以提出离婚的条件。"雨秋这才告诉了她自己的意思。

"照你这么说来，我是永远没有和他离婚的时候了。"锦花听到这里，忍不住又呜咽地哭泣不止。

"我不懂你这话是什么意思？"雨秋有些不了解的样子，遂把她身子扶起来，瞅住了她海棠带雨般的娇靥，低低地问。

锦花把纤手揉擦了一下眼皮，叹了一口气说道："国强长几颗脑袋，他敢虐待我？老实地说，我恨他，我骂他，我冷淡他，我天天给他白眼看。可是他就像没气死人的样子，不但不跟我吵嘴，而且还一味地赔小心。在这个情形下，你叫我还有什么理由可以说他的不是吗？所以对于你的这一番见解，我是永远没有重睹天日的一天了。表弟，我应该在这黑暗地狱中过着痛苦的生活吗？"

雨秋见她说到这里，眼泪又盈盈地落了下来，遂沉吟了一会儿说道："不过凭良心说，国强待你确实太好了，你也不应该抛弃他。所以我的意思你应该以他那么待你的热情去对待他，那么夫妇之间就自然和好起来。明天我准定送你回家。表姊，你千万不要执拗。假使你疼爱你弟弟的话，那么你就应该听从我的话。"

锦花起初芳心里还有一层怨恨的反感，不过听了他后面这两句话，她的怨恨又消失了。为了要表示自己确实是爱他的，所以她不得不委委屈屈地答应下来，说道："表弟，我爱你，我就听从你的话。"说到这里，倒入他的怀抱又哭了。

雨秋听了她这一句听从了的话，他心里真有说不出的快乐和安慰。他觉得自己在姑妈那里是完成了一件重大的使命，遂抚着她的背脊，含了微微的笑容说道："表姊，很感激你听从我的话……"

"不过……表弟，我要有个条件的。"锦花不等他说下去，她立刻又坐正了身子，泪眼盈盈地瞟着他说。

"是个什么条件？"雨秋在愕住了一会儿之后，他猜疑地问。

"这条件就是请你住到我的家里去，因为我太冷静，我想常常能够和你见面在一块儿，你能答应我吗？"锦花这才把手搭着他的肩胛，含了央求的口吻，向他十二分痴情的样子说。

"只要国强那儿没有什么问题，我终可以答应你的要求。"雨秋想了一会儿，遂望着她粉脸儿轻声地回答。

"国强有什么问题？表弟，我不解你这句话是什么意思？难道一个表弟在表姊家里住几天玩玩有什么不合情理的地方吗？"锦花听他这句话中显然有神秘的作用，这就镇静了态度问他有些责问的口吻。

雨秋只希望她有这几句坦白的话，所以他感到无上的安慰，点了点头，笑着赔错道："可不是，那也许是我多虑的缘故。"

锦花却逗了他一瞥怨恨的目光，慢慢地垂下粉脸儿来。雨秋也装出不理会地没有作声，拿了一根枯枝去拨拢着正在燃烧得很旺的树枝条儿。彼此静坐着各自出了一会子神。外面的风雨还是没有停，虽然是比较小了一些了。雨秋偶然回头向她望了一眼，见她把纤手按住小嘴打呵欠，瞧手表已经九点多了，遂向她低低地问道："表姊，你倦吗？那么靠着睡一会子吧。"

"倒不倦什么，只是有些冷丝丝的。"锦花说着话，还是接带着打了两个呵欠。雨秋伸手摸了她一下手，似乎有些凉意。他知道表姊的感到冷是有好多种的缘故：第一，也许肚子有些饿了；第二，在这荒僻的山洞里；第三，是凄风苦雨的深夜；第四，心中还有种种的不如意。瞧了她那种打呵欠的表情感到了楚楚可怜的意思，这就怕她明天因此会生病的，遂劝她说道："表姊，你就靠在我身上躺一会儿吧。"

锦花听他这么地说，心中又感到他的多情，于是把身子倒在他的怀里，微仰了粉脸，望着他赧赧然地一笑。这一笑妩媚得太好看了，雨秋心头也震动了一下，遂问道："你这么躺着还觉得舒服吗？"

"在我当然是很舒服，不过……"锦花含情脉脉地望了他一眼，低低地说道，"表弟，你不是太受累了吗？"

"我倒不要紧。因为在过去我在冰雪连天中，也曾经三天三夜没有睡觉过，今天这么的一夜，似乎不算怎么的一回事。"雨秋摇了摇头，微笑着安慰她。

"表弟，我觉得你太勇敢了。"锦花听他这么地说，她的纤手撩到雨秋的脸颊上，十二分爱怜的情意温柔地抚摸着。

"表姊，你睡熟吧。"雨秋笑了一笑，把她手儿拉了下来，温柔地握了一会儿，低低地催她睡熟的意思。锦花见他对自己仿佛当作一个小孩子般看待，虽然自己比他还大了三年，不过自己此刻躺在他的怀内，也会像在慈母怀抱里一样安慰。她含笑点了点头，握着雨秋的手儿真的微微地入梦乡去了。

锦花睡去了后，四周是更显得寂寞和冷静了。雨秋并不敢动一动地坐着，怕惊醒了锦花。不过他还没有肯定锦花究竟睡着了没有，遂把手心凑到她的鼻管旁边，似乎微微地有股子气息在吹送，于是他知道锦花确实是睡着了，他笑了一笑，又叹了一口气，觉得表姊简直像个小孩子一样。夜风从山洞外吹钻进来，锦花熟睡的身子似乎也会抖动了一下。他觉得睡着的人是很容易受寒的，这就把她握着自己的纤手轻轻地放下，然后解脱了自己上装的衣纽，脱下来军服的上装，给她身子上轻轻地盖了下去。

大约有了一个小时之后，表上的时针已指在十一时了。雨秋抬头见山洞外的雨点是细小了，风儿也平静了许多。因为自己的面前燃烧着枯枝，所以瞧到外面还是黑漆漆的一片。不过那堆枯枝已是燃烧得剩余烬了，山洞里的光线自然也不像刚才那么明亮。雨秋想再找些枯枝加上去，但又怕因此而闹醒了锦花，所以他只好任它慢慢地熄灭下去。

这当然是出乎意料之外的，枯枝的火光在熄灭不到十分钟，忽然从洞外透露进来一片清辉的光芒。雨秋连忙抬头望去，使他感到意外惊喜的，原来天空中的浮云已经散去，此刻显出一方青布样的天空，而对着山洞的当空悬起了一轮光圆玉洁的明月，想不到在这凄风苦雨之后，竟然有这么一幅清幽的画片。他情不自禁暗暗地念道："好一个光圆的明月。"凝望着这一轮光圆的明月，在雨秋的眼前，仿佛明月里映现了一个姑娘的脸庞。她有玫瑰花样的两颊，柳条儿那么的眉毛，碧波那么的明眸，樱桃似的小嘴，玉蜀黍似的洁齿，浅笑含颦，美目流盼。虽然不及表姊那样风流妩媚，却胜过了表姊的温重幽静。雨秋脑海里有了这一个幻象之后，他的脸上不自然地浮现出一丝笑意，暗想到大清镇前一天曾经和她同游了一次中山公园，分别至今，算来也有两个月光景了。在这两个月中，她一定很记挂我，花晨月夜终会想起我这个人吧，当然因为我也没有一天不在想念她的。雨秋在这么感觉之下，明月内那个粉脸似乎有些薄怒娇嗔的样子，她在怨恨地埋怨着道："你既然回来了，为什么不先来瞧望我？"

"是的，我原想先来望你，不过我终以为该先完毕了公务。至于表姊叫我同游的事情，是意外的枝节，所以你应该原谅我的……"雨秋望着光圆的明月，他情不自禁地低低地自个儿说出了这几句话。

不过四周依然静悄悄的，当然不会有什么人去回答他。雨秋这才感到自己也会痴得那么有趣，忍不住好笑起来。谁料正在这个时候，锦花"哎"了一声，却醒了过来。她睁眸一见山洞里是那么漆黑一片，糊里糊涂地还以为雨秋丢下自己走了，她芳心里这一害怕，立刻尖锐地竭叫起来。

锦花这一声竭叫不打紧，把正在沉思的雨秋真是大吃了一惊，慌忙抱住她的身子，低低地唤道："表姊，你怎么啦？梦魇了吗？"

"表弟，你没有走开？你就一直在我的身旁做伴吗？"锦花经他一抱，方知洞里虽然这么漆黑，但自己依然躺在表弟的怀内。她在得到无限安慰之余，心头真是有说不出的感激，遂也紧抱了他的身子低低地问。

雨秋笑道："我几时曾经离开过？你不是躺睡在我的身上吗？"锦花只好说谎道："我做了一个梦，梦见表弟丢下我一个人走了，所以我急起来。表弟，怎么枯枝烧完了吗？"雨秋告诉到这里，指着山洞外笑道："表姊，你瞧天不但晴了，而且还有个挺大的月亮哩！"

"啊哟！真的，好大的月亮！"锦花回过头去，一眼瞥见了，她情不自禁地坐正了身子，一面伸手理着睡乱蓬松的云发，一面惊喜地说。

雨秋在她坐正了身子之后，遂站起来，又去拾了一大堆枯枝堆在地上，继续地燃烧。经此一烧，山洞里恢复到刚才的明亮。锦花见他身上只穿了一件衬衫，方欲问他上装到哪儿去，瞥见到他的上装却落在自己的脚边。锦花原是个聪敏的女子，她在乌圆眼珠一转之后，这就恍然地明白起来，遂很快地把上装拾起，走到雨秋的面前，提了衣领子，是给他穿上的意思。

"火光烧得那么旺，我倒不感到寒冷。"雨秋是蹲在地上拢着枯枝，他似乎理会她这一个举动，虽然他已经站起了身子，不过口里还这么地说。

"还说不会寒冷，此刻到底夜深了，而且四周又那么荒凉。表弟，我觉得你的爱我，真把我当作了亲姊姊的样子，我实在太感激你了。"锦花秋波逗了他一瞥，又嗔恨又爱怜的目光，一面服侍他穿上衣服，一面感动地说。

雨秋在穿上衣服之后，又回过身子面对着她，笑道："表姊，你末了这句话说得使我感到非常快乐，所以我希望你也得把我当作亲弟弟那么地疼爱。我觉得人与人之间对于这一些爱，是最纯洁、最伟大而且最悦快的了。"

"是的，表弟，我知道你是个理智健全的青年……"锦花对于他的这些话当然也了解，无非声明不能接受超出表姊弟范围之外的爱情罢了。不过锦花相信他并非是不爱自己，他可说是真正地爱自己。她只感到雨秋的多情、雨秋的伟大和那光圆明月一样皎洁温和。她偎到雨秋的胸怀，把手扣着他的衣服上的纽子，微仰了粉脸，眼角旁展现了晶莹莹的泪水，话声是包含了凄婉的成分。

雨秋对于她这个多情的举动，心里除了喜悦之外，自然地也感受到一些凄凉的意味。尤其在瞧到她眼角旁展现着泪水的情景，他明白表姊心中是充满了甜酸苦辣的滋味。他确实同情着表姊，不过他除了同情之外，没有给予她现实的安慰，因为在他的心头当然也有说不出的苦衷。遂伸手把她眼角旁的泪水抹去了，笑道："表姊，你别傻了。好好儿的又伤心干吗？你这一觉也睡了一个半的钟点，大概此刻精神又舒畅得多了吧？来，咱们到洞外赏月去。"

锦花知道他竭力把话题扯开去，是避免我伤心的意思。她心中奇怪，这样富于感情的表弟却竟也同样地具有这么冷静的理智，始终把我的情感镇压了下去。不过她也明白这是因为自己和国强结婚了的缘故，她恨自己为什么会屈服在爸爸强迫势力下而做了盲目婚姻的牺牲品，当初何以一些也不反抗？她心里是痛悔到了极点，而且也伤心到了极点。虽然身子是被雨秋拉着一同走出山洞外去，但她满眶子里的热泪仍旧扑簌簌地滚湿了衣襟。

这时山洞外的平原上那一片景致，和白天里是另有一股子幽静的风韵了。桃花虽然经过一阵子暴风雨的飘淋，但此刻在那清辉柔软的月光笼映下，更显得艳丽可爱。花瓣上留着的雨水亮晶晶地一闪一烁，这好像古代美人身上的服饰添了许多名贵的珍珠。那个小小的池塘里水差不多已溢到池面上来了，微风吹动着水波，月影倒映其间，仿佛是倒翻了一片水银。

雨秋睹此幽美的夜景，他全身感到无限轻松，只觉精神为之一振，头脑也清新了许多，遂回眸望着锦花笑道："表姊，你瞧碧天如洗，月圆如镜，好一片大自然的境界。我觉得这幽静美丽的春夜，到底比白天里更使人感到留恋一些……"说到这里，忽然在月光下瞧到锦花的粉颊上和桃花同样地沾着晶莹的水珠，他怔了一会子，故作惊讶的口吻说道，"天又下雨了吗？"

"不，这么好的月色，哪会再下雨？"锦花并不理会他问这句话的意思，她很忠厚地辩答着。

"既没有落雨，你的脸上哪来这许多的雨水？"雨秋望着她微微地笑。

"也许一阵风吹来从树叶上滚下来的。"锦花这才明白他的意思，遂抬手儿去揉擦了一下，她这次回答的也是相当俏皮。

雨秋笑了，锦花在逗给他一个娇嗔之后，也破涕嫣然地笑起来。

"表姊，你这一笑，我念两句诗给你听：'桃花纵具娇颜色，输于卿淌两点春。'你听我念得切不切？"雨秋望着她的粉脸，情不自禁地说出了这两句话。锦花"嗯"了一声，伸手向他一扬，做个要打的姿势，但不知怎么的一个感觉之后，她把手儿落了下来，轻轻地叹了一口气，低低地道："表弟，我也念两句别人家的诗给你听：'一朝春尽红颜老，花落人亡两不知。'在这里说的还是红颜老，而我以为在不如意的环境里，红颜虽然未老，恐怕也会像今夜春雨中的飞花一般地幻灭了。"

雨秋觉得表姊这几句话当然是自感身世可怜而发的，一时也不禁为之黯然神伤，这就握住她的手儿，劝慰她道："表姊，你为什么要抱怎么悲观的思想？我以为表姊是个学校中的高才生，当然你一定有不平凡的思想和抱负。所以我的意思，你应该挣扎地起来有个奋斗，为大众创造幸福的精神。因为咱们青年在这一个时代之中，实在还有更重大的使命哩！"

"表弟，你这话说得真不错，我希望你能够多给我一些勇气，至少来干一件有益于社会的事情。"锦花感动地回答，她的泪又像泉水般地涌上来。

"表姊，你这话才对了。那么你应该高兴，似乎不应该再淌泪呀。"雨秋两手按住她的肩胛，用了温和的口吻向她含笑着说。

"是的，我当然很高兴……"锦花拭去了泪水，但她这句话是说得非常勉强。

"既然很高兴，那么你就对我笑一笑。"雨秋倒又显出顽皮的神情，向她缠绕着。

"你真顽皮……"锦花在嫣然一笑之后，她到底又感觉难为情，这就别转身子去，又回进山洞里面去。锦花走进山洞，见那堆枯枝融融地还燃烧得很旺。不知怎的，她身子感到有些寒意，于是坐到大石上，俯了身子伸了两手烤火。不过她有些明白，所以寒冷多半还是为了肚子饿的缘故。瞧了瞧手表，还只有十二点过十分。假使这是在城内的话，此刻也许正是舞厅馆子散场的时候，咖啡、黄松松的奶油蛋糕……不过抽象的甜蜜抵不住现实的饥饿，肚子里叽里咕噜地也更吵闹得厉害，嘴里的清酸的水会溢上来。锦花是个贵族小姐，平日里不要说一顿不吃，就是丫头迟拿上来十分钟她也会饿得受不了，所以此刻她心头的难受真也不是一支秃笔所能形容其万一的了。

不料正在感到饥饿十分的当儿，突然听到"砰"的一声枪响触入了耳朵鼓。因为是深夜的缘故，其声格外清晰响亮，锦花由不得大吃了一惊，立刻抬头望去，这才意识到雨秋并没有跟着走进山洞来，她"啊哟"一声，芳心像小鹿般地乱撞，以为表弟在外面一定发现暴徒了。锦花到底是真心爱着表弟的人，所以她虽然吓得全身发抖，不过她究竟鼓足了勇气，很快地奔到山洞外面去，口里还高声叫道："表弟！表弟！你怎么啦？你怎么啦？"

哪知话声未完，雨秋先笑嘻嘻地走进山洞来，两人险些儿撞了一个满怀。锦花急问道："表弟，你为什么开枪呀？真把我急死了！"

"你瞧这是什么东西？它知道你今夜会饿得受不了，所以出来给你充饥了。"雨秋把手中提着的那只血淋淋的野兔子向她扬了扬，笑着告诉她。

锦花这才惊魂稍定，笑了一笑，说道："这么脏的东西，如何可以吃呢？"雨秋笑道："肚子饿的时候，还管它脏不脏，这真是天大的幸福呢！"一面说，一面拉了她的手到大石上坐下。在怀内又取出一柄小刀，把兔子的毛皮刮去，切下四条腿儿，用树枝条儿夹着烤火。不多一会儿，那兔肉也烤熟了，递到锦花的面前，笑道："表姊，咱们今夜复古做个原始人，不要以为它脏，这兔肉也是极鲜美的哩！"

锦花起初还不敢吃，后来实在饿极了，因此也只管吃了。不料一吃到口里之后，她倒吃出滋味来了，秋波斜乜了他一眼，抿嘴嫣然地笑了，说道："表弟，假使我和你一辈子就在这山洞里生活，我心中倒也不再有其他的奢望了，不知你心中也有同样感觉吗？"

雨秋不敢向她表示明显的意见，也只好含糊地回答了她。同时为了要时候过得快一些起见，雨秋又把上次随军出征的经过绘声绘色地告诉了她。锦花听得出了神，所以也忘记疲倦。如此不知不觉地过去，回头向山洞外一望，谁知东方已经是发白了。两人这才牵了马匹，匆匆地出洞，骑上马背一路下山，赶到城里的松云别墅。裘老太一见他们回来，这才放下一块大石，说昨晚一夜不曾合眼，为你们担了一夜心事。锦花笑着告诉昨夜的事情，一面打着呵欠说人家还没有睡过哩。裘老太叫两人快快休息去，别累病了。正在这时嫣红来报告说姑爷来了电话，请小姐去接听呢。

第三回

# 千般恩爱意　尽付东流

锦花听嫣红说国强来电话，叫自己去接听，心里好生不快乐，遂绷住了粉脸儿，说道："什么要紧事情？大清早就来了电话，你对他去说我还没有起床好了。"

嫣红听小姐这么说的话，心里有些为难的样子，蹙了眉尖儿，低低地笑道："小姐，你不知道，昨天姑爷就来电话问你为什么还不回去，要不姑爷亲自地来接你？我告诉姑爷说小姐和表少爷骑马玩去了。后来晚上十时光景又来电话，那时太太正在焦急你们，所以从实告诉了他。姑爷大约心里放不下，此刻来电话问了，我说小姐和表少爷在山洞里躲了一夜的雨，此刻才回到家中。姑爷便叫小姐接电话，这是不好再骗他没有起床了呀！"

雨秋见嫣红年幼无知，竟把他们整夜不归的话从实告诉了国强，虽然咱们心同日月坦然无愧，不过在国强心里未免要引起许多的嫌疑，所以心头不免暗暗焦急。但锦花却毫不介意地说道："那么你跟他这样地说，小姐一夜没睡，此刻已睡在床上休息了，叫他不用来接自己，下午我自己会回去的。"

嫣红听了，这才又匆匆地回到电话间里去。锦花把纤手按在小嘴儿上，兀是连连地打呵欠。裘老太瞧了说道："孩子，那么你快回房间去躺呀，要不就在我床上睡一会子吗？雨秋也到书房里去歇歇，瞧你们脸儿都落色了呢。"

"妈你也真糊涂的，人家昨晚到现在就一些东西也没有下过肚

34

子，难道不想先吃些儿点心吗？"锦花听妈只管催着自己去睡，这就噘着嘴儿娇嗔地说。

裘老太"啊哟"了一声，她自己也笑出声音来，忙道："该死，该死，你瞧瞧我这人简直越老越糊涂了。陈妈，你快端脸水，先给他们洗个脸儿，然后再吃点心。"

雨秋道："我只喝一杯浓咖啡好了。"锦花自己已洗了个脸，她拧了毛巾，亲自走到雨秋面前，明眸逗了他一瞥多情的目光，说道："别喝浓咖啡，你喝了后还能睡得着吗？"说着回头又向陈妈道，"你给咱们冲两杯牛奶，装一盆饼干来得了。"

"我原不想睡了，此刻倒也并不十分倦。"而雨秋把手巾擦过脸后，交还给锦花，低低地回答。在他以为要喝杯浓咖啡，也就是把精神刺激一下的意思。

"为什么不想睡？你难道还要到什么地方去不成？"锦花接过手巾，丢到梳妆台上的面盆里去，秋波逗了他一瞥猜疑的媚眼，蹙了眉毛儿向他低问。

"是的，我还有些事情，要去瞧望一个朋友。"雨秋点了点头，很自然地回答。

"是谁？你昨夜不是说好今天下午陪我回家去吗？"锦花猛可想到这个戴湘纹，她觉得表弟一定是到她家中去。不知为什么，她有些酸素作用，哀怨地向他追问。

"这个我记得，下午可以赶着再来陪你的。"雨秋并不回答她第一句的问题，他只装没有听见地谈后面一件事情。

锦花见他不肯告诉是谁，益发肯定是湘纹无疑，她怨恨得几乎要落下眼泪来。不过这到底是很难为情，所以她只有不依地说道："不，我怕你会失信的。再说你一夜没睡，糊里糊涂的，还能再街上乱走吗？瞧朋友哪一天不可以，也值得这么性急？我不答应，你一定要休息一会儿的。"

裘老太因为自己横劝她回家、竖劝她回家，她终不答应，现在

35

我托付了雨秋劝她，谁知居然把她劝醒过来，所以她也忙问雨秋说道："雨秋，你就听从姊姊的话吧。瞧朋友明天也可以的，今天下午你就送她回家里去吧。"

"也好，那么我就不去瞧朋友了。"雨秋听姑妈也这样说，同时想到今天不是星期日，她也要上学校去的，所以乐得做一个人情，接着又道，"不过我送表姊回家后，对于住在你的家里一事，我瞧还是省去了吧。"

"不，那是彼此约好的事情。你若毁约，我也不回家了。"锦花见他要赖了，遂鼓着红红的小腮子白了他一眼，这表情是包含了一些生气的成分。

"我不懂你们这些话是怎么的一回事？"裴老太不了解他们的谈话，怔怔地向他们问仔细。锦花听了遂把昨晚在山洞里彼此约定的话告诉了一遍。裴老太这才恍然，望了雨秋一眼，笑道："雨秋，你这孩子也太会闹客气了。表姊的家原和姑妈的家一样，你能住在我这儿，你难道就不能住到表姊家里去玩几天吗？那是没有什么要紧的事情，你在两家只管住来去好了。"

雨秋没有办法，也只好答应下来，可是心中却在想：姑妈，你老人家心中又懂得些什么呢？正在这时，锦花见陈妈端上牛奶和饼干，一面问："爸还没有起来吗？"裴老太叹了一口气道："你爸昨夜又不曾住到这儿来。"

锦花这才想到爸在外面原有好多个小公馆，于是她也不再说什么，自管和雨秋匆匆地喝完牛奶，向他嫣然笑道："来，我送你到书房去休息，要不是我在后面盯住着你，也许你又到外面顽皮去。"

锦花这两句话说得整个屋子里的人都笑了。雨秋红了两颊，倒有些难为情，但锦花拉了他的手，却已匆匆地跨出上房去了。两人先到了书房里，雨秋望了她一眼说道："那么你也可以回房去休息了。"

"你忙什么？我瞧着你先躺进被窝里去，我才放心。"锦花瞟了他一眼，却多情地说。雨秋遂脱去了上褂子，锦花早已伸手接过，给他挂到衣架上去，回身儿见雨秋坐到床边去俯了身子脱皮靴，她忙着走过来蹲下身儿，笑道："我给你脱吧。"

雨秋对于锦花这一下子举动倒是出乎意料之外的，遂连忙说道："表姊，你快起来吧，这我么敢当？"

锦花手儿依然给他脱皮靴。她微抬了粉脸，逗了他一瞥哀怨的目光，低低地道："表弟，你这话叫我听了不受用，昨天晚上我靠在你身上舒服地睡了，你还脱了衣服牺牲自己的受冷给我取暖，这我难道就敢当了吗？"

"这是在野外的情形，又当别论。我在家中，连脱鞋子都要表姊服侍，我心中怎么说得过去呢？"雨秋听她这么说，心中有些感动，一面笑嘻嘻地回答，一面去搀扶她的身子。

"又有什么说得过去说不过去的？我觉得服侍一个表弟，这也是应该的事。"锦花因为已脱去他的靴子，遂也站起来坐到床边，秋波水盈盈地掠着他俊美的脸庞，柔情绵绵的样子回答。

"不过我又不是一个七八岁的表弟……"雨秋听她这论调，竟把自己当作一个小孩子看待，望着她媚人的娇靥，倒也忍不住笑起来了。

"可是我只把你当作一个小孩子看待，别坐着了，睡吧睡吧。"锦花又恨又爱地白了他一眼，把被儿掀开了，推着身子叫他睡下的意思。

雨秋在她这么柔媚的手腕之下，哪里还有什么拒绝的勇气？这就笑了一下，遂把身子躺进被窝内去。锦花俯了身子，还给他塞紧了被角。雨秋见她的樱口距离自己的嘴儿只不过三四寸光景，那股子吹气如兰的幽香，令人有些心醉。他把嘴唇掀动了一下，几乎有些想入非非起来了。

其实锦花这一个举动，多少是包含了一些诱惑性的成分，在她的芳心里，当然也希望雨秋对自己有个顽皮的行为。可是雨秋心里虽有这个意思，而事实上他是绝对没有实行的勇气，因此望着她的粉脸，不免愕住了一会儿。这在锦花心头自然感到有些儿失望，忽然她低下头儿去，在他俊美颊上"啧啧"地吻了两下，咯咯地一笑，身子方才匆匆地逃出房外去了。

下午两点钟的光景，雨秋躺在床上却被锦花吵醒了。他睁眼一见锦花笑盈盈地站在床前，心头不免有些惊异的感觉，立刻从床上坐起，笑问道："什么时候了？你怎的没有睡过吗？"

"你瞧瞧手表吧，三天三夜在冰天雪地中不睡也算不了什么一回事的人，哪知道睡起来倒像个瞌睡虫哩！"锦花把手腕上的表伸到他的眼前去瞧，抿嘴噗地一笑，秋波逗了他一瞥神秘的媚眼，显然这句话是包含了讽刺的成分。

雨秋见锦花此刻已换穿了一件浅绿花呢的旗袍，两袖齐肩，当她伸过手腕来的时候，发觉她那条嫩藕样的臂胳真是白胖得可爱，又圆润又结实，暗想：假使这是长在湘纹身上的话，我一定拉住了要闻一闻香哩。一面这么地羡慕着想，一面不禁"哎哟"了一声，掀被跳下床来笑道："该死，该死，我这人真睡得太舒服了。表姊对不起你，你等我伴你回家去，等急了吧？"

"不，你别误会我的意思。"锦花听他这么地说，遂把他身子又推到床上去，不让他起来，笑道，"我叫醒你，倒并不是为了要你急于伴我回家去，因为我怕你饿了肚子，所以叫你起来吃午饭的。你若没有睡够，你就只管再躺一会儿，反正我今天不回家也不要紧。"

雨秋听她这么地说，倒不禁为之愕然，暗想：她这么的一句话，可见表姊对国强这一个人真的是没有放在心上。不过自己怎能因此而伤了他们夫妇的感情？遂又跳下床来，笑道："十点，十一点，十二点……睡了五个钟点，还不够睡畅吗？"

"你再派下去，还有你这个十三点。"锦花逗了他一个媚眼，弯了腰肢，却忍不住咪咪地笑得花枝乱抖了。

雨秋觉得穿了时装的锦花，自然比昨天更显得风流妖媚一些。

因为表姊这种神情至少还带有些天真淘气的成分，所以由不得也被她引逗得笑起来了。

这时嫣红端上盆水，给他梳洗完毕，然后又拿进一盘子饭菜，放在桌儿上，问雨秋道："表少爷，你喝酒吗？"

"不喝了，我就吃饭吧。表姊吃过了没有？"雨秋在桌边坐下，抬头望了锦花一眼，又向她含笑低低地问。锦花点头道："我吃过了。表弟，你尝尝这只焖熟童子鸡的滋味，再回味昨夜的野兔子肉，两相比较怎么样？"

"不是说句笑话，还不及昨晚半生半熟的兔子肉美味得多。"雨秋拿筷子夹了一只鸡腿放进嘴里嚼着吃，却笑嘻嘻地回答了这两句话。

锦花呸了他一声，抿嘴笑道："你还说美味，此刻我回想起来，几乎要呕吐起来了呢！"雨秋一面接过嫣红盛上的饭，一面笑道："表姊，昨晚你还说最好一辈子住在山洞里过着原始人的生活，可是你到底过不惯这些苦日子。"

锦花被他这么地一说，一颗芳心倒不禁又怨恨起来了，遂冷笑了一声说道："哼！那么我问你，你答应我也一同去住吗？你没有这个意思，你就别问我吃不了苦。假使你有这个意思的，不要说有野兔子肉吃，就是咬草根树皮我也甘心情愿的。"

雨秋觉得表姊的痴真可说是痴到了极点，一时深悔不敢再提起这些话，遂望着她苦笑了一下，却是垂头吃饭，默不作答。正在这个时候，陈妈悄悄地进来说道："小姐，姑爷又来过了电话，问小姐为什么还不回去。"

"这就奇怪了，是不是他要断了气，怕等不及我回家去见面吗？你对他说，他要这么性急，我今天便不回去了。"锦花因为正在怨恨着雨秋不同情自己的爱，她所以把一股子怒气全都出到国强的头上去了。然而国强是没有听到这些怨语，听到这些气话的却是陈妈，陈妈不敢表示什么意思，向她笑了一笑，只好悄悄地又退了出去。

有了陈妈这个报告之后，雨秋吃饭的速度就加快了许多。所以在不到十分钟之后，他就匆匆吃完了饭，把手帕抿了抿嘴，站起身子说道："表姊，那么我就送你回去吧。"

"忙什么？我今天偏不回去了，瞧他把我怎么样！"锦花恨恨地逗给他一个娇嗔，依然坐在椅子上不站起来。在她表面上是恼恨着国强，但实际上却有些和雨秋赌气的样子。嫣红知道小姐的脾气古怪，她也不敢多嘴，遂端了吃剩的饭菜，尽管到厨房里去。雨秋见室中并没有第三个人，方才走到她的身旁含笑说道："表姊，好啦好啦，你快不要生气吧！好好儿的又何苦来呢？"

"你这话也太奇怪了，我是生国强的气，可不是生你的气，要你向我赔不是做什么？那不是笑话吗？"锦花噘了噘嘴儿，冷笑了一声，神情还是这一份儿的怨恨。

雨秋听她这么地说，就知道她分明是生我的气，一时倒忍不住笑出声音来了，遂厚着脸皮去拉她的手儿笑道："不过国强没有在这儿，你给我瞧这一面孔的怒意，我就明白你对我有些生气。好表姊，你就饶了我吧！"

"你这个话益发有趣了，我凭什么要和你生气？"锦花见他涎脸，她心头显然有些爱怜他的意思，不过她还竭力绷住了粉脸，表示不了解的样子。

"那当然因为我得罪了表姊的缘故，好表姊，你要打要骂任凭你处罚，可是你千万不要生气了。我们走吧！"雨秋倒也会有这一下子小丑的功夫，因此锦花再也忍熬不住把粉脸儿浮现出一丝笑容来。但她赖着身子还是不肯走，白了他一眼，笑道："想不到你比国强更性急，那你又不是我的那口子……"说到这里又显出赧赧然的样子，接着又故作生气地道，"我不回去，我不回去，你要到我家去，你一个人和国强做伴去好了。"

雨秋听她这么地说，脸儿也有些发红，但他也一味地显出顽皮模样，用力把她拉着站起身子。锦花这才嫣然地一笑，被他拉着走到上房里去了。

在上房里坐谈了一会儿，经裘老太再三地催促，说阿五汽车已经备好多时了，锦花这才委委屈屈地起身，和妈作别，由雨秋陪伴回到国强的公馆里去。

两人到了邵师长的公馆，早有丫鬟嫣雯笑盈盈地迎出来。嫣雯是嫣红的姊姊，她比嫣红长三年，今年十九岁，在裘公馆里原服侍锦花的。后来锦花嫁给了国强，她便做赠嫁婢女了。当下她见了雨秋便含笑鞠了一躬，叫道："是表少爷伴小姐回来的吗？"

雨秋点点头，和锦花已步入内厅，只见国强背着两手，在室内踱圈子，瞧他脸部的表情，显然是十分生气的样子。但他突然瞧见了锦花之后，把生气的神情立刻换了一副贼秃嘻嘻的笑脸，说道："太太，你在爸那儿住了三天，真把我寂寞死了。因为你临走的时候，叫我不许来陪伴你，所以我是不敢冒昧。好容易你今天回家了，我心里多高兴的。"

锦花听了这话，却绷住了粉脸，冷笑了一声说道："回到娘家去住几天是不是应该的事情？奇怪了，我没有死呀，要你横一个电话、竖一个电话？我死了，你招魂灵招得这么起劲就好了。再说三天没见你就寂寞死了，那么我问你，你在一个月之前怎么办？不是死得不要死了吗？"

"是是，太太，我说错了话。"国强被她这一顿薄怒娇嗔的抢白，真弄得有些儿哭笑不得的，遂只好厚了脸皮，赔小心地回答。

雨秋瞧此情景想起锦花说得像个没气死人的样子，觉得真是一些儿也不错，他几乎要笑出声音来了，遂忙说道："老邵，我表姊这人的性子实在很不好。今天姑妈叫我无论如何要伴她回家，她才答应哩。"

"多谢你，我觉得这全是表弟的大力哦。你已从大清镇回来了吗？你瞧我这人太糊涂，那么你调查的结果是怎样的情形呀？请坐，请坐。"国强听了这话，含了苦笑，一面向他勉强地感谢，一面招呼他坐下问大清镇的情形。

雨秋和他一同坐下，把大略情形向他告诉了一遍，并且笑道："老邵，你和我表姊结婚，我连喜酒都赶不上喝一杯。而且你又高升了，所以我今天伴我表姊回家的意思，一半也是向你道贺道贺。"雨秋这几句话，也是竭力避嫌的意思。

"好说，好说，这也是裴将军瞧得起我，所以我是非常地感激。虽肝脑涂地，不足以报答他老人家的抬爱之情呢。表弟，你这次回来，途上多有辛苦，所以应该在我家玩几天。"国强原是个胸无城府的俗夫，他听雨秋这么地说，心里一阵欢喜，便哈哈地笑起来回答。不过他后面这句话，是并没有诚意的，无非口头上一种应酬而已。在他心头中以为雨秋必定会谢绝的，可是万不料锦花不等雨秋的开口，先含笑道："你这句话倒很像个做姊夫的样子，我告诉你，表弟回来后，我爸叫他不干教导官的苦差使了，说如今休养一个时期，将来尚有重用。所以我也和他说定，在我家游玩几天，他已经是答应的了。"

国强听了这些话，心头真是有说不出的不受用，虽然是一万分不情愿，但表面上也只好含笑连说好极好极，并且说道："表弟，你说没有赶上喝这杯喜酒，现在我可以补给你喝一杯的。所以今天晚上，我好好儿请你喝一个痛快，同时也表示给你洗尘的意思。你瞧好不好？"

"补喝一杯喜酒当然再好也没有，对于洗尘我却有些不敢当。"雨秋也含笑回答。

"这是应该的事情，怎么说不敢当？你太客气了。"国强正说时，嫣雯送上三杯热气腾腾的牛奶咖啡，锦花遂吩咐她道："嫣雯，姑爷留表少爷在我家玩几天，你把东厢房去收拾收拾清洁。至于笨重的事情，你就指点指点李妈做好了。"嫣雯点头答应，遂悄悄地自管去了。

国强暗想：这妮子真也刁得可恶，明明是她自己早已和他说定了，此刻却偏推到我的身上来。唉，难道她是存心一定要我背脊硬一硬吗？想到这里，由不得在肚子里暗自地叹了一口气。

雨秋喝了一会儿咖啡，见时已三点半了，因为心里记挂着湘纹，遂站起身子，说道："表姊、姊夫，我此刻还有些别的事情，要去瞧一个朋友，回头准定来吃晚饭的。"

国强心中是巴望不得他走了，自己可以和锦花一谈三日隔别相思的苦，所以他很欢喜地站起身子，表示已有送客的意思，一面笑道："表弟，你既然要瞧朋友去，我也不留你，那么你晚上一定要回来吃饭，我们等着你。"

"那自然，那自然，我们晚上见。"雨秋含笑点头，他身子已跨出厅门。邵国强送到门槛为止，不再送他出去。但锦花却从后面跟着走出来，在院子里又把雨秋叫住了，说道："表弟，你回来！"

雨秋是并没有知道表姊跟在后面，如今听了这一句话，倒是一怔。回头望去，见锦花却已站在一株法国梧桐树的下面，遂笑道："表姊，你还有什么话跟我说吗？"

"当然有话跟你说才叫你回来，你为什么不过来呀？难道怕我吞吃了你不成？"锦花噘着小嘴，秋波逗给他一个妩媚的娇嗔，这意态显然有些生气的样子。

雨秋在这个情形之下，只好又走到她的身旁，似乎静待她说话的意思。但锦花既在他走到身旁的时候，却又怔怔地说不出一句话儿来。雨秋笑道："表姊，你说呀，你跟我开玩笑吗？"

"我问你，你瞧谁去？"锦花这才微蹙了眉，向他低低地问。

"瞧朋友去呀。"雨秋镇静了态度回答。

"瞧朋友是个含混的名称，你给我分析一个明白，是女的还是男的？是普通还是情人关系？"锦花含了哀怨的表情，向他絮絮地问出了这几句话。

雨秋忍不住要笑出声音来，暗想：吹皱一池春水，干卿何事？不过心里是这么地想，嘴里当然不敢这么地问，遂笑道："我老实地告诉表姊，就是瞧湘纹去的，不过我们的关系实在很普通，对于情人两字根本谈不到，在昨天不是跟你声明过了吗？"

"好，你不瞒我，你就去吧。"锦花向他挥了挥手，她心头感到空洞洞的难受，暗想：我到底不是你的妻子，我怎么能束缚你的自由？她回过身子，垂了头儿，脚下移动的步子是特别沉重。

雨秋见她黯然的表情，心里也会激动了一些悲哀的情绪，望着她倒是愣住了一会儿。但不知有了一个什么感觉之后，他立刻又向月洞门外匆匆地走了。待锦花再回头望时，早已不见了雨秋的影子，她微微地叹了一口气，走到客厅里来。

国强站在厅前的石级上，昂起了头儿，不知在张望些什么。他见了锦花，方才落下了一块大石似的堆满了笑脸问道："你又跟他说几句什么话呀？"

"我关照他早些回来，别叫咱们等急了。"锦花有气没力地回答，她连抬头望着国强一眼的举动都不高兴，自管匆匆地回到楼上卧房里去了。

国强忍气吞声地跟到楼上房中，只见她坐在沙发上，手托香腮，似乎在想什么心事般的样子，于是笑道："太太，你为什么一回家就不高兴呀？"

"谁不高兴？要你胡猜些什么？你干吗不上军部里去办事情？"锦花抬头白了他一眼，用了责问的口吻向他恨恨地说。

"因为……这几天原没有什么大事情。再说咱们是新婚，你爸爸原叫我请一个月的假。现在我不请假，偶然在家中休息一天，那终也是可能的事。"国强始终是含了笑容，把身子在她的旁边坐了下来。

锦花这就没有什么话再可以和他闹气，沉默了一会儿后，方才向他冷笑道："哼！原没有什么大事情，这句话简直是放屁之至！你应该明白一个人在世界上，是要人去找事情，并非要事情来找你呀。爸爸把你升任了师长的职位，这个职司也不算小，不过你要知道他

44

并不是叫你任了师长之后，就叫你享起师长的福来。他是叫你更负起一些重大的责任。这在军法上说，你的罪大恶极是理应执行枪毙的，因为你享乐的思想太对不住国家呀！"

锦花这一顿教训，把国强责得面红耳赤，苦笑了一下，连说了两声是是，接着又低声下气地说道："太太你这几句金玉良言，真不亏是我们军人的座右铭。我不但敬佩之至，而且益信太太不是个平凡的女子。不过你这几句话，未免有些儿太过分苛责了一些。因为我受你爸爸的厚恩，虽然粉骨碎身，也是不能算为报答的。我心中原存着非有一番努力的奋发，是不能交代得过你的爸爸，同时也不能安慰你那颗小小的心灵。不过我也知道自古来多少的英雄都仗有美人的鼓励和安慰，方才有一种奋发的精神。我虽不敢自比英雄，但你确实是个美人。我得了你这个美人做太太，我是多么快乐的。不过所遗憾的，你并不爱我。至于我想在家休息半天，也无非和你隔别了三天，彼此有个谈谈的机会。这在新婚不到一个月的夫妇，似乎应有的现象，所以你别误会我是个贪生怕死只想享快乐的军人才是。"

在锦花的意思，以为他受了自己这一顿教训之后，必定对自己有一种反感的态度。万不料他还会赞美自己，而且真挚地说出这一大套的话来，一时芳心中不免有些感动，遂望了他一眼，说道："你怎么知道我不爱你？我若不爱你，我如何会嫁给你呀？"

"那么你是爱我的了……"国强喜欢得心花都开了，猛可握住她的手笑道，"好太太，我真感激你！不过你为什么老是显出愁眉苦脸的样子，你叫我瞧着心里不是也感到非常难受吗？"

"这是我的性情如此，你何必管我？"锦花兀是冷若冰霜的样子，淡淡地回答。

"太太，你不能把性情改变一些儿过来吗？"国强含笑地说，话声是包含了一些央求的成分。

"你这话奇怪了，一个人的性情如何能够改变？老实地跟你说，会随时更变性情的人，这是世界上最卑劣最可耻的东西！"锦花逗了他一个娇嗔，很认真地回答他，同时把被他握住的手挣脱了缩回来。

"是的，你这句话说得很有意思。"国强是抱定一味奉承的宗旨，他以为只要样样都说她对，那么当然能够博得她的欢心。假使她说太阳是出在西方，落在东方，他当然同样地认为绝对不错。接着他把身子偎近了她一些，又笑道："不过我们是夫妇，夫妇在闺房之中，当然有欢笑的乐事。况且你这么一个美丽的太太，假使脸上浮了一些笑容的话，这是多么使我高兴呀！好太太，我最喜欢看你脸上的笑窝儿，你就对我笑一笑吧！"

不料国强这两句话又惹起了锦花的愤怒，尤其瞧了那一副丑容慢慢地偎过来的时候，她是恼得再也熬不住了，遂蹙了柳眉，伸手打了他一下耳刮子，冷笑道："好！好！你这是什么话？你把我当作什么人看待？你喜欢看媚人的笑脸，那么你还是到窑子里和妓女去过一辈子生活的好……"说到这里，猛可站起身子，奔到床边倒下，呜呜咽咽地大哭起来了。

国强捧着脸儿倒是愕住了一会子，暗想：笑脸既看不到，哭脸倒看见了，而且还被她吃了这一记耳光，心头真有些儿怨恨。不过在她说起来，终还是我的错处。唉！他叹了一口气，只好走到床边去坐下，拍了拍她的腰肢说道："太太，好啦好啦，你打了我，我不哭，你怎么反而哭起来了？"

"我打你你活该，你为什么把我当作妓女看待？我和你一同到爸爸那儿去评理好了，看到底是谁的错？"锦花躺在床上兀是呜呜咽咽地哭，仿佛受了一万分委屈的样子。

要到爸爸那儿去评理，这句话在国强心中是感到害怕的，这就推着她的身子，向她求饶道："好太太，我错了，你就原谅我吧。不过你说我把你当作妓女看待，这实在是太冤枉了我。我若真的有这一个存心，那我还能算个人了吗？好太太，我绝无此心，若有此心，天诛地灭，永世不得为人。"

锦花这才停止了哭泣，从床上坐起身子，拭了拭眼泪，逗了他一瞥又哀怨又娇媚的目光，说道："你应该明白，夫妇之间绝不是一天到晚都沉醉在温柔乡的欢笑中的。丈夫有丈夫的样子，妻子有妻子的责任。在两性合作生活之后，是更应该努力一些事业的。你当我是什么人？一天到晚伴着你，对你笑对你温存，那你不是完全瞧轻我吗？不但瞧轻我，而且更失去了你自己的人格。"

　　国强听了她这几句冠冕堂皇的话儿之后，他心中是感到万分的羞惭，觉得自己对她的情形确实错误的。因此把被打的怨恨也就完全地消失了，遂握住了她的手儿，紧紧地摇撼了一阵说道："太太，你这话太有思想。我觉得我的被打完全是一个教训，以后我一定从事努力于事业上去，绝不跟你有亲热温存的意思了。

　　锦花听了他这几句话，她芳心里感到欣慰的喜悦，觉得自己到底是胜利了，这就由不得挂着泪嫣然地笑起来了。国强瞧了这海棠着雨后的一笑，可真说是妩媚到了极点，几次他想把一句开玩笑的话说到喉咙口里，但结果他是没有这一个勇气，终于仍旧地又咽到肚子里去。但他的心中却在暗暗地庆幸，觉得这一记耳光有价值，假使被她打一记耳光能够笑一次的话，那我情愿被她天天打一记耳光的。国强正在痴然地想，嫣雯悄悄地走进来，忽然瞥见小姐满颊沾泪的情景，这就蹙了眉尖，低低地埋怨着道："姑爷，咱们小姐可是个娇弱的身子，你怎么老是给她受委屈呢？"

　　"不，不，嫣雯，你误会了，我哪里敢给你小姐受委屈？"国强心中既十分地怕锦花，当然也连带怕着锦花的丫头，所以虽然被嫣雯恨恨地埋怨着，他还是含了笑容向她小心地辩解着回答。

　　这时锦花跳下床来，向嫣雯说道："你给我倒盆洗脸水来吧，我要洗个脸儿。"嫣雯点头答应，遂把脸水倒上。锦花于是坐到梳妆台旁去对镜梳洗。国强在旁边瞧了一会儿，感到非常地有兴趣，脸上只是含了微微的笑容。

　　锦花回眸白了他一眼，有些娇嗔的神气说道："为什么呆住着出神，难道今天下午真的不预备到军部办事去了吗？"

"去去，我此刻就去。"国强懂得锦花叫自己去办公的意思，他不敢违抗，遂连说了两声去，他走到衣架旁去拿取那顶军帽。可是他既戴上了军帽之后，却站住着还是没有走开去。锦花道："你还有什么话吗？"

"我想起了一件事情，昨天你和表弟在野外骑马游玩，后来天落了大雨，你们怎么办的？在哪里住了一宵？"国强忽然又提起了这一回事，在他心头多少包含了一些猜疑的成分。锦花听了这话，冷笑了一声娇嗔道："我不知道。"

"你不知道？"国强倒是愣住了一会儿。

"那么你难道真的不知道？何必又来问我？你没有问过嫣红？嫣红没有详细地告诉过你？哼！你心中存的是什么意思？"锦花回过身子，绷住了粉脸儿，一连串地向他问了五句，她显然是十二分的愤怒。

"哦！哦！我记得了，嫣红在电话中曾经含糊地告诉过我，不过我没有十分地听清楚，所以向你问一句。不料太太又误会了，又多心了，我一些没有什么别的作用。太太，你快不要生气了，我走了，你料理晚饭的菜是正经。再见。"国强一面说着话，一面把身子向后退，退到房门口的时候，几乎跌了一跤，慌忙扶住了门框，这才回过身子向门外匆匆地走了。

锦花瞧了这一个情景，忍不住又觉得好笑，这就把绷住的粉脸，又浮现出一丝微笑来。她瞧了瞧时钟，已经四点多了，于是匆匆地到厨下去，指点厨师做晚饭的菜了。

傍晚六点光景，国强先从军部回家，只见客室内灯光通明，正中那张百灵桌子上铺着一方镂花簇新的台布，上面压着一方玻璃台板，上放着四盆糖果、一瓶鲜花，布置得十分美丽。锦花在里面听了皮靴脚步声，还以为雨秋回来了，遂笑盈盈地走出来，及至一眼瞧到了国强，心头的热望早又冷了下来。国强笑道："表弟来了没有？你什么都预备舒齐了吗？"

"真奇怪，他为什么还没有到来呢？"锦花知道雨秋一定被湘纹迷恋住的缘故，她心里非常难受，口里却猜疑地回答。

"也许就要回来了。"国强很平淡地安慰了她一句。他把帽子脱下来，走到桌旁，在盆子内拿了一粒奶油咖啡糖，剥了锡纸放在嘴里吃。锦花却懒懒地坐到沙发上去，手托了香腮，呆呆地想了一会子心事。时间毫无停顿地过去一刻，不知不觉地已经八点钟了，但雨秋还没有回来。厨子已来催问了好多次，热菜可以下锅了没有？锦花又焦急又怨恨，可是却也发泄不出来。国强道："真奇怪，为什么直到这时还不见他回来？我瞧他这人靠不住，一定失约的了，否则一定被爱人留住了。所以我们不用再等他了，因为肚子已经叫得厉害呢。"

国强这几句话更触动了锦花芳心的怨恨和难受，这就把满腔的气愤都出到国强的身上去，冷笑道："请客人吃饭，还是请你吃饭？假使是请你吃饭，那么你就先吃吧。只还不过八点多一些，你就等不耐烦了，无非表弟是我身上的亲戚，你讨厌着他罢了。"

"太太，你这又是什么话？我几时曾经讨厌过他？我也无非说一句笑话，怕他被爱人留住了，你又何必要生我的气呢？我再等他两个钟点也不成什么问题，因为你娇弱的身子恐怕会饿得受不了的呀！"

国强知道她的不如意又是我的不是，因此他含了笑容，一味地说好话赔错处。

锦花听了，一时也没有理由再怨到他的身上去，因此垂了脸儿默然了一会儿。这样又过了一个钟头，雨秋还是没有到来。国强虽然肚子饿，但却不敢开口说话。嫣雯这时从厨下出来，望了锦花一眼，说道："小姐，我瞧表少爷是在外面吃饭了。厨子说菜再不下锅都要不新鲜了，现在到底怎么样呢？"

"你叫他烧上来吧。"锦花有气没力地回答。她叹了一口气，心头是无限的怨恨。国强待嫣雯走后，再也忍不住开口说道："表弟这人实在也太岂有此理了，说得好好儿的，会失了咱们的约，这不是明明地瞧不起你吗！"

锦花明白他这几句话多少包含了一些搬弄是非的性质，这就冷笑了一声说道："这也无所谓瞧得起瞧不起的，你这些话又是什么意思？我老实地对你说，表弟这人是很会避嫌疑的，因为你待他太冷淡，所以他生气不来吃饭了。我告诉你，你以后假使再冷淡他，那么就是瞧不起我，换句话说，你就是瞧不起我的爸爸。"

国强听了她这几句话，心里真是哑子吃黄连的样子，一时呆呆地说不上口来，暗想：这又是我多嘴的害处了。遂叹了一口气，说道："太太，你不要挖苦我了吧，我今天待表弟还不够亲热吗？那么照你的意思，我要怎么样待他才好呢？终不见得他来了，我还跪在地上叫他老子不成？"

"放你的臭屁！你这是什么话？你算拿这些话来气我吗？"锦花猛可地站起身子，向他柳眉倒竖地娇叱着。因为她芳心里怨恨到了极点，遂走到桌子旁把手向上面一挥，只听得乒乒乓乓的一阵子乱响，那四盆的糖果竟摔了一地。幸而这盆子都是银制的，所以还不至于到敲碎的地步。不过锦花的纤手是多么娇嫩，因为用力过猛，手指上就被银盆沿边割出了血，她又痛又恨，这就把脚在银盆上一阵子乱踏，倒在沙发上哇的一声哭起来了。

国强见她哭倒还没有什么注意，因为她纤手淌着鲜血，这就急了起来，忙走到她的身旁说道："这……这又何苦来？你把手受伤了啊，那可怎么办？"一面说，一面摸出手帕来要给她揩拭手上的血水。锦花挣扎着挥手连说："不要你管，让我流完了血死了好。"两人正在闹得没处解决，忽然见雨秋喝得醉醺醺的，踉踉跄跄地走进来了。

## 第四回

# 万种缠绵情　酸卧西厢

冷雨秋坐车到戴湘纹的家里，一瞧手表，正巧四时敲过，心中暗想：此刻湘纹大概也已放学回家的了。遂伸手敲门，开门出来的是秦妈。她含笑道："冷少爷，你从大清镇回来了吗？人儿黑得多了。快请里面坐吧。"

"你家大小姐二小姐都在家里吗？"雨秋一面走进去，一面随口地问。秦妈还没有作答，只见湘纹的姊姊湘绮从院子里的假山后面走出来，她手里折了一枝挺茂盛的桃花。雨秋连忙赶上两步，叫道："大姊！大姊！"

"咦！是雨秋弟吗？你多早晚回来的？"湘绮见了雨秋，遂回过身子，停住了步，笑盈盈地问他。

雨秋道："还只有今天才回来的。二妹呢？她学校里可回家了吗？"湘绮听他说还只有今天回来，遂神秘地笑了一笑，向他告诉道："二妹早晨到学校里去还好好儿的，中午回家，不知怎么的就不舒服起来，所以请了半天假，此刻正躺在房中呢。雨秋弟，你快到妹妹房中去瞧瞧她吧。"

雨秋听湘纹生了病，遂三脚两步地匆匆走到湘纹的房中。在走进房内的时候，脚步是放得特别轻微。湘纹房中的丫头小琴见了雨秋，便要向床上的湘纹叫喊二小姐。雨秋连忙摇了摇手，小琴理会他的意思，遂笑了一笑，悄悄地退出房外去了。湘纹躺在床上，脸儿是向着床里面的，所以雨秋已走进了房里，她当然是没有瞧到。雨秋见她身上并没有盖着被儿，穿的是件湖色花呢的旗袍，因为她侧卧着，从旗袍叉子里可以瞧到她穿着咖啡色丝袜的大腿，生怕她受了凉，遂把床后那条金山毯拿来，轻轻地盖到她的身子上去。在雨秋的心中，以为湘纹终是熟睡着的，万不料湘纹伸手把金山毯恨恨地撩过一旁，带了娇嗔的口吻说道："我不盖你偏给我盖，那你不是小心，简直是明明地和我作着对了！"

雨秋突然听了她这两句话，心中倒是不禁为之愕然，及至细细地一想，方才理会过来了。她在小琴面前，一定在使着小姐的性子了。一时由不得暗暗地好笑，想道：这姑娘倒也是怪不容易侍候的。小琴第一次要给她盖被儿，这也是她的好意，谁知她还嗔小琴和她作对哩。雨秋这么地沉思着，少不得怔住了一会儿。这时听湘纹又叫道：

"小琴！小琴！"

"我这么说了你几句，你就不理我了吗？想不到你的脾气，倒比我还大呢！"湘纹听好久不见答应，遂又怨恨地自言自语地说着：

雨秋听她又这么地说，一时再也忍熬不住，扑哧的一声笑出来了，遂故意捏尖了喉咙，低低地说道："我的好二小姐，你叫我有什么事情吗？"

湘纹听这声音有异，遂猛可地回过身来，映在她眼帘下的却不是小琴，原来正是她心中又恨又爱的冷雨秋。一时又喜欢又伤心，红晕着娇靥，啐了他一口，却把身子仍旧回过床里面去，给他一个不理睬。雨秋这就感到奇怪了，暗想：这算怎么的一回事情？如何和我也生气了？照理我们两个月没瞧见了，她见我突然地回来，该是怎么惊喜才是呀，如何反而不理我了？雨秋是个聪明的人，他觉得湘纹的生病，至少是包含一些神秘的作用了。不过她为什么要生我的气？这叫我委实有些想不出来。遂把手儿按着她的腰肢，温和地叫道：

"湘纹，你怎么啦？大姊说你有些不舒服，你到底生了什么病呢？我从大清镇一回来，就急急忙忙地来瞧望你，你为什么和我生气啦？"

湘纹并不理睬他，过了好一会儿，方才冷笑了一声，说道："我好好儿的生什么病？你凭空地来咒念我，我若死了，于你也没有什么好处呀！"

雨秋听了这话，真弄得丈二和尚摸不着了头脑，这就叹了一口气，说道："阿弥陀佛！这真是天晓得的事情，我若存心咒念你生病的话，那我一定死在枪弹之下的……"

湘纹猛可地坐起身子，倒竖了柳眉，逗给他一瞥娇嗔的目光，说道："你不用说这些气话来给我听，你是永远不会死的，我先死给你看好了。"她一面说，一面便要跳下床儿来。雨秋真不知道到底是为了些什么事，遂忙把她身子抱住了，坐在床沿边，说道："何苦来？我的好二妹，你就饶了我吧！"

湘纹被他抱住了身子，这就没有挣扎的勇气，也不知道为什么要这样地伤心，她内心只觉有股子蓬勃之气，因此倒入他的怀内，忍不住呜呜咽咽地哭泣起来了。

雨秋见她哭得十分伤心，一时十分地奇怪，遂让她哭泣了一会儿，方才给她拭了拭泪痕，理了理她的云发，低低地说道："湘纹，哭过一会儿算了吧，到底我哪儿错待了你，你好歹也给我说一个明白。因为我委实不知道自己做错了什么事，你要这样子地怨恨我呢？"

湘纹见自己身子整个地倒在他怀内，芳心里倒又羞涩起来，遂离开他的胸怀，要跳下床来的样子。雨秋忙道："为什么又要起床了？我不敢说你有了病，不过大姊确实说你有些儿不舒服，而且说你下午还请了半天的假，那么你就不要起床。好二妹，你就听从我的话吧！"

雨秋这句柔情绵绵的话，到底把湘纹那颗哀怨的芳心又软下来了。她不再起床，可是她也没有躺下床来，折中的办法她是偎坐在床栏杆旁。不过面对着一个年轻的男子，就这样地坐着，到底有些儿不好意思，这回她自动地撩过那条金山毯盖到自己的身体上来。雨秋望了她一会儿粉脸，兀是沾着丝丝的泪痕，忍不住笑问道："二妹，你现在怒气可以平一些了吗？"

湘纹被他这么一问，两颊上立刻浮现了桃花的色彩，觉得一个女孩儿家，在自己认为情人的男人面前一会儿愤怒，一会儿娇嗔，一会儿又情意绵绵起来，这似乎失了姑娘的身份。所以她始终绷住了粉脸，给他一个不理睬。

雨秋见她愈是一本正经的样子，自己也愈加涎皮嬉脸地去拉她的手儿，笑道："二妹，你要打要骂我都忍受得住，可是千万别不理睬我，我们两个多月不见了，今日好容易又相聚在一处，你难道忍心不和我说一句话吗？"

"有什么可说的，反正我是个没有心肝的狠心人罢了。"湘纹把手儿挣扎着回来，噘了噘嘴，秋波恨恨地逗给他一个妩媚的娇嗔。

雨秋觉得她这两句话中含有了骨子，遂愣住了一会儿，方才笑道："你不用说这些相反的话，我明白你的意思，你说我是没有心肝的狠心人对不对？"

"你是个有情有义的好青年，我怎么敢骂你？"湘纹撇了撇小嘴，还是俏皮地回答。

"二妹，你别给我闷着了好吗？"雨秋被她俏皮得有些哭笑不得的神气，把手指了指自己的胸口，说下去道，"天地良心，我这次到大清镇去，在路上两个月的日子中，不论是浮云飘浮的清晨，星月依稀的黑夜，我心里就无时无刻地不在想着你。这次回来，我满以为彼此见了面，你一定会对我满脸含笑地叙一叙相思之情，万不料你会把我恨得这一份样儿，那叫我心中不是太不明白了吗？"

"多谢你这么地记挂着我，我心里真感激得很。"湘纹淡淡地一笑，秋波斜乜了他一眼，话声还是包含了俏皮的成分。

雨秋皱了皱眉尖，望着她白里透红的粉脸，出了一会子神，说道："二妹，你说这些话，那么你显然有不相信我的意思，难道你以为我说的话全是虚伪的吗？"

湘纹冷笑道："谁不相信你？你这么地记挂我，我感激你难道感激错了吗？"雨秋无话可答，不免苦笑了一下，说道："湘纹，我们只不过隔别了两个月的日子，想不到你的人儿竟变了。"

"是的，我变了，你也变了，大家都变了。"湘纹哀怨地回答。泪水在眼眶子里盛满了，这几句话包含了凄婉的成分。

"可是我并不变呀！"雨秋不了解似的回答。

"我觉得你是变了，变得比我更快……"湘纹泪水滚落下来。

"湘纹，你说这些话，你简直有些疯了。"雨秋莫名其妙的神气，他心头也有些儿怨恨，遂快快不乐地说。

"你说的不错，我也许会疯起来。雨秋，你现在有好的朋友了，当然不需要一个疯女人了。你走吧！你走吧！"湘纹说到这里，她倒在床上，这就再也忍熬不住呜呜咽咽地哭泣起来了。

雨秋正在莫名其妙的时候，湘绮含笑走进房中来，说道："好好儿的又为了什么呢？二妹，你也不要一味地闹着孩子气了。"

雨秋见了湘绮，遂离开了床边，站起身子，搓了搓手，皱眉说道："大姊，这叫我真有些弄不明白，到底是为了什么事情呢？二妹一见了我，就生气起来。"

湘绮笑了一笑，站在百灵桌子旁，说道："雨秋弟，你来了这许多时候，难道还没有晓得我二妹生病的原因吗？"

"大姊，我委实没有知道，因为二妹并不会告诉我。我想其中说不定有许多的误会，说出来给我听了，也好给你们解释一下，别冤枉了我，那叫我也不是太受一些委屈了吗？"雨秋听湘绮这么说，知道事情有了蹊跷，遂也走到桌子旁，来低低地回答。

"可不是？雨秋弟，你且坐下来，我告诉你吧。"湘绮见他愁眉苦脸的样子，遂把手儿摆了摆，是请他在桌旁沙发椅子上坐下来的意思。

这时床上的湘纹却停止了哭泣，她又坐起身子，向湘绮说道："姊姊，你别给我说出来，自己做的事情，难道还有个不知道的吗？何必假惺惺地作态？哼！我是疯了，疯了才会惹人的厌呀，还说什么呢？"

雨秋和湘绮在桌子旁坐下后，他望了湘纹一眼，向湘绮笑道："大姊，你瞧她这一副凶人的样儿，好像把我恨得要吞吃的神气呢！"

因了雨秋这几句话，倒把湘纹引逗得破涕笑了出来。但既笑出来了之后，到底又觉得十分难为情，这就恨恨地啐了他一口，娇嗔道："谁和你贼秃嘻嘻地涎脸？叫人生气的。"

雨秋不理她，对湘绮又道："大姊，你告诉我吧！二妹到底为什么事情要这样地痛恨我？难道我有什么对不住二妹的事情吗？"

"姊姊，你不要说，叫他自己说出来好了。他这样地放刁，你倒偏做忠厚人吗？"湘纹不待湘绮的回答，遂急急地阻拦她。

"大姊，我自己真的莫名其妙，叫我说什么好呢？你别理她，只管告诉我好了。"雨秋也向湘绮很急忙地催促着。

湘绮向两人愣住了一会儿，忍不住好笑道："你们这么地赌着气，那可不是难为了我吗？"雨秋道："不要紧，二妹要骂要打，我来承当。"

"不，姊姊，他明知故问，你告诉他，你是犬子！"湘纹用激将之法，阻止姊姊的告诉。湘绮笑道："雨秋弟，我也不必告诉你，只向你提醒一句，你大概终可以想明白过来了。早晨二妹到学校里去的时候，她在大街上是瞧见你的，现在你自己可以向二妹解释了，

56

我可不管。"

雨秋"哦"了一声，方才明白自己和锦花从郊外骑马回来，她是曾经瞧见的，这就说道："原来是为了这个事情吗？二妹，你这就不该了，既然瞧见了我们，为什么不来招呼呢？"

湘纹冷笑了一声，说道："我可没有这样不识趣，犯不着被人家惹厌。"湘绮也低低地问道："雨秋弟，那么这个女子是谁呀？你到底哪一天回来的？"

雨秋想到刚才自己说的还只刚回来的话，显然在她们心中都认为我是说了谎，不免微红了两颊，说道："我是昨天回来的。"

"昨天回来的？你记错了，今天一回来就急急赶着望我来了。"湘纹在床上噘着小嘴儿讽刺他。

雨秋支吾了一会儿，说道："事情是这样的，昨天我想从大清镇回来，先到姑爸那儿去完毕了公务，不料表姊却叫我一同到郊外骑马玩去，我们到了郊外，已经四五点钟光景了。那时候天下了大雨，我们没法回来，只好在山洞里躲一会儿雨。可是等雨停止，时已深夜，我们就在山洞里坐到天明，直到今天早晨才回来的。这些全是真实的话，若有一句骗你们，那我便要烂脱了嘴巴。"

湘绮笑道："我相信你，不过你为什么不早些儿自己告诉出来？而且还说今天才回来，我觉得这是你的不应该了。"

"不过我心头原也有苦衷的。"雨秋微红了脸儿回答。

"你有什么苦衷呢？"湘绮听了这句话，心里感到有些儿奇怪。

"我怕说出来了，二妹听了多心，这原是我为了小心起见的缘故。"雨秋望着湘纹愕住着的粉脸儿，低低地说。

"多心？多什么心？怕人家多心，那显然是有意思的了。"湘纹听见他们在山洞里坐了一夜，心中已经有些酸溜溜地不受用，这就冷笑了一声，十二分怨恨地回答。

雨秋暗想：这还不是多心吗？多了心，偏说不多心，觉得一个女孩儿的心理，真也够叫人感到好笑的了。遂忙说道："二妹，你别误会吧，我表姊已经是嫁了人，哪里还说得上什么有意思没意思的话吗？"

"原来你表姊已嫁过了人？"湘绮先开心地问，"嫁过了人，怎么还住在母亲的家里呢？我听二妹告诉说，真长得美丽呀！"

雨秋笑道："哪里及得来二妹的万分之一。表姊嫁给一个邵国强师长做太太的，因为两口子多了几句嘴，所以回家来住几天的。"

湘纹垂了粉脸不作声，湘绮却含笑站起身子，说道："事情不说不明白的，既然说明白了，那么二妹也不用生气了。你们谈一会儿，我去叫厨房里做些好小菜，给雨弟洗尘吧。"

"不，大姊，你别忙，因为我晚饭已经有朋友约好了，所以今天不能在你家吃了，明天来吃饭好不好？"雨秋想到锦花临别时再三叮嘱早些回来吃晚饭的话，所以他不得不向湘绮婉言辞谢着。

"是什么朋友？一回来就先约好了吗？"湘绮走到房门口的时候，又回过身子，向雨秋逗了一瞥猜疑的目光问。

"管他是什么朋友？何必留他？叫他此刻就走好了。"湘纹芳心里是多么不受用，遂鼓着粉腮子，故意和姊姊薄怒娇嗔地说。

雨秋这就为难了，搓了搓手，一时不知怎么是好。湘绮向雨秋挤挤眼儿，笑着又向床上努了努嘴，说道："雨秋弟，是什么好朋友？难道不能为了我的二妹牺牲一些吗？"

雨秋也知道若不答应下来的话，湘纹也许真的会生了气，于是只好含笑道："也好，我就听从大姊的话，牺牲这一次的约会吧。"

湘绮扑哧一笑，这才回身走出房外去了。湘纹却冷冷地道："这样重大的牺牲多可惜的，我瞧你还是立刻地走了好。"

雨秋涎皮嬉脸地走到床边去坐下了，笑了一笑，说道："二妹，你不要老是给我瞧这一副生气的脸庞儿了，我们六七年来的友谊，难道彼此还有个不知道的性情吗？我是没有一分钟间断地爱着你，这完全是从心眼儿上说出来的话，你难道还一味地跟我喝这一罐子干醋吗？"

湘纹粉脸上添了一圆圈玫瑰的娇晕，啐了他一口，忍不住笑出声音来道："这样肉麻的话，你给我少说几句吧。"秋波白了他一眼，接着又道，"我问你，你不预备在我家吃饭，那么你做什么来的？来了不上几分钟就走，那你来也不用来了。"

雨秋笑着把手表给她瞧，说道："怎么说几分钟？我四点到这儿，此刻已五点十分，不是已过去一个点钟了吗？"

"可是我心中的感觉，好像还只有过去一分钟。"湘纹用了多情的目光，在他英挺的脸颊上逗了那么一瞥，低低地回答。

雨秋听了她这一句话，心里就感到她痴得可怜，遂很感动地把她手儿握住了，温柔地抚摸了一会儿，说道："湘纹，我知道你的心，我觉得你待我太好了，不过你应该相信我，我不会像风雨那么没有情感而使你感到失望的。"

湘纹听他这样说，不禁慢慢地垂下粉脸儿来，默然了一会儿，又抬头低低道："只要你心里明白，也就是了。"

"那么你现在可以起床了，怪暖和的天气，是会越睡越懒倦的。"雨秋点了点头，含了浅浅的微笑回答。

湘纹细味着他这一句话，心里真觉得十二分的难为情，暗想：换句话说，我不是真的生病，竟是为了跟他吃醋了。想到这一个感觉之后，她的粉脸是更加娇红起来了，遂报报然地道："不，我真的有些儿头痛。"

雨秋从床边站起来，笑着拉她起床，说道："当初我听说你病了，你要起床，我也不肯给你起床的。现在事情明白了真相之后，你不肯起床，我也要叫你起来。因为这样闷躺着，好好儿的人原也会闷得头脑子昏沉的呢。二妹，听从我的话，你起来吧。"

湘纹虽然是被他拉着跳下床来了，可是心头更加觉得不好意思，只手摆在脑后理着蓬松的云发，秋波逗给他一个又喜又羞的娇嗔，笑道："你这人说话……"只说了这一句，以下的话再也说不下去了，遂一骨碌转身，坐到梳妆台旁边去，对了玻镜去梳头发了。

雨秋站在后面，望着她娇小的背影，也不禁笑了一笑，觉得一个小女孩儿家，生气得快，高兴得快，天真烂漫，至少还包含一些孩子稚气的成分。遂走了上去，就坐在梳妆台旁的一角望着她梳头发的姿态，呆呆地出了一会子神。

"奇怪了，望着我出神干什么？"湘纹绕过媚意的俏眼儿，斜乜了他一下子，似嗔似笑的神情问他。

"两个多月没见你了，难道你就舍不得给我多瞧一会儿吗？"雨秋望她妩媚得可爱，遂望着她憨然地傻笑。在这笑的成分中，多少包含了一些得意的意思。

湘纹红晕了粉脸，嫣然地一笑，在一笑之后，却又逗给他一个白眼，俏皮地道："瞧着我有什么意思？瞧你表姊去才有意思哩！两个人一块儿骑马游玩，一块儿山洞避雨坐夜，多亲热多有意思哪！"

"你这孩子，又来这一套了。"雨秋瞅了她一眼，忍不住笑了说。

"哦哟，你多大了，就叫人家孩子？"湘纹不等他说下去，噘了噘嘴，逗给他一个含有妩媚神态的娇嗔。

"那么你干吗说出来的话还是那么酸溜溜的，叫人听着不受用？难道我这样地给你解释，你还疑心我不成？"雨秋向她低低地责问。

湘纹理整齐了云发，站起身子，走到窗口旁去倚着，又回头来望了他一眼，说道："这并不是我的疑心，原是事实如此。你假使没有爱她的意思，你怎么会伴她骑马玩去？而且既到了北京，为什么不先来瞧望我？"湘纹说到这里，脸儿微微一红，羞人答答地却有些儿不好意思再说下去了。

雨秋忍不住笑起来，遂也跟着走到窗口旁去，说道："你别说傻话了，我如何爱上一个有夫之妇吗？至于不先来瞧你，是为了公务的缘故。在我的意思，是想完毕公务后，立刻到你家里来。可是万不料表姊齐巧也在母家，她要我去骑马玩，我一时推却不得，所以只好答应了。不过我们是因为有着一层亲戚的关系，其实毫没一些儿意思的。"

"何必撇得这么清洁？谁知道你们有意思没意思的！"湘纹噘着小嘴儿，只手理着被风吹起来的云发，俏皮地回答。

雨秋拉过她的手儿，轻轻地打了她一下，笑道："你说这两句话，你就该打嘴。那么照你说，我是爱上了表姊，所以你要气得生病了对不对？"

"呸！我真犯不着气你！"湘纹愈是要吃醋却愈喜欢说得坦白。雨秋感到女孩儿家的有趣和可爱，遂又笑道："那么你下午为什么不去读书，却躺在床上发脾气呢？"

湘纹的粉脸又红了起来，转了转乌圆眸珠，说道："因为我有些儿头痛，而且我也没有发什么脾气呀。"

"你忘记给你盖被儿的时候你说的是些儿什么话？"雨秋笑着问她，"你心里恨我，怎么把性子使到小琴的身上去？小琴给你盖被儿，怕你着凉，这也是为你好的呀。"

"你又胡说，没有这一回事的。"湘纹竭力地强辩着，她抿着嘴儿，忍不住已笑出声音来了，接着又正经地问道："你刚才说你表姊在母家住着，是因为他们吵了嘴的缘故，那么他们的感情难道不甚好吗？"

雨秋不愿把表姊对国强毫无爱情的话告诉，因为又怕湘纹会多心的，遂故意笑道："两小口子一会儿吵，一会儿好，那也常有的事情，算不了什么稀奇。其实夫妇之间，和情人之间是一样的，要波折愈多，那么爱情也会愈坚固浓厚了，你说对不对？"

湘纹是个聪明的姑娘，对于雨秋这几句话，岂有不了解的道理？她心里感觉到有些甜蜜的滋味，望着他嫣然地一笑，却并不作答。

正在这时，小琴走进房来，说道："天这么黑了，小姐，你怎么连电灯也不开呀？"随了小琴的话，她把室中灯光已经扭亮了。雨秋笑道："时候真快，一会儿已六点钟了。"

湘纹问小琴道："太太回来了没有？"小琴道："没有回来，刚才徐公馆来了电话，因为还有四圈牌不曾打完，所以太太在那边吃饭了。"说着，给他们在暖水壶里斟上两杯玫瑰花茶。雨秋道："你妈在徐公馆打牌吗？"

"妈就是爱着一百三十六张的牌，可是我见了就会头痛的。"湘纹走到桌子旁坐下，一面说话，一面握了杯子，微微地喝了一口茶。

小琴悄悄地又退出去了，她进房来的意思，仿佛是为了瞧瞧他们的情形似的，这当然是湘绮吩咐她的。因为他们两人已和好如初了，小琴去告诉了大小姐，湘绮的心中自然十分地安慰。这里雨秋和湘纹默然了一会儿，雨秋因为想到表姊在家里等我回去吃饭的焦急，所以他的心中同样地会感到焦急起来，湘纹见他呆若木鸡似的出神，遂问道："你又在想什么心事吗？"

"想你呀。"雨秋也走到桌子旁去，望着她顽皮地笑。

"只怕想着今晚约你吃饭的人吧？"湘纹鬼灵精似的偏会这么聪明，她想到雨秋当初不肯在我家吃饭的情形，就猜到约他吃饭的绝不是一个普通的朋友，所以此刻趁机会把这句话说了出来。

雨秋向她愣住了一会儿，笑道："二妹，你真会多心的，约我吃饭的原是个军部里的朋友，照你的口吻说，又猜疑是我的女朋友了。"

"谁知道？"湘纹撇了撇嘴，俏皮地回答了这三个字。

"你不知道，老天是能明白我的。"雨秋指了指天空说。

"老天管得了你这些闲事？"湘纹抿嘴忍不住笑了，"我正经地问你，你这次回来，依旧担任教导官的差使吗？"

"不，姑爸对我说暂时闲几天，也许给我任一个重要一些的职务。"雨秋也很正经地告诉她。

"那么你这几天住在什么地方呢?"湘纹很关怀地问,在她的芳心里当然是包含了无限缠绵之情。

"姑妈的意思,叫我住在她的家里。"雨秋说到这里,又怕湘纹以后会去找自己的,所以不得不从实告诉下去道,"不过表姊叫我暂时到她家里去玩几天,所以最近几天中,我也许住到表姊家中去的。"

湘纹点了点头,她觉得这个表姊对待雨秋未免有情。虽然雨秋对于一个已嫁的表姊是绝不会去爱上她的,不过锦花那种风流的人品,我在早晨是瞧得很清楚的,只怕日子久了,难免发生尴尬的事情。所以她沉吟了一会儿,笑道:"雨秋,我瞧你准是被表姊爱上了。别的倒没有什么问题,就是怕你的姊夫心中不快乐罢了。"

雨秋想不到被她说到心眼儿里去,一时倒有些心惊肉跳,暗想:这句话倒是金玉之言。但表面上兀是正色地道:"二妹,你这句别的没有什么问题的话,未免太以瞧轻我的人格了。你以为我对于爱的认识,是这样糊涂吗?"

"你忙什么?"湘纹见他焦急,遂给他解释道,"我并不是说你会去爱上一个有夫之妇,原说你已被你表姊爱上了,因为这是有关于你前途问题的事情,所以我终希望你能够加倍地小心才好。"

"你这一番金玉之言,我心里当然感激。不过表姊知书识字,也绝不会有越礼的行为吧。"雨秋为了使湘纹安心起见,所以竭力抬高锦花的人格。湘纹虽然感到雨秋有些庇护锦花的意思,但自己到底有些轻视了人家,遂俏皮地说道:"很对不起,这原是我的多事了。"

雨秋正欲向她再解释几句,湘绮含笑走进房中来说道:"谈完了没有?谈完了我们就吃饭了。否则你们就再谈一会儿。"

两人被她说得都有些难为情,湘纹站起身子,忸怩着腰肢儿,撒娇着道:"嗯,我不依!姊姊,你怎么也取笑我们了?"因了这一句"嗯"，倒把雨秋、湘绮两人都笑出声音来了。这时小琴又来报告说酒已烫热，于是三个人遂走到外面饭厅里去了。

这一餐晚饭自然吃得很快乐，雨秋的心中，当初还想着表姊的焦急着我没有回去，但有了三分酒下肚子后，他把锦花的焦急也就忘得一干二净了。

晚饭后，三人的脸儿都有些发红，因为大家都喝了较多的酒。雨秋道："我今夜的酒喝得不少，恐怕有些儿醉的了。"

"算来也只不过一斤酒罢了，还算你是个宏量。"湘纹水汪汪的俏眼儿斜乜了他一下，掀着媚人的酒窝儿，得意地笑。

"谁像你酒量好？因为你颊上是有一个酒窝的。"雨秋顽皮地笑。

"呸！"湘纹逗给他一个娇嗔，湘绮雨秋都笑起来。不多一会儿，戴太太回来了，她见了雨秋，少不得又问长问短地说了许多时候。直到九时敲过，雨秋才告别回来。不料一到邵师长的公馆，他们夫妇两人却又在闹得不可收拾了呢。

# 第五回

## 疑妻有异心　临行权托监察人

雨秋回到邵公馆，谁知他们夫妇两个人却在大吵大闹，正在没有解决，一时连忙走上来问道："姊夫，你们到底为了什么事情呀？干吗好好儿的吵起来了？"

国强回头一见了雨秋，心里真有说不出的痛恨，暗想：还不是为了你这个小子，害得我们家庭里从此更多是非了。这就情不自禁恨恨地道："表弟，你还来问我们呢？你这个人真太岂有此理了，我们直等到此刻还都饿着肚子，而且……而且你的表姊又在发你的脾气哩！你到在什么地方呀？"

锦花虽然是不哭闹了，但她却没有开口说话。因为在她芳心里确实也痛恨着雨秋，所以对于国强这回向雨秋很生气地埋怨，她也感到十分痛快。雨秋当然是感到十分抱歉，一时也只好连连地赔罪，说道："那我真是该死，因为这个朋友家里今夜齐巧请客，所以一定把我留住了，害得你们都饿了肚子，这真是……啊哟！"雨秋说到这里，忽然也瞧到表姊手上的血水，他不禁叫了起来，接着又急急地道，"表姊，你……你……手指上怎么有血水呀？"

锦花在哭闹的时候，倒也忘记了痛苦，此刻被雨秋一提醒，她方才感到手指上的肉是在跳动。十指连心，所以使她心儿也隐隐地作痛起来。国强忙道："这是她把桌子上银盆摔到地下去的时候割出血来的。唉，都是她自己的脾气太大了。"说着，回头向里面又高叫着嫣雯。嫣雯匆匆地从厨下奔出来问什么事，国强道："快到楼上把

65

药水纱布棉花等东西去拿下来吧!"

嫣雯也来不及问什么事,遂急忙把家庭医药用具箱去取来。这时国强亲自地盛了一盆温开水。嫣雯一面给锦花擦净血水,敷上药水,包裹舒齐,一面低低地问道:"小姐,到底为了什么事情呢?何苦来把自己的手弄伤了?不是自己受痛苦吗?"说着,又把地上打扫清洁。

"没有什么事情?你去问厨下可曾烧好了菜?拿出来吃饭吧。"锦花摇了摇头,故意装出没有什么地回答。

嫣雯点头答应她,见雨秋呆如木鸡似的站在旁边出神,遂问道:"表少爷,你什么时候回来的?你给我们上的当可不小呀!"

"这……真是对不起得很!我被人家硬拖住了,那也是没有办法的事情。"雨秋连连地搓着两手,他有些愁眉苦脸的神气。

嫣雯微微地一笑,遂匆匆地走到厨下去了。

锦花这回再也忍熬不住地说道:"你既然不愿意到我家来吃晚饭,那么你也不应该预先答应了我们,就是被她硬拖住了,你也可以打个电话来回绝我们,为什么要拿我们开这么一个玩笑呢?你不是明明地捉弄我吗?"

"表姊,我如何敢捉弄你们呢?这是我糊涂的过错,请你们原谅我吧!"雨秋见锦花用了无限哀怨的目光,逗给自己一瞥无限恨意的娇嗔,他也明白自己的确是错了,遂只好低声儿地向她求饶。

国强道:"表弟,为了你的失信用,又晦气了我被你表姊挨了一顿骂,说我得罪了你,你所以生气不肯来了。现在你给我说一句话,到底我可曾得罪了你?"

"这是哪儿的话?没有这一回事。姊夫,表姊就是喜欢这一份儿多心,你不用听她的话。"雨秋连忙又正经地解释。

不多一会儿,嫣雯把热炒端上来,雨秋先到桌旁坐下,向两人招手,笑道:"叫你们夫妇俩吵嘴,这完全是我的罪恶。你们现在大家不要生气了,我来敬你们三杯,算我向你们赔一个不是吧。"

国强这时的肚子真饿得咕噜咕噜地狂叫不停，所以一听雨秋的话，早已先到桌旁来坐下，握了筷子先吃了两筷，笑道："我的意思，倒不要你的赔错，只要罚你十杯酒也就是了。"

锦花也坐到桌旁，说道："罚他十杯酒，我倒赞成的。"雨秋道："罚是该罚的，不过我敬也是该敬的。先给我敬了你们，我再罚就是了。"一面说，一面给他们杯子里都斟满了。国强原是爽快的人，所以便一饮而干，笑道："现在我给你斟罚酒了。"说着握了酒壶，在雨秋杯中也斟了下去。

雨秋道："慢着，表姊这杯喝下了，我再喝也不迟。"锦花遂也把那杯酒喝下了，秋波逗给他一个娇嗔，说道："我已喝了，你也喝下吧。"

雨秋没有办法，也只好一饮而干。锦花待他喝下，拿过酒壶，又要给他斟满。雨秋抱了两拳，连连地拱手，说道："表姊，我原已喝了很多酒，罚过一杯就算了，再喝恐怕要醉了。"

"那可不行，谁叫你给我们上了大当！原说罚十杯，如今只喝了一杯，岂可以就这么算了吗？刚只这一杯是他罚你的，我还没有罚过你哩！你若不喝我这一杯酒，那你就是讨厌着我！"锦花不依他，鼓着粉腮子，很生气地说出了这几句话。

雨秋笑道："那么我再喝你这一杯，以后我可不能喝了，因为我的头有些儿痛了。"锦花听他说头痛，心中倒又爱怜他起来，遂道："既这么地说，你这一杯也别喝了。"

"不，这一杯无论如何要喝的。"雨秋以为表姊是生了气，所以故意说这些话的，遂把锦花给他斟满的这一杯酒，立刻又握起喝了下去。国强笑道："好了，好了，那么我们现在吃菜吧。"说着，把筷子在盆上指着，于是大家也就夹菜吃了。

不料还只有吃完了几只热炒的时候，忽然军部里来了电话，说有紧急会议，叫邵师长立刻出席讨论一切。国强听了这话，心中又吃惊又怨恨，遂匆匆把饭吃了两碗，也来不及洗脸，就坐车赶往军部去了。雨秋很猜疑地道：

"不知有什么要紧的事情？为什么连夜地会议呢？"

"也许徐州出了什么乱子，因为前天我听爸爸说，那边风声很紧。"锦花皱了眉尖儿，低低地回答，忽然她又扬眉笑道，"这些事，我们别管它，表弟，来，吃菜吧。"

"表姊，我委实吃不下了，那吃下去的菜恐怕已经塞在喉咙口里了。"雨秋摇了摇头，微笑着说。

"那么你坐在一旁陪着我，难道叫我一个人吃吗？"锦花哀怨地瞟了他一眼，此刻她的深情又温柔了许多，这原因是国强不在座的缘故。

雨秋点了点头，含笑并不作答。锦花低低地又问道："戴家今天为什么事情请客呀？"雨秋支吾了一会儿，只好圆一个谎道："是她妈的生日，亲戚朋友到了不少。表姊，我真对不起你，你的手被我受伤了。"

"那是我自己的性子焦躁，怎么能说被你？"锦花听他向自己说这些话，忍不住嫣然地一笑，温和地回答。

"可是我心里终觉得很抱歉。"雨秋说着话，把手儿撑住了额角。

"表弟，为什么？你有些儿头痛吗？"锦花有些奇怪地问。

"也许我酒喝得太多了的缘故。"雨秋把手儿按在额角上，继续地又拍了两下。

"唉！"锦花叹了一口气，用了埋怨他的口吻说道，"那么刚才这一杯酒你就不应该喝了，我不是叫你别喝了吗？"

"可是我怕你生气……"雨秋微微地笑。

"你为什么要怕我？难道我是什么毒兽吗？"锦花听他这么地说，她心里感到有些难受。因为使自己一个心爱的人而感到怕自己，这其间一切的情分都是属于勉强的，所以她说完了这两句话，泪水已在眼角展现了。

雨秋听她这么地说，连忙笑着辩解道："不！不！表姊，你怎么

68

说这些话？我并不是这个意思，因为今晚我失了你们的约，我自己也明白这是太不应该了，所以罚酒这也是最平常的事。我若再不接受你，这在我自己也太说不过去了。"

锦花苦笑着道："那也并不是这么地说，我觉得情人比表姊那当然要紧得多，所以你失了我的约，这也是情理之中的事情。"

雨秋听了这话，不觉默然。锦花见他愁眉苦脸，好像很不舒服的样子，遂也匆匆地吃完了饭，向雨秋道："我瞧你很不舒服吧，我扶你到房中去睡吧。"她说着话，站起身子来扶雨秋。雨秋在嫣雯的面前自然很不好意思，遂摇了摇头，说他自己会走路的。

锦花和雨秋到了书房里，里面原开亮着电灯。锦花道："表弟，你瞧房中还收拾得清洁吗？"雨秋有气没力地说了一句很好，他的头儿只觉得愈痛愈厉害了。锦花遂亲自给他掇铺了被儿，走到他的身旁，是伸手给他脱衣服的意思。雨秋摇了摇头，他自己脱去了衣服，向床上一倒，却再也不能动弹了。

"表弟你怎么啦？"锦花见他神色有异，她心中急起来，向他低低地问。

"我此刻只觉全身发抖，头像刀劈，恐怕是要生病了。"雨秋皱了双眉，显然他是感到这一份儿难受的样子。

锦花叹了一口气说道："那可怎么办好呢？我叫嫣雯给你去请个大夫来瞧瞧好不好？"一面说，一面给他脱了皮靴，拿被儿给他盖上了身子。

"不相干，今夜睡过了，明天就会好起来的。表姊，我真对不住你，你的手为我受了伤，怪痛的吧？"雨秋摇着头儿回答。他见锦花手指上包裹的纱布，此刻已渗出了鲜红的血水来，可见她的伤也是很厉害的。他感到肉痛，遂又温和地向她抱歉。

锦花笑了一下，说道："倒也不痛什么。表弟，你额角上烫手得厉害。"锦花把手心又按到他的额角上去，皱了翠眉，"我真悔不该叫你又喝下了这一杯酒。"

"喝一杯酒算不了什么，我这次的病，大概到大清镇去的路上受了风寒，所以到现在便发作起来了。"雨秋见她很难受的样子，反而拿话去安慰她。

锦花在床边坐下了，凝眸含颦地沉吟了一会儿，说道："也许不是为了到大清镇去的路上受了风寒，那一定是昨晚在山洞里受寒的。因为你脱了衣服，不是给我当作被儿盖吗？唉，这样说来，又是我害了你了。"

"不，不，表姊，你别说这样的话，昨晚的天气很凉爽，哪儿就会受寒吗？"雨秋摇着头竭力地辩解着回答。在他的心中，当然是怕锦花难受的意思。

这时嫣雯端了盆水进来，放在桌子上，说道："小姐，你和表少爷还都没有洗过脸儿呢。"锦花站起身子，点了点头，遂在盆水里拧了一把手巾，亲自给雨秋擦脸儿，低低道："洗个脸也会爽快一些的。"

雨秋见她温情蜜意地服侍着自己，心里又感激又难为情，明眸脉脉地望了她一眼，表示感谢她的意思。锦花忍不住嫣然地一笑，遂走到桌旁自己去洗脸。洗毕后，嫣雯端了盆水，悄悄地退出外面去。

这里锦花又走到床边坐下，向雨秋问道："表弟，你要喝一杯茶吗？"雨秋摇了摇头，闭着眼睛似乎在养神的样子。锦花又低声问道："表弟，你这时的头疼不疼？"雨秋点头道："疼得很厉害，这也真奇怪，我从来也不生病，今天竟病起来了。"

"那么我给你轻轻地捶敲一会儿吧。常言道，人无千日好，花无百日红，所以小病小痛，一个人终是免不了的事情。"锦花一面低低地安慰他，一面把只手捏成了拳儿，在他额上轻轻地一下一下地捶敲着。

雨秋经她这么地一捶敲，软绵绵的果然感到舒服了许多，一时糊里糊涂地也就沉沉地熟睡过去了，锦花见他熟睡，心里很是欢喜，暗想：也许他是受了一些感冒，明天一定会好起来的。正欲离开床边站起身子，忽然一阵皮靴声，国强走了进来。锦花瞧见了，连忙向他招手，悄声儿道："才熟睡了一会子，你轻些儿吧。"

国强见他对待雨秋好像对待丈夫一样地亲热，心中酸溜溜的，真有说不出的不受用，但是也不敢向她吃醋，只好把身子退了出去。锦花从后面跟出，问道："军部里发生了什么事情吗？"

国强虽然是听见的，可是他却故作不理会，很快地走回到房中去了。锦花的心中当然也明白他是有些酸素作用的缘故，遂冷笑了一声，跟着走进自己的卧房，把一床被儿抱过，又匆匆地走出房外去了。国强瞧此情形，这才焦急起来，连忙抢步上前，把锦花身子拉住了，问道："你到什么地方去呀？"

"你管我到什么地方去？"锦花逗给他一个白眼，满脸显出娇怒的神情。

"好好儿的为什么又生气了？"国强到底又软化了，这表情有些可怜的成分。

"问你呀！"锦花回答了这三个字，兀是怒气未消地把身子要向房门外走。

"问我什么呢？好太太，你给我说一个明白好不好？"国强把锦花身子拉到房中的桌旁来，把一床被儿掷到床上去，望着锦花的粉脸，故作不理会的样子。

"你讨厌着我，你还不该让我走吗？"锦花在桌边坐下了，鼓着红红的粉腮子，冷笑着回答。从她这两句话中猜想，也可见锦花这一个举动也是故意做作。

"奇怪了，我敢讨厌你吗？只要你不讨厌我，我心中也已经够欢喜的了。"国强回过身子，在桌子上取了一支雪茄，燃了火柴吸烟。

"那么我问你的话，你干吗不回答我？"锦花背着他身子怒气冲冲地问。

"你问我什么话？我委实没有听见呀。"国强却偏把身子走到她的面前来。

"装什么死腔？你若没有听见的话，我把求字写在你的脚底下。"锦花恨恨地白了他一眼，还是显出薄怒娇嗔的意态。

"这未免也太冤枉我了，唉，你不相信我，叫我也没有办法。好太太，你重新再问一遍好不好？"国强紧锁了浓眉，他有些哭笑不得的模样，低声下气地说。

锦花却不作答，呆坐了一会子。国强吸了两口烟后，忽然说道："太太，我正要来告诉你，刚才我到军部开紧急会议，因为徐州吃紧，所以你爸爸叫我引军接应，明日就要开拔起程。唉，你想，我是多么烦闷呢。"

锦花听了这个消息，心中不免欢喜起来，遂淡淡地道："你身为师长之职，一听要开拔起程，心中就烦闷起来，那么我试问你，国家要你们这些军人何用？"

"太太，你错理会我的意思了，我并非是为了怕死，因为我知道身为军人，吃国家的粮，穿国家的衣，还不该替国家出一份死力，以做报答吗？"国强摇了摇头，很激昂地回答了这几句话。

"你既不是为了怕死，那么你是为了什么呢？"锦花冷冷地追问，俏眼儿向他斜睨了一下，有些轻视的意思。

"那不用说的，当然是为了舍不得离开你。"国强含了柔情的微笑，低低地回答。

"舍不得离开我？一个军人恋恋着温柔乡，这就是贪生怕死。"锦花很严肃地说，"我听见人家说，军令重如泰山，在新婚的初夜得到了开拔的消息，也得连夜起程呢，何况我们已经结婚一个多月的日子。你存了这一个存心，我觉得你的人格太卑劣、思想太幼稚一些了，爸爸岂不错待了你？"

"不，不，太太，你错责我了。"国强微红了脸儿，急急地辩解着，"在国事上说，我对于这次的开拔，当然是表示万分欢喜。不过在家事上说，当然使我有些恋恋不舍。这并非是我的贪生怕死，也并非是我留恋着温柔乡。我虽然是一个武夫，不过我多少也具有一些情感的。因为杀身成仁固然是我辈军人的心愿，但剩下你这么一个年轻美貌的女子，能不令我生依依惜别之情吗？"

锦花听他说出了这一篇话，心中一阵子悲酸，眼泪忍不住滚了下来。她站起身子，向国强身旁走了两步，说道："你何必说这些杀身成仁的话，我相信你会达到成功的道路。"说到这里，喉间不觉哽咽住了。

国强见她淌泪，又听她说了这两句话，他心中方才感到了一些安慰，觉得锦花虽然时常和我吵嘴，但从这两句话中看来，可见她未始没有不爱我的意思。他情不自禁地把身子挨近了锦花，按着她的肩胛，说道："锦花，我很感激你的祈祝。当然我也希望有成功的一天。我很明白，像你这么一个美人儿，嫁给我这么一个丑陋的俗夫，你芳心里自然十分不如意。不过事情到了这个地步，还有什么办法可以说呢？我知道你是很爱你的表弟，所以我在出发的前一夜，我对你有这一个意思。假使我血染沙场了的话，那么你的一切，你就只管自由好了，切不要为了我，而耽误了你的终身的幸福。我想你是一个很明达的姑娘，对于我这一层意思，你大概也乐而接受的吧？"

锦花在听到了国强这几句话之后，她忍不住伏在他的怀内呜咽地哭泣起来了，说道："国强，你说这些话，是不是疑心我有负你的意思吗？"

"不，我并没有这个意思，因为我知道你绝不是这一种的女子。"国强感到胜利的喜悦，他一面回答，一面拿手帕给她拭泪。

锦花暗想，原来他是激动我的本意，这就把身子离开他的怀抱，自管走到梳妆台旁边去了。这时嫣雯走进房中来，锦花遂对她说道："嫣雯，表少爷有了病，今天晚上，你到书房里去伺候他的要茶要水吧。"

嫣雯点头答应，遂自管去了。国强道："原来表弟生病了吗？他

73

好好儿的怎么会病起来的?"

"终是受了风寒的缘故,喝多了酒,所以便发作起来。一个孤零零的人儿,生了病那是多可怜的事情呢!"锦花低低地告诉,表示十二分的同情和爱怜。

国强道:"可不是,比方说,我在外面生了病,叫爹不应,叫娘不理,到这时候心中的痛苦,真是难以形容其万一的了。"

"不过你身任师长之职,还怕没有许多人来服侍你吗?"锦花瞟了他一眼回答,显然锦花是并没有十分地同情他。

"那么你的心中是很放得下我这次的开拔了?"国强很想得到锦花一些软语的温存。不料锦花偏是那么淡然,所以国强心中是有些儿怨恨的成分。

锦花听他这句话中显然有俏皮的作用,这就冷笑了一声说道:"也无所谓放得下放不下,因为这是军人的责任。我不能以儿女之情来消磨你的壮志,所以你这次的开拔,我认为是你应该报答国家的时候。"

国强听她说的好冠冕堂皇的话,而细味她的话中,却有不管我成仁成功都不在乎的意思,一时觉得锦花此刻的心和刚才又有些变了。他觉得愤恨,所以冷笑道:"你说得不错。最好我能成了仁,也叫你心中可以得到了愿望。"

锦花听他这两句话不禁勃然地变色,猛可走上了两步,倒竖了柳眉,喝问道:"你这话算是什么意思。"

国强这次他也不肯示弱了,遂圆睁了环眼,大声道:"没有什么意思!我问你,你是不是想爱上了你的表弟?老实地说,我这次开拔走了,你若不给我戴顶绿头巾,这也是你的美德了。"

锦花听他这样说,方知他刚才说的话也是试我心的意思,她愤怒地跳了起来,把头向他怀内撞了过去,哭骂道:"好!好!你敢这样地侮辱我吗?我跟你到爸爸那儿去评个理,做表弟的在表姊家里是否可以住几天的?难道说我就爱上了表弟?……你这龌龊思想的狗奴才！我非拉你到爸爸面前去不可的……"锦花一面撞撞颠颠地哭，一面扭住了他的衣襟，叫他一同向房门外走。

国强到此，也深悔自己失言了，只好赔着笑脸，赖着身子，说道："好太太，你别闹了。我只不过跟你说一句玩话，你认什么真呢？"

"放屁！这是什么事情？你也能够胡嚼着说玩吗？你既然这样不信任自己的妻子，那么你对爸爸去说，请爸爸收回开拔的命令好了。你一天到晚不离开我，那终好的了。"锦花满面娇嗔地怒责着，但说到末了，她放下拉着国强的衣襟，奔到床上去倒下了，到底忍不住呜呜咽咽地哭泣起来了。

国强见了，不禁微微地叹了一口气，暗想：女子终是免不了这一套的。所以只好走了上去拍了拍她的腰肢，说道："好了，好了，我明天还得一清早起身哩！太太，一切终是我的不是，你就饶了我这一遭儿吧！"

锦花不理睬他，仍旧抽抽噎噎地哭泣。国强遂自管脱衣就寝，钻到被窝里的时候，不禁又叹了一口气，说道："好太太，我明天要走了，你别只管哭泣着，多少也给我取一个吉利吧。"说到这里，又把她身子推了一推，接着道，"况且你也应该保重自己的身子，这样子躺着也会受凉的。"

锦花听他这两句话倒大有爱怜的意思，一时心头也软了下来，遂停止了哭泣。熄灭了灯光，各自睡去。

第二天早晨，锦花起得很早。她起得很早的原因，倒并非因为国强要开拔起程了。她心中记挂的是雨秋这个人的病，不知怎么样了？所以在她起身的时候，国强还没有醒来。锦花悄悄地走到书房里，里面是静悄悄的。嫣雯拥着一床被儿，躺在沙发上也酣然地睡得熟。从这一点子猜想，昨夜雨秋一定是十分不安静。换句话说，嫣雯当然是一夜没有好好儿地睡。锦花生恐惊醒了他们，正欲回身退出。却听嫣雯"唉"了一声，她揉了揉眼皮醒了，低低叫道：

"小姐，你多早晚进房的？瞧我睡得多糊涂的。"

锦花回身见嫣雯已掀被坐了起来，遂轻声地道："我刚走进房中来。嫣雯，昨夜表少爷的热度怎么样？很高吗？"

嫣雯蹙了眉尖，点了点头，一面理着睡乱的头发，一面说道："表少爷一夜没有安静，直到早晨四点钟的时候，他才熟睡一会子的。小姐，我想今天是该请个大夫给他诊治一下的。"

"是的，我也这么地想。那么你此刻就去打电话去挂了号，请张柏明大夫立刻来吧。"锦花点头表示赞成，向她低声地吩咐。嫣雯遂悄悄地走出房外去，这里锦花走到床边，望了望雨秋，见他睡得很熟，遂也自管回到卧房里去。

锦花到了卧房，国强亦已起身，张妈端脸水给他洗脸。国强见了锦花，满脸含笑地叫道："太太，你什么时候起来的？我怎么一些儿也没有知道？"

"起来了好一会儿，还不是为了你吗？你什么时候开拔？我正在叫他们做点心呢！"锦花因为他既然要启程的人了，犯不着和他再闹事情，乐得客气一些儿，所以秋波盈盈地逗了他一瞥多情的目光，微笑着回答。

国强想不到锦花忽然会对待自己这么好起来，一颗心儿倒不免添了无限的甜蜜，遂连连地笑道："太太，真感激你，为了我，叫你又辛苦了。我九点钟就得上火车的，此刻八点半，点心怕来不及吃了。"

"那么我到厨下去催他们快点儿吧！"锦花因为自己根本没有向厨下吩咐过，她心中有些焦急，遂匆匆地又出房去吩咐了。

国强暗想：锦花到底是我的妻子，所以我也不能这样地猜疑她，不过我走了之后，事情究竟也不能不防的。正在想时车夫来报告道："师长，陈秘书到。"国强点头道："我知道，你叫他下面坐一会儿。"

车夫匆匆下去，向陈秘书说知。不多一会儿，国强走下楼来。

陈正平见了，立刻站起行礼，说道："师长，你打电话叫卑职来此，不知有什么吩咐吗？"

"稍许有些小事，你坐下，你坐下。"国强把手向他摆了两摆，两人在沙发上就一同坐下。正平望着他愣住了一会儿，是静待他吩咐的意思。国强向四周望了一下，见没有什么人，方才低低地道："我走之后，你把我的家要多多照顾一下……"

正平听他这么地说，一时也猜不透他含的是什么意思，因此红了两颊，几乎支吾不能所对。他竭力镇静了态度，连忙欠身道："师长的吩咐，敢不遵命。卑职一定尽力地照顾。"正平话是那么地说了出来，可是那颗心儿的跳跃几乎要从口腔内跳出来了。你道正平为什么要这样害怕？说也有趣，原来正平从前也是追求锦花的一个人，所以他听了国强的话，认为其中是有骨子的了。

国强当然不会明白他的虚心，遂点了点头，继续地又道："所以你最好能够常常到我家来走走，因为……"说到这里，觉得以下的话有些难以开口，这就伸手把正平的耳朵拉了过来，同时把自己的嘴也凑了过去。

正平在没有听到他的话儿之前，对于国强这一个举动，险些把半条命都吓掉了，及至听他这一阵低低的诉说，方知他疑心的不是自己，乃是锦花的表弟，叫自己暂做监察人的意思。他这才把一颗剧跳的心方安静了许多，遂连连点头道："我知道，我知道，等待师长凯歌回来的时候，我一定可以详细地报告你。"

"那好极了，那好极了。"国强很喜欢地笑着说。不料话还未说完，锦花含笑走出来问道："什么事情好极了？多快乐的。"

经锦花这么地一问，不但国强有些着慌，正平更是吓得连脸儿都转变了颜色，于是立刻站起，向她深深鞠了一躬，叫道："师长太太，你早。"

锦花向他斜乜了一眼，"哦"了一声，说道："我道是哪个？原来是陈秘书，这次师长开拔起程，你跟着一块儿走吗？"

"不，师长的意思，叫我留在军部里还有别的事情。"陈正平垂了头低低地回答，他连望锦花的一眼勇气都消失了。

国强心中也怀了鬼胎，遂对正平道："你此刻回去吧，这次作战的计划，你刚才说得很好，我想这给我也是一些儿参考。"

正平听国强后面这两句话，他几乎要笑起来，遂竭力忍熬住了，连说了两声是是，他便行礼退出去了。这时嫣雯把牛奶吐司拿出，国强遂借此打岔着笑道："太太，那么我们大家一块儿吃些吧。"

"这是给你吃的，我慢些儿好了。"锦花含了媚笑，低低地说。在这两句短短的话中，是包含了一些柔情绵绵的成分。

国强心里荡漾了一下，遂坐下了自管喝牛奶吃吐司了。偶然抬头望了锦花一眼，低低地问道："表弟还没有起来吗?"

"表弟生了病了，全身发热，嫣雯说他一夜没有安静。"锦花蹙起了两条细细的柳眉，很忧愁的样子告诉他。

"哦? 表弟生病了? 那么你们快请个大夫给他瞧瞧，我来不及再去看他了。你叫他好好儿地休养着吧。"国强听壁上钟已鸣九下，遂一面喝完牛奶，一面站起身子，很急促地说着，同时他的身子已向院子里走了。

车夫在院子里早已备好了汽车，国强匆匆地跳上。锦花站在石级上向他招了招手，表示欢送的意思。在汽车驶行的时候，国强在车窗内望到锦花那种木然的神情，心里有阵说不出的感触，忍不住深长地叹了一口气。

# 第六回

## 窥秘生妒意　情海又起醋风波

　　他倚坐在床栏旁边，两眼望着窗外随风飞舞的柳絮，心里不停地思想着种种的事情。这三天来表姊服侍我的情意，真叫自己心中感激。因为在我热度盛炽的时候，她陪在床边给我捶敲头儿，给我服侍喝药，这种情分，完全是尽了妻子的责任，所以叫我此刻想来，终觉得十分地对不起她。就在暗自思忖的时候，锦花悄悄地走进房来。她手里拿了一个纸袋，笑盈盈地走到床边，问道："表弟，你猜，这里面是什么东西呀？"

　　雨秋向纸袋外瞧望一会儿，因为有圆圆的轮廓印在上面，很显明这袋内盛的一定是水果。不过是哪一类的水果，这倒要费一些心思了。遂沉吟了一会儿，笑道："是苹果吗？"

　　锦花摇了摇头，在床沿边坐下了，说道："不是，你再猜一猜，便知道了。"雨秋笑道："那么这一定是橘子了。"

　　"哎，对啦，你这孩子就聪明了。"锦花抿嘴嫣然地一笑，她把纸袋放在床边的桌子上，秋波斜睇了他一眼，"橘子不是你最爱吃的水果吗？这里面包含了维他命的成分，吃了是很有益于身体的。我此刻切一只给你吃好不好？"锦花说到这里，便在抽屉内取出一柄雪亮的小洋刀来。

　　"表姊你待我太好了，叫我怎么样报答你才是？"雨秋心里有些感动，望着她白里透红的娇容，诚恳地说出了这两句话。

　　锦花心里荡漾了一下，回眸逗了他一瞥喜悦的媚眼，笑道："你别说孩子话了，自个儿表姊弟，还用得到报答这两个字吗？"

雨秋对于她这两句话，他心里感到十分安慰，遂把她手儿握了握，点头道："表姊，你这话太不错了，我们是表姊弟，更不用说什么报答两字了。"

"可是你心中只要明白我爱你的一番意思，也就是了。"锦花被他这么一说，芳心里不免又懊悔自己不该说这两句话，一时鼓足了勇气，又向他说出这些话来。不过她的粉颊儿上，已像涂上一层胭脂那么地透显着娇红了。

"明白你爱我的一番意思？"雨秋向她这么地反问了一句，握着她手儿的手不禁放了下来，他那颗心儿像小鹿般地乱撞着。

"为什么？表弟，难道你不爱我吗？"锦花把手中的小洋刀也放向桌子上去，她明眸中充分地显露着热情的表现，粉脸上不免浮上了失望的成分。

雨秋心头的跳跃更厉害了，他也涨红了脸儿。"我爱你，可是……"锦花迫不及待的样子，说道："可是怎么样呢？"

"可是我只能把你当作姊姊一样地爱你……表姊，你是不是也把我当作亲弟弟一样爱我吗？"雨秋经过沉吟了一会儿之后，方才毫无情感地说出了这两句话。

锦花的粉颊儿益发娇红了，她心中充满了羞涩和惭愧的成分。忽然她情不自禁地倒入雨秋的怀内，呜咽地哭泣起来，说："表弟，是的，我也把你当作弟弟一样……"说到这里，却再也说不下去了。

雨秋被她这么地一来，因为是被情感激动得过分的缘故，他的眼泪也扑簌簌地滚了下来。锦花哭泣了一会儿，微仰了海棠着雨似的娇靥，低低地道："表弟，你能不能稍许给予我一些儿安慰吗？虽然我知道原没有爱上你的资格，可是我见到了你，我心中的热情再也抑制不住地要爱上你。表弟，你只把我当作一个未嫁的表姊看待吧，那么我俩是否有拥抱的亲热？"

雨秋明白她是要自己吻她的意思，虽然对于一个已嫁的表姊，再不能有这一种亲热的举动，不过锦花那种令人爱怜的神情太惹人心动了，雨秋有些忘其所以，他把锦花当作了湘纹，低下头去，终于在她红润润的嘴唇上接了一个长吻。不料经此一吻，情海中又起了一层微微的波澜。

你道是为了什么呢？原来这天下午齐巧是星期日，湘纹因为雨秋三天不来，照理今天是应该到来的了，可是直等到三点敲过，还不见雨秋到来。她心里很奇怪，因为雨秋如今是住在表姊的家里，而这个表姊又是挺风流的人物，那么雨秋的没有到来，莫非被他的表姊迷住了吗？想到这里，又妒又恨，遂坐车匆匆到邵师长公馆来找寻雨秋。门房间听说是找太太来的，所以便给她进内。湘纹还是第一次到邵公馆，所以进了花园之后，又不知哪一条甬道达大厅的，因为没有一个仆人可以请问，她从月亮门口转到内院子里去。那边有一排三间平屋，屋外是个小院落，翠竹茂盛，柳丝嫩绿，景致颇为清幽。湘纹不知不觉地走到窗口旁边，瞥眼瞧见了窗内房中的一幕。这真所谓不瞧犹可，她气得粉脸变青，头晕目眩，若不是急忙扶住了壁角，她几乎要跌昏到地下去了。

天下事有凑巧，雨秋和锦花亲吻的一幕，会被湘纹瞧见了。这是一幕够令人刺激的情景，如何不叫湘纹心中感到气愤交迸呢？她定了一定神，暗自骂声没有心肝的东西，果然不出我之所料。接着又深深地叹一口气，内心的妒恨到底抵不过失恋的伤心，她的粉颊上已沾满了晶莹莹的热泪了。

拖着懒懒的步伐从原路回到大门口来，在大门口的时候，却遇见了陈正平。正平是湘纹的表哥，当下瞧见了湘纹，心里很是奇怪，遂含笑问道："表妹，你也和邵太太认识的吗？"

湘纹知道正平是在邵国强下面做秘书的，遂摇了摇头，说道："不，我是来找雨秋的。你来干什么呀？"

正平"哦"了一声，刚才恍然过来，笑道："对了，对了，我想到了，你和雨秋的感情可不错呀。表妹，为什么这样早走了？跟我一块儿进去再玩一会儿吧。"

"表哥，你胡说八道地取笑我，我可不依你。我还有些儿别的事情，回头见吧。"湘纹因为心中恨着雨秋，所以对于表哥这个取笑并没有感到一些儿喜悦，却觉得有些儿酸楚的难受，啐了他一口，逗给他一个娇嗔之后，向他一点头，便自管跳上街车匆匆地走了。正平见表妹很不快乐的神情，心里有些猜疑着，直待人力车拉远了后，方才向大门口走进去了。

正平对于邵公馆可说是熟门熟路，遂直达内厅。嫣雯正从厨下端了一碗龙眼麦片糊到书房里去，见了正平，遂叫道："陈秘书，你今天到这来有什么事吗？"

正平含笑道："我要见你家太太，太太在家里吗？"嫣雯点头道："在家里，你请坐一会儿，我给你去报告吧。"正平说声："劳驾了你。"嫣雯便走到雨秋的书房里去了。只见小姐坐在床边，已切好了蜜橘，一瓣一瓣地剥着送到表少爷的嘴里去。这一种亲热恩爱之情，真活像是一对小夫妻似的。嫣雯心里感到有趣，她险些儿扑哧的一声要笑出来了。

锦花听了脚步声音，回过头去见是嫣雯，遂站起身子，说道："你把点心煮好了吗？"嫣雯把那碗龙眼麦片糊放在桌子上，点头道："是的。小姐，外面陈秘书说要见你。"

"陈秘书要见我？他有什么事情吗？"锦花用了猜疑的口吻向她低低地问着。嫣雯道："这我倒没有问他。小姐自个儿去问他好了。"

"那么你服侍表少爷吃点心吧。"锦花说了这么一句，她便走到外面的客厅里来。正平见了锦花，很恭敬地鞠了一个躬，叫道："邵太太，你没有出去吗？"

锦花淡淡地应了一声，向他问道："陈秘书有什么事情要跟我说吗？"正平搓了搓手，含了微笑，很不好意思而又很小心的神气说道："没有什么事情……因为师长临走的时候，曾经叮嘱小的随时到公馆来照顾照顾。邵太太家里有什么事情吩咐，我一定竭力地去办理。"

"多谢你的好意，可是我也没有什么事情可以叫你去办。"锦花听他这么地说，心中暗想：这话中分明有骨子呀！难道国强临走的时候，真叫他来监视我的行动吗？这样说来国强这人真是可恶极了。所以故意含了笑容，向他婉言地回答。接着又问道："师长走了三天，你们在军部中可曾得到什么消息没有？"

"现在还没有什么消息。"正平摇头低低地说，"邵太太，冷雨秋兄现在可有在这儿，我在军部里是有好多天不瞧见他了。"

锦花听他突然又问起了雨秋，可见他的来意确实是为了探听我们秘密了，心里虽然十分不快乐，但表面上也只好镇静的态度回答道："我的表弟吗？自从师长动身的一天，到现在也足足病了三天了。"

"雨秋兄生着病吗？我该去望望他，今天不知可曾好些儿吗？"正平很急促地问着，他大有立刻要进内去望他的意思。

锦花芳心里当然是十分讨厌他，乌圆眸珠一转，说道："不，他此刻睡得正好，明天你再来望他好了。"正平也不知她说的是真是假，遂笑了一笑，眉尖儿一皱，问道："邵太太，刚才戴小姐也到来过了吗？"

"什么戴小姐？你说的是谁呀？"锦花听他这一句话，当然是弄得莫名其妙，遂颦锁了翠眉，奇怪地问。

正平故意触她的心儿，笑道："戴湘纹呀，她是我的表妹，也是雨秋的爱人呀！"锦花的心中果然有些酸楚的难受，但表面上不得不含了笑容，说道："原来是她吗，她今天没有来过呀。"

"这就奇怪了，我在大门口还遇见她从公馆里走出来呢。我问她和邵太太也认识吗，她摇了摇头，回答我说是瞧雨秋来的。邵太太怎么说她没有来过呢？"正平很惊奇地告诉，显然他心中有些不相信的意思。

"你这话可全真的吗？"锦花自然也有些将信将疑。因为事实上她并没有见到湘纹的到来，所以粉脸显出无限惊异，向他这么地追问了一句。

"那我怎么会骗你？"正平很认真地回答。

"真奇怪，可是她并没有走进里面来呀。"锦花弄得有些丈二和尚摸不着头脑的样子，自言自语地说。就在这个当儿，张妈端茶出来，锦花遂向她道："你把门房间的阿王去喊进来，我有话跟他说。"

张妈答应去了，锦花遂把手一摆，是请正平坐下的意思，她自己也在沙发上坐下了。不多一会儿，张妈把阿王喊了进来，向锦花鞠躬问道："太太，有什么吩咐吗？"

"你可曾见一位姓戴的小姐到这儿来过吗？"锦花低低地问。

"有的，她说来拜望太太的，可是不多一会儿，她就出来走了。怎么啦？太太，你难道没有跟她见过面吗？"阿王也有些奇怪的样子。

"奇怪，她这个算什么意思？"锦花锁了眉尖，真有些不了解个中的缘故了。因为阿王还站在一旁，遂向他挥了挥手，说道："没有你的事了，你去吧。"阿王弯了弯腰，遂回到外面去了，张妈也自管回到厨下去。正平见锦花低了头儿想心事，遂说道："我想其中一定有些儿缘故。大概湘纹又感到不好意思来见你吗？"

"也说不定。"锦花站起身子，秋波掠了他一眼，问道，"你还有什么事吗？"正平对于她这一个行动并这一句话，心里很明白这当然是有催客的意思了，于是也站起身子说道："没有什么事，我走了，明天想来望望雨秋兄的病。"他一面说，一面向她行礼，遂也匆匆地走了。

锦花眼瞧着他走远了，心里由不得又暗暗地沉思了一会儿。湘纹既然到了我的家，为什么不见我又匆匆地走了？难道我们这一幕被她瞧见了吗？想到这里，全身一阵子热燥，两颊顿时会绯红起来，呆住了一会儿后，方才走到书房里来。只见嫣雯给雨秋已吃了半碗龙眼麦片糊，她说道："小姐，表少爷吃了半碗，不要吃了。"

"你收拾到厨下去吧。"锦花说着，嫣雯便走出房外去。

"表姊，正平找你有什么事吗？"雨秋望了她一眼，悄声儿问。

"没有什么……他告诉我国强来了电报，他们已到达阵地了。"锦花支吾了一阵，方才圆了这么一个谎。

"但愿上帝保佑他们胜利吧。"雨秋有些祈祷的口吻，闭着眼睛，表示这一份儿敬虔的神气。

"是的，保佑他们胜利吧。"锦花也附和着说，她的话声却包含了一些颤抖的成分。雨秋睁开眼睛的时候，瞧到锦花的颊上却沾了晶莹莹的泪水。他不解似的问道："表姊，你怎么哭啦？"

"我没有哭，你又取笑我。"锦花很快地把只手擦了擦眼皮，逗给他一个妩媚的娇嗔，接着又温和地走上来，含了媚意的浅笑，说道，"表弟，你累了吧？坐了好久了，你应该躺下来息一会儿了。"

雨秋在她柔媚的手腕下终于躺下了身子。锦花也在他床边坐下，两人相对默默地呆坐了一会儿。锦花问道："表弟，你在想什么心事吗？"

"没有。"雨秋摇了摇头，微微地笑。

"得啦，我知道你在想心事。"锦花噘了噘小嘴，俏皮地说。

"那么你知道我在想什么心事？"雨秋望着她，忍不住微微地笑。

"还用我说吗？左不过想你的湘纹妹妹罢了。可是……"锦花告诉到这里，把以下的话却又咽住了。因为她怕雨秋知道湘纹已经来过了的消息，使他心中会多加重一头忧愁的，所以她不愿告诉他听。雨秋却追问下去道："可是怎么样？"

"没有怎么样，你好好儿地休养一会儿，我不来打扰你的精神了。"锦花摇了摇头说，她站起身子给他被儿拢拢紧，这次她也回房去休息了。雨秋见她这神情，显然意有未尽，不过她没有说出来，所以叫雨秋独个儿又暗暗地猜疑了一回。

匆匆过了五天，雨秋的病是完全复原了。这日他便到湘纹家里去望她，谁知在胡同口先和湘纹遇见了。雨秋抢步上前去笑叫道：

"二妹，你到哪儿去？正巧得很，险些儿又遇不到你了。"

谁料到湘纹却好像没有听到他的话声样子，低了头儿，只管向前走路。雨秋心中奇怪，遂迎上去把她拉住了，叫道："湘纹，你为什么不理我？难道我几天没有来瞧你，就生了我的气了吗？可是我也有不得已苦衷，因为我是生着病呀！"

"你生着病不关我什么事！你不来瞧望我，也不关我什么事！大街上拉拉扯扯的像个什么样子！请你放尊重一些儿好吗？"湘纹这回的怨恨比上次更厉害一些，所以她一些儿也不肯同情雨秋的话，冷笑了一声，一面挣脱了他的手，一面便愤愤地又向前面走路了。

雨秋对于湘纹这样态度对待自己，这真是做梦也想不到的事情，一时望着她不免愣住了一会儿，可是就在这愣住的时候，湘纹已跳上街车走了。雨秋招手连叫了两声湘纹，不免微微地叹了一口气，觉得这个姑娘的脾气也太大一些儿了，不明不白地老是给自己受这一个委屈。但转念一想，无论一件什么事情，终有一个原因的，也许其中又有什么误会，所以使她芳心里把我怨恨到了极点吗？于是他为了要明白一个彻底起见，遂回身走进胡同，预备问她的姊姊去了。

雨秋走进会客室，湘绮依然含笑招待，说道："雨秋弟，你迟来了一步，纹妹一个人刚出去瞧电影了。"

"我在门口遇见她的，奇怪得很，她今天为什么不上学校里去呀？"雨秋点了点头，微蹙了眉尖儿，有些不了解的样子问她。

湘纹笑了一笑，很神秘的神情说道："一个小女孩儿家，终有着许多不如意的事情，我也不知道她为了什么，这四五天来终是闹着不高兴。"

"可不是？在门口我招呼她，她不理我，而且还恨我的样子，我觉得莫名其妙，所以来问一问大姊。难道我又有什么地方得罪了她吗？"雨秋遂从实地告诉了她，他搓了搓手，大有愁眉苦脸的表情。

"这个我倒不详细……"湘纹沉吟了一会儿，忽又笑起来道，

"雨秋弟，我记得五天前二妹曾经来找过你呀。"

"找过我？"雨秋奇怪得目定口呆，"她到什么地方来找我？"

"她到你表姊家里来找的。"湘绮低低地说。

"大姊，你知道我生过五天的病吗？二妹到我表姊家来找我，可是我并没有见她来过呀。难道说我表姊没有告诉我，就回绝了二妹吗？若是这个样子，那我的表姊未免太岂有此理了！"雨秋很猜疑地回答。

湘绮道："不，我二妹虽然到了你表姊的家，可是她并没有和你表姊见过面。也许你表姊和你一样，也不知道二妹是曾经到来过的。"

"那么这就更奇怪了，二妹到底算什么意思呢？"雨秋益发不明白起来了。

"不过事情终有一些儿原因的，因为二妹是初次到你表姊的家，所以摸错了路，走到另一个的院子。听她说那边有三间平屋，一页修竹，景致很是清幽。谁知道她无意中瞧到了屋子那一幕情景，因此她就生气回家来了。我问她到底看见了什么，她也不肯告诉我。二妹这个孩子就爱闹着小性儿，一些忍耐功夫都没有，回家了后还哭了一整天哩！"湘绮这几句话真说得怪俏皮的，说完了之后她忍不住抿嘴笑出声音来了。

雨秋是个很聪明的人，听了她这几句话，还有想不过来的道理吗？因此恍然大悟，绯红了两颊，真的连他耳根子都感到热辣辣起来了。

过了一会儿之后，方才徐徐地说道："大姊，这完全就是二妹发生误会了。因为那时候我正在病中，所以表姊坐在旁边服侍我喝药等的事情。其实我们原没有什么关系的。"

湘绮笑道："我也这样地对二妹解释，可是二妹偏不相信，她说这会子给她受的刺激实在太深刻了。她又说雨秋和她表姊假使没有什么关系的话，她什么东道都输的。我也真奇怪为什么对待自己的爱人要这样地不信任呢?"

雨秋陡然意识到亲吻锦花的一幕,他全身都会感到热燥起来,暗想:这也太凑巧了,房中这一幕情景会落在湘纹的眼睛里,这真是做梦也想不到的事情。遂支吾着说道:"大姊,你应该相信我,我并不是一个没有理智的青年,我如何会去爱上一个有夫之妇呢?那还成一个人吗?"

"我当然能相信你,因为我也早知道你是一个有智勇的青年。不过二妹不相信你,叫我又有什么办法呢?"湘绮一面用话激动他,一面也假意儿地忧愁着。

雨秋叹了一口气,说道:"唉,我想不到二妹现在会这样地多心。我们也不是一年半载的友谊了,谁知她还这样地不信任我。"说到这里,大有伤感的意思。

"雨秋弟,我正经地问你一句,你到底真心爱我二妹吗?"湘绮乌圆眸珠一转,她有了一个主意,要使他们破裂的感情再度恢复过来。

"大姊,我如何不真心地爱她呢,假使我有假意儿的话,那么我绝没有好的结果。"雨秋抬头望了她一眼,正色地回答。

湘绮点了点头,说道:"雨秋弟,既然这么地说,那么你应该听从我的话。"

雨秋忙道:"那当然。大姊,你只管吩咐,我一定照办。"

湘绮道:"我虽然不知道你和表姊究竟是怎么的一回事,不过照我的猜想,你虽没有爱上表姊的意思,可是表姊对你就未免有情。所以我觉得这样下去,你和二妹的爱情固然要破裂到底,就是你将来的前途恐怕也会发生阻碍。现在为了你的终身幸福并前途光明起见,那么你只有离开你表姊的家里,还是住到我们这儿来吧。我觉得除了这一个办法之外,实在再没有第二个补救的法子了。不过话虽这么地说,你能不能放得了表姊,我认为这还是一个问题。"湘绮说到末了这两句话,稍许又带了些俏皮的成分。

雨秋听了，作色而言道："大姊，你也别跟我开玩笑。我为什么放不下表姊呢？我和她只不过是一些儿亲戚关系罢了。况且她是个有丈夫的人，难道你们真的疑心我会去爱上一个有夫之妇吗？对于这次我住到表姊的家里，也不是我自个儿情愿的事情。现在听了大姊这一番金玉良言，使我茅塞顿开。只要二妹不讨厌我，伯母那儿没有什么问题，那么我一定住到这儿来。"

湘绮笑道："那好极了，我想必定这样吧。只要你放弃了表姊，二妹爱你还来不及，她如何还会恨你吗？至于我的妈，那是更没有问题了。她老人家早就瞧中意了你，说你这孩子很忠诚，将来的前途就不错。"

雨秋听了这两句话，心里又喜欢又难为情，两颊上也会透现了红晕的色彩，忍不住微微地笑道："承蒙伯母和大姊都很瞧得起我，从今以后我得更好好儿努力做一个人不可哩！"

"这就对了，我心里也真觉得高兴。雨秋弟，并不是我说你表姊的不好，因为她是个有丈夫的人，对待一个孩子那么的表弟，似乎不应该有这样亲热的举动。因为她不是爱你，简直是害了你了。雨秋弟，你听了别见怪，我这张嘴生成的就是这么爽快。"湘绮在经过一阵笑之后，她又很认真地说出了这两句话。

"大姊，你说的很不错，可是我也很惭愧。不过我终算还是一个有理智的青年，表姊虽有热爱我的意思，我到底没有去接受她。"雨秋红了脸儿，羞愧地回答。

两人谈了一会儿，雨秋问伯母上哪儿去了，湘绮笑道："妈又到王家太太那儿打牌玩去了。雨秋弟，你等二妹回家的时候再走吧。"

雨秋沉吟了一会儿，说道："不，二妹今天出去恐怕一时里不会回家的，我还是明天早晨再来望她吧。同时我拜托大姊请你劝劝二妹，说我雨秋绝不会忘记她的。大姊，我此刻走了，伯母回家的时候也代我请一个安吧。"

湘绮见他说着话，身子已经站了起来，遂也不便强留着他，送他出来，说道："那么你明天早晨必定来吧。"

雨秋点头，遂匆匆地别去。

雨秋走后不到十分钟，湘纹却懒懒地回家来了。湘绮奇怪道："怎么就回来了？没有在瞧电影吗？"湘纹点头道："我有些头痛。"说着把手儿按在自己的额角。湘绮故意把雨秋来家的事不告诉她，说道："那么你到房中去休息一会儿吧。"

湘纹不作答，遂自管回房中去了。湘绮暗想：二妹忽然又回家了，显然她有些懊悔刚才没有理睬雨秋，所以她连瞧电影的心思都没有了。一时不禁暗自地好笑，把家务料理一番后，也到二妹的房间里去瞧她。不料湘纹伏在床上，却在呜呜咽咽地哭泣。于是走到床边去，拍了拍她的身子，笑道："二妹，你何苦来？既不理睬他，此刻又哭什么呢？不是自个儿受痛苦吗？"

湘纹听姊姊这么地说，遂一骨碌翻身坐起来，泪眼盈盈地向湘绮望了一下，问道："姊姊，你怎么知道的？他来过了吗？"

湘绮也在床边坐下了，拿了手帕，给她拭了拭眼泪，笑道："妹妹，并不是我埋怨你，你的脾气原也太大一些了。无论一件什么事情，终要亲自问明白了，那么才可以实行决裂呀。现在他来望你，你理也不理他走了，叫他心中多难受呢！"

湘纹回家也正在懊悔，此刻被姊姊这么一说，心中愈加悲酸，因此泪水像雨点般地又落了下来。不过湘纹到底是一个好胜的姑娘，她立刻又收拾了泪痕，冷笑道："姊姊，不过这是我亲眼目睹的事情，并非外人的传说，他还有什么可以向我们解释的吗？"

"可是他生了病，而且他也并没有爱上他的表姊。他又说真心地爱你，假使有什么假意儿的话，他绝没有好的结果。我想雨秋是个有真性情的青年，他既念了重誓，大概是不会爱上他表姊的吧。"湘绮见二妹还是一味娇怒的神情，所以竭力地给雨秋辩白着。

"哼！"湘纹冷笑了一声，"不爱上她？怎么会跟她亲吻呢？"湘纹自己也不知道为什么缘故，她一想起这一幕神秘的镜头，芳心里终觉得股子酸溜溜的不受用。

湘绮忍不住笑出声音来了，说道："这大概是被他表姊热情迷糊涂了的缘故。不过现在事情是有了解决的办法，因为雨秋已经答应了我，他必定地离开了表姊的家，住到我们这儿来。二妹，你听了不知也高兴吗？"

"姊姊，你这话可真的吗？"湘纹听了姊姊的告诉，她感到意外的惊喜，只手儿揉了揉眼皮，这句急促的话中至少是包含了一些兴奋带喜悦的成分。

"你这可乐了吧？"湘绮点了点头，不禁扑哧的一声笑了。经她这么一笑，湘纹不免又感到难为情起来，这就红晕了娇靥，啐了她一口，把身子又倒向床上去了。湘绮知道她是害羞的意思，遂笑了一笑，也自管地走出房外去了。

第二天早晨，湘纹还没有起床，雨秋就匆匆地到来了。湘绮成全了他们，遂带着雨秋走进湘纹房中，走到床边，低声叫道："二妹，你醒着吗？雨秋弟来了。"

"他在下面会客室里吗？"湘纹没有发觉雨秋也在房中，遂低声地问。湘绮笑着点了点头，她把雨秋身子一推，自己便退出房外去了。湘纹正欲披衣起床，忽然瞧见雨秋已走到床边来了，一时又羞又急，慌忙把被儿又裹紧了身子，娇嗔似的道："我还没有起来呢，你怎么就走进我的房中来了？"

"这是你姊姊带我进来的，我可不知道呀！"雨秋望着她妩媚的风韵，忍不住微微地笑。这笑的意思中多少带有些顽皮的成分。

"可是你现在知道了，不是应该出去吗？"湘纹逗给他一个娇嗔，雪白的牙齿微咬着鲜红的嘴唇皮子，这表情含有些诱惑性的魔力，令人会感到一阵想入非非起来。

雨秋不但不退出去，反而在床边坐下了，笑道："二妹，你的心也太狠了，昨天就这么忍心地不睬我，今天又叫我走出房外去，那你不是存心和我绝交了吗？"

"不！不！"湘纹情不自禁地说了这两个字。可是既说了出来，她又感到无限羞涩，又要笑而又不好意思笑的表情，却又带了三分微嗔的样子，说道："我是叫你暂时地到房门外去站五分钟，让我起了身子，你不是再可以进房中来坐的吗？你出去呀！"

雨秋听她这么说，显然她是不生气了。因为她不生气了，所以叫雨秋会更涎起脸来，遂笑道："那怕什么？你只管起床好了。"

"你这人就待你好不得！"湘纹鼓着红红的小腮子，故作生气的样子。

"你待我好，所以你不理我，还骂我……我生了这许多日子的病，高高兴兴地来看你，还受你这样的委屈，我心中是多么痛苦呢！"雨秋趁这个机会，把昨天所受的委屈也向她埋怨了两句。

谁知湘纹听了却又提起她心中的酸素来，不禁冷笑了一声，逗给他一个白眼，说道："痛苦？别说什么痛苦两个字吧！你生了病，这是成全了你，痛苦之中到底有甜蜜的呀！唔，多开心多亲热的！"湘纹说到后面这两句话，表情上至少包含了一些滑稽的成分，噘了噘小嘴，把粉脸儿别了过去。

雨秋被她说得无话可答，微红了两颊，倒是愕住了一会儿。经过这阵子愕住后，湘纹不免又回过头来望了他一眼，冷冷地道："为什么不说话了？难道我这两句话不是说到你的心眼儿里去吗？"

雨秋这就笑出声音来了，说道："原来你不理我、恨我、骂我，都是为了这一个缘故吗？好了好了，我现在也来跟你亲一个嘴，那么你终可以不生气了。"

湘纹恨恨地啐了他一口，不免笑了，但在一笑之后，立刻又薄怒娇嗔的神情，说道："我可没有这个资格配得上跟你……"

"跟我怎样？"雨秋笑嘻嘻地一味地涎脸。

"呸！"湘纹啐了他一口，这回她再也忍熬不住，把绷住了的粉脸浮现出一丝笑容来。不过她到底觉得难为情，把粉脸儿又别转过去了。雨秋却挨近了一些身子，伏了下去，低低地道："纹妹，现在你姊姊的意思，叫我搬到你们这儿来住，不知你心中怎么样？假使你不恨我了，那你当然会答应我的。否则你一定会拒绝我，是不是？现在请你自个儿对我说明白了好吗？"

湘纹回过脸来的时候，见雨秋伏了身子，他的脸和自己的脸只距离到三四寸光景，一时又羞又喜，把脸儿向后面偏了一些下去，俏皮地道："别的倒没有什么问题，只不过你的心中怎么能舍得离开你亲爱的好表姊呢？"

"二妹，你说这些话，那你就应该给我打嘴。"雨秋微红的两颊，把手儿一扬，向她做个要打的姿势。

"哼！我当然只配给你打嘴的！"湘纹冷笑了一声，怨恨地讽刺他。

"哦，我说错了，好妹妹，你是应该给我亲嘴的。"雨秋眸珠一转，一面笑，一面便低下头儿去了。

湘纹把只手抵住了她的嘴巴，嗔道："你再胡闹，我可生气了。"雨秋笑道："可是那是你自己的意思，好妹妹，你就赏我一个脸儿吧。"

"不！不！你……"湘纹连说了两声不，下面这句话还没有说出，但自己的手已被雨秋拉开了，同时他的嘴也在湘纹嘴唇上紧紧地吻住了。

雨秋这一个热吻，在湘纹身上终算赔了一个罪。湘纹的一颗芳心，把十分的哀怨之情也消失了七分，补充进去的是喜悦和甜蜜的成分。于是这一对小儿女终算又和好如初了。

## 第七回

# 情有所钟　你我俱是可怜虫

"咦！表弟，你怎么要到哪儿去了吗？"锦花一脚跨进雨秋的卧房，只见雨秋站在桌旁整理衣箱和书箱，心中这一惊奇，不免别别地乱跳起来，于是情不自禁地走到他的身边，很急促地问他。雨秋回头望了她一眼，遂握住她的手说道："表姊，我很抱歉，我要离开这儿了。"

"那么你要上什么地方去？是不是爸爸把你派遣到别处去任职了吗？"锦花听了这话，她心中不知怎么的，有些空洞洞的难受，偎上了身子，很有些依恋惜别之情的样子。

"不。"雨秋回答了一个不字，觉得以下的话再也说不下去了，他支吾了一会儿，方才徐徐地道，"因为一个朋友要我住到她的家里去。我已经答应了她，所以不好意思再回绝了。"

锦花颦锁了翠眉，很猜疑的样子，问道："你这个朋友是谁呀？他要你住到他的家里去有什么事情吗？"

"没有什么事情，不过……"雨秋摇了摇头，有些回答不出的神气，接着道，"因为她有些功课不大懂得，晚上叫我给她补习补习。"

锦花听他并不肯告诉那个朋友是谁，她心里就有些明白过来了，这就哀怨地问道："我问你那个朋友姓什么的，你干吗不肯告诉我呀？"

"姓张的，他是我的同学……"雨秋微红了两颊，不得已地只好圆了一个谎。

"哼！"锦花冷笑了一声，"你也不必跟我说什么姓张的姓李的，我早已知道……"说到这里，只觉一股子辛酸触入鼻管，泪水不免夺眶而出了。

"表姊你知道什么呢？"雨秋皱了眉尖，他心虚地问她。但锦花并不作答，回身倒向沙发上去，忍不住呜呜咽咽地哭泣起来了。

雨秋在这个情形之下，真弄得没有了办法，搓着手儿，愕住了一会儿，方才走到沙发旁去，拍着她的肩胛，低低地叫道："表姊，好好儿的为什么要伤心呢？那不是叫我瞧着心中感到难受吗？"

锦花不睬他，兀是呜咽着啜泣。

雨秋急道："表姊你这算什么意思呀？"

"管我什么意思？反正让我哭死了干净。"锦花这才抽抽噎噎地回答。

"表姊，那又何苦来呢？唉！"雨秋在她身旁坐下了，一面说，一面忍不住微微地叹了一口气。锦花停止了哭泣，拭了拭眼泪，问他说道："表弟，你好好儿的忽然要走了，这到底是为了什么？是不是我有事情对不住你的地方？或者我家的地方不配你住下去吗？"

"不！不！"雨秋急急地辩解着说，"表姊，你待我这样好，你怎么还有什么地方对不住我呢？就是你的多虑了，我绝没有这一个存心的。这次我住到姓张的同学家里去，完全是因为情面难却的缘故……"

锦花不待他说下去，忍不住鼓着小嘴儿冷笑了一声，说道："你也知道情面难却这四个字吗？那么我既没有错待你，你就住不了十天就走了。我问你，你在情面上能对得住我么？况且你姊夫又不在家里，我一个孤零零的弱女子，你能不能随时照顾我一些儿吗？唉！你也太狠心了……"锦花说到这里，明眸充满了无限哀怨的目光，恨恨地逗给他一瞥之后，眼泪便像断线珍珠似的滚落下来。

雨秋听了这话，又见她这哀怨伤心的样子，他心里真觉得好生左右为难的。皱了眉尖，搓着手儿，沉吟了一会儿，说道："表姊，可是你也应该原谅我的苦衷。"

"你说你有什么苦衷？"锦花拭了拭泪，向他急急地追问。

"我……唉，不要说了吧。表姊，你待我的情分，我无论如何是不会忘记你的。不过你现在到底是个邵师长的太太了，为了名分上的关系，我不愿多给人家说一句闲话。所以尤其姊夫不在家的时候，我似乎更应该要避一些儿嫌疑。常言道，人言可畏，万一姊夫回来的时候，有什么人和我们心里过不去，假使在姊夫面前说了几句不好听的话，牺牲了我的名誉，那倒还是小事，累你们夫妇间发生了裂痕，这叫我心中怎么能够说得过去呢？"雨秋在叹过了一声气之后，他终于又说出了这许多的话。

锦花对于雨秋几句话，心中虽然是一万分的怨恨，可是到底也不能说他错了。不过雨秋的心中明明白白地表示不爱我的意思，锦花的胸口是只觉得有块儿铅质那样笨重的东西镇压着一般地难受，她觉得自己在雨秋身上用的这一份儿的痴心，实在是落花有意、流水无情。她痛苦得有些不能活下去，她忍不住呜咽地哭了起来。她觉得若不是这样地哭一场，她会闷死在这一个气氛的环境下的。

雨秋不是一个木然无知的青年，他当然明白表姊的哭就是她内心失望到了极点的表示。虽然表姊爱我的情分足以使我感动，不过为了保全我们青年的人格、表姊的清白，我又怎么能够使她感到满足呢？想到这里，他忍心站了起来，搓着手儿，向室中走了两步。

锦花以为他站起来走了，遂又停止了哭泣，猛可地跟着站起，骤然偎近了雨秋的身怀，泪眼盈盈地叫道："表弟，你真的忍心走了吗？可是我离不了你……"一面说，一面泪似泉涌，接着叫道，"表弟，我大胆地说，我爱你，你可怜可怜我，你就给予我一些爱的安慰吧！"说到这里，两手环住了雨秋的脖子，紧紧地不放。

雨秋想不到表姊会赤裸裸地说出了这几句爱我的话，于是他那颗心儿的跳跃，真的像小鹿般地乱撞起来。因为被锦花这么紧紧地抱住着，他更有些不知如何是好的神气。呆住了好一会儿之后，他方才徐徐地说道："表姊，我不是早已跟你说过了吗？我也爱你的，不过我只能把你当作姊姊一样爱护，因为你是个有丈夫的女子。表姊，你错了。你把爱的真意应该认识得清楚一些儿，切不要把欲认作了爱，那么我以为我俩间的爱确实是够伟大了。表姊，我知道男女之事的爱与恨都是一刹那间而造成的，所以我们虽然有浓厚的情感，但是我们浓厚的情感也应该由冷静的理智来管束才好。世界上真不知有多多少少的青年男女，为了一时爱的冲动，而铸成了终身的遗恨。表姊，你细细地想一想，所以你应该明白我爱你的一番苦心才是。"

锦花听他说到这里，她那一颗被情感蒙蔽住了的芳心才算清楚过一些儿来了。她在无限伤心之余，又感到无限羞愧，遂猛可地离开了雨秋的身怀，回身倒向沙发上去，忍不住又伤心地哭泣不止。雨秋知道表姊这回的哭，完全在可怜她自己身世的缘故，因为表姊这样的人才嫁给一个蠢牛似的邵国强，在事实上说确实太委屈了她，所以望着她伏在沙发上的肩儿，一声一声那种悲哭的情景，他的心中也不免悲哀起来了。叹了一口气，眼皮儿也有些润湿了，遂悄悄地走到她的身旁，拍了拍她的肩胛，说道："表姊，你别哭了。"

"表弟，你别管我，让我哭一会儿比较爽快，我听了你这一番话，我心中完全地明白了。我错了，唉，我不能为了一己之私爱而害了你终身的幸福，你应该爱你的戴小姐去。你走吧，从今以后，我不想再瞧见你了。"锦花从哽咽声中挣扎出这几句话来，她向雨秋挥了挥手，神情是非常凄惨。

雨秋被她这么一说，他心中倒又不忍起来，遂在沙发上坐下，把她身子拉了转来，低低地道："表姊，你想明白了，我很感激你。不过我们到底还是表姊弟，在姊弟爱的范围之内，我还是爱你的。"

"表弟，是的，我也太感激你了。"锦花颤抖地回答，她这次倒在雨秋的怀里，泪水又扑簌簌地滚落下来，但她立刻又坐正了身子，拭去了泪痕，说道，"表弟，你还是早些儿走吧。"

"表姊，你恨我吗?"雨秋低低地问，在他心中既不肯滥用其情，而又不肯做个无情无义的人，所以他又向锦花这么说。

"不，我为什么要恨你?"锦花摇了摇头，秋波逗了他一瞥哀怨的目光，"我觉得这是我的命苦。表弟，我希望来生跟你……"说到这里，不免声泪俱坠。

雨秋心中一酸，泪水也夺眶而出。锦花见他为自己而淌泪，心中明白表弟未始不是一个有情的青年，她默默地凝望着雨秋俊美的脸颊，说道："表弟，你不要为了我一个苦命的女子而伤心难受，你是一个有智勇有福气的青年，最后我希望你和戴小姐白头偕老，永远在乐园中过着幸福的日子。"

"表姊……"雨秋情不自禁把她身子抱住了，他叫了一声表姊，可是却再也说不下去了。锦花虽然有恨他的意思，不过到底还是有爱他的成分，因此倒入他的怀抱，两人默默地温存了一会儿。良久，锦花推开他的身子，说道："你自管整理衣服吧。我到厨下去给你烧一些点心，你吃了一些点心后，你就走吧。"

她说着话，站起身子，已向房门口走了。雨秋要想叫住她，不知为什么喉间好像有什么哽住着，这就叹了一口气，望着她消失了的身影，呆呆地愣住了一会儿。

吃过了点心之后，已经下午四时了。锦花含泪送雨秋走后，望着天空中来去飘浮的白云，她又暗暗地感伤了一会子身世。不料正在这时，忽然见陈正平又匆匆地走来叫道："邵太太，你没有出去吗?"

锦花见了正平，遂镇静了态度，微微地一笑，说道："没有出去。陈秘书，你有什么消息吗?"正平道："还得不到什么消息。邵太太，我在门口碰见了雨秋兄，他怎么不住这儿了吗?"

锦花道："是的，因为有个朋友要他补习功课，所以住到他朋友家里去了。"

"邵太太，雨秋兄这几句话恐怕是骗你吧。"正平笑了一笑，他俏皮地告诉着，在他的心中是要锦花怨恨着雨秋，那么便可以爱上自己的意思。

锦花微蹙了翠眉，故作不了解的样子，问道："你怎么知道他骗我的？难道他告诉过你吗？"

"因为我明白雨秋兄的一切。他是爱上了我的表妹戴湘纹了。"正平用表功的神气，含了微笑，小心地告诉。

"你这话和那些有什么关系呢？"锦花并不以为他报告了自己而感到喜悦，因为她心中只有加重一层刺激罢了，所以绷住了粉颊，有些儿生气的样子。

"邵太太，我还没有说下去，雨秋兄这次从这儿搬走，就是住到湘纹家里去的。"正平继续着告诉，多少包含了一些搬弄是非的成分，"昨天我在中山公园见他们坐在树荫下一块儿游玩谈心，这表情真够叫人亲热的。我听舅妈说，他们也许快要订婚了。大概雨秋兄怕难为情，所以他没有老实地告诉你。"

"得了得了，可是这些事情我是早已都明白了。"锦花有些触心，她不耐烦地说了这两句话，身子已向客厅里面走了。

正平从她不快乐的表情瞧起来，心中暗暗地就有些明白。锦花确实有爱上雨秋的意思，不过雨秋因为已经有了我的表妹，所以不肯再去接受锦花的热爱罢了。他一面想，一面跟着走到客厅里，说道："邵太太，你有没有兴趣？我想请你听戏去，不知道你肯赏我一个脸儿吗？"

锦花因为心中烦闷，遂回头望了他一眼，说道："也好，你坐一会儿，我去换件衣服来。"正平连声地答应，锦花遂匆匆地到卧房内去了。正平心中多么欢喜，他觉得锦花在雨秋身上得不到热爱，那么她一定会爱到我的身上来。我只要小心地奉承她、侍候她，还怕她不入我的怀抱里来吗？正平这样地想着，他满心眼儿里充满了甜蜜的滋味，独个儿忍不住笑出声音来了。

就在这时候，一阵高跟皮鞋的声音响入耳骨。正平抬头去望，原来锦花亭亭玉立地已站在眼前了。正平慌忙站起身子，向她鞠躬似的，笑道：“邵太太，你舒齐了吗？那么我们走吧。”

锦花点了点头，遂和他一同步出了大门。在大门口的时候，正平瞧了瞧手表，说道：“听戏的时间已经过去了，我们还是先去吃些儿点心，你瞧好不好？”

“不，我没有饿，还是到舞厅里去坐一会儿吧。”锦花摇了摇头，笑盈盈地回答。正平听了大喜，点头笑道：“我也有这一个意思，不过当初我不敢说，现在邵太太也有这一层意思，那是再好也没有的了。”一面说，一面伸手招了两辆街车，大家匆匆地跳上，便坐到皇家舞宫里去了。

皇家舞宫是北京城内最富丽堂皇的一个舞厅，里面的装置自然尽善尽美，仿佛仙境一样。两人到了里面，早有侍者含笑迎上来，大概正平是个老主顾的缘故，所以侍者是认识他的，遂招呼道：“陈少爷，到这儿来吧，那边有个好位置。”他一面说，一面伴他们到一张座桌旁长沙发上坐下。泡了两杯柠檬茶，正平取出烟盒子，递烟给锦花。锦花接过，燃火吸了一口，再喷了一口烟之后，秋波斜乜他一眼，低低地问道：“你这儿常来吗？”

“不，我也不常来的，我知道邵太太从前对于跳舞是很感兴趣的吧？”正平自己也吸着烟，摇了摇头，含笑小心地回答。

锦花有些不相信样子，噘了噘嘴，说道：“得了吧，装什么假正经？你要如真的不常来这的话，侍者怎么会认识你？”

“这……这其中原有个缘故的。”正平支吾着回答，眸珠一转，他有了一个主意，“从前他在我家做过听差的，那还是我爸爸的手里，所以他和我就一向认识的。”说到这里，立刻又转变了口风，说道，“邵太太，你听这一班乐队奏的音乐还兴奋吗？”

锦花把视线放到音乐台上去，点了点头，随便地说道：“还算不错。”说着，回眸又逗给他一个媚眼儿，笑道，“你也不用花言巧语地辩白了，不过像你这样的年龄了，也怪不了你要在歌榭舞台中找求对象的了，那么你干吗不早些儿结婚呢？"

正平听她这么地说，忍不住微微地叹了一口气，用了可怜的目光，向锦花哀怨地逗了那么一瞥，说道："还不是为了你吗？"

"还不是为了我？你这话打哪儿说起？"锦花锁紧了柳眉，有些不了解的样子。

"邵太太，你别生气，我确实是为了你，所以我一辈子也不愿结婚了。"正平呆滞了眼睛，表示非常认真。

锦花也素知他是倾心自己的一个人，所以对于他说的话哪儿还有不明白的道理？芳心里忍不住暗暗地好笑，但表面上还是装作不明白的神气，吸了一口烟，问道："可是我不懂你说这个话的意思，你倒解释给我听听。"

正平支吾了一会儿，笑道："不过我说出来了，你千万要原谅我的。"锦花毫不在意地说道："不要紧，你只管说吧。"

"自从和裘小姐认识之后，"正平方才大胆地说，"在这里我应该称呼你裘小姐，我觉得裘小姐的才貌固然人间少、天上有，而那种大方的态度、高雅的谈吐，更是别个女子所不及的地方。啊！我真不知该怎样地来敬颂你赞美你才好呀！"

锦花不等他说下去，忍不住先好笑起来了，说道："听你这话多肉麻的，我可没有像你说的这样好吧。"

"不过我的心里就有这么的一个感觉，而且我的眼睛里瞧起来，世界上的女孩子除了你一个人之外，恐怕再也找不出第二个人的了。"正平还是显得非常忠实地回答。

锦花扑哧地一笑，雪白的牙齿微咬了一会儿殷红的嘴唇皮子，方才低低地道："可是现在我并不是一个女孩子了。"

正平叹了一口气，说道："就是为了这么地说呀！万不了我正在热爱你的时候，你忽然地结婚了，而且你结婚的对象，又是我的上司。唉！从此以后，我仿佛掉了一颗心，我又好像缺少了一个灵魂，天哪！这真叫我太痛苦了！所以在遭到这一次的打击之后，我就不想再跟任何女子结婚了。"说完了之后，皱了双眉，大有凄然泪下的意态，表示无限痛伤的模样。

锦花知道他是用感情来激动我脆弱的芳心，不过我到底不是一个平常的女子，会中人家的圈套。她对于正平这几句话，只有感到幼稚的可怜和可笑，但她故意还逗他开玩笑道："陈秘书，我真对不起你，你对我太有真心的爱了。不过你为了我愿意一辈子不结婚，这不是我害了你吗？哦，在当初我也确实有爱上你的意思，可是我的爸爸一定要我嫁给国强，我没有办法，只好答应了。陈秘书，你应该原谅我的苦衷才好。"说到这里，还把身子向他偎近了一些上去。

正平见她果然被自己的情感激动了，他是多么欢喜，心中暗想：瞧着，我的锦花快要到我的怀抱里来了。于是他拍了拍她的肩胛，用了非常多情的口吻说道："裘小姐，我当然能够原谅你的苦衷，不过我觉得有些不相信，你在当初真的也爱我吗？只要你能了解我心中爱你的一番的情意，那么我的心中也觉得够快乐了。"

锦花又坐正了身子，回眸斜乜了他一眼，很认真地说道："那我怎么会骗你？我当然是真心地爱上了你。可是我俩到底没有缘分，所以我就被爸爸硬生生地做主嫁给国强了。"说到这里，故意深深地叹了一口气，表示伤心的样子。

正平听她这样说，立刻去握住她的纤手说道："锦花，恕我冒昧叫你一声名字，虽然你嫁了丈夫，可是我们只要有同心的爱，我们不是仍旧可以在一块儿相爱的吗？尤其在你丈夫不在家的时候，我觉得你确实是太苦闷了。"

锦花暗想：原来他是抱着勃勃的野心。这就把手在他肩上一拍，哧哧地笑起来说道："陈秘书，我很感激这样地关怀我，不过你应该怎样地爱我才是呀？"

"我……我想……"正平见她刁得厉害，不免微红了两颊，支吾着说了这两个字。不过要明白地说出来，那究竟有些儿不好意思。

正平半吐半止的时候，忽然他瞧见从舞厅外进来两个人，他情不自禁地拉了拉锦花的手儿，指了过去说道："哎，你瞧，这不是你的表弟和我的表妹吗？他们真是多亲爱的。"

锦花随了他手指的地方瞧过去，果然见雨秋和一个年轻的姑娘手挽手儿地走进来，瞧那姑娘的脸蛋儿真是十分讨人欢喜。也不知为了什么，锦花自瞧到了这一幕情景之后，她心中就会感到酸溜溜的难受。这时候雨秋和湘纹慢慢儿地踱过来，他们似乎在找寻座位的样子。正平明知锦花心中有些酸素作用，不过他故意地向他们招呼道："咦！表妹，你们也在这儿玩吗？"

雨秋和湘纹回眸去望，突然见了正平和锦花，在他们两个人这时候的心中却有各种不同的感觉。雨秋见了锦花，他心中简直有些儿吃惊和害怕。但湘纹却非常地高兴，因为她并没有知道正平身旁坐的那个女子是谁，在灯光暗淡之下，瞧不清楚她的脸蛋儿，还以为是表哥的女朋友呢，于是笑盈盈地走上去叫道："表哥，你是多早晚来的？请介绍这位小姐是谁呀？"

"表妹，你不是到她家儿去过吗？怎么你们就不认识呀？她……她就是邵师长的太太，还是雨秋兄的表姊哪。"正平见表妹并不认识锦花，心中感到奇怪，逐低声儿地告诉她。湘纹听了这话，向她仔细地一打量，方才瞧清楚她真的就是和雨秋骑马的那个女子，遂含笑弯腰说道："原来是邵太太，多多地失敬了。"

锦花虽然痛恨着湘纹，可是人家既然招呼了自己，当然不好意思置之不理的，遂站起身子很大方的态度，笑道："戴小姐，你别客气。那天你已经到了我的家，为什么没有进来呀？我把丫头仆人们都埋怨了一顿，我觉得真对不起你，因为我没有欢迎你啊。"

湘纹被她这么地一说，心中也觉得很不好意思，全身一阵子发烧，两颊会热辣辣地红起来，只好笑道："邵太太，那天我原来拜望你的，不知怎么我的头痛了，所以我没有进来就回家了。你们请坐呀，我们回头见！"湘纹心中其实也在嫉妒着锦花，所以在说完了这两句话儿之后，和他们一点头，拉着雨秋的手儿便匆匆地走出舞厅外去了。

锦花见雨秋始终没有开口向自己说一句话，她心中已经感到很不自在，此刻见湘纹拉着雨秋走了，她心中这一气愤，真的把粉脸儿转变了铁青的颜色。她想到了和雨秋山洞里燃火消夜的一幕，又想到了病榻缠绵的一幕。明明是自己心爱的人，现在硬生生地被湘纹夺了去，这如何叫她心中不痛恨呢？假使没有正平在身旁的话，她真的会哭出声音来的。

正平见锦花的神色很不好看，连忙把她身子扶住了，说道："锦花，你怎么啦？你坐下来吧。"锦花这才在沙发上颓然地倒下，摇了摇头说道："没有什么，我们去跳一次舞好吗？"正平知道她心中受了刺激的缘故，所以十分欢喜。因为锦花在雨秋身上失了恋，对于我自然有成功的希望了。遂立刻含笑站起，拉了她的手一同走到舞池里去了。在舞池里，锦花对待正平的情形是十分亲热，正平心中包含了甜蜜的滋味，他一味地迎合着锦花的意思。

舞厅归位的时候，锦花倒在正平的怀中咮咮地娇笑着。一会儿，坐正了身子，又说道："正平，我今天觉得太高兴了，我想喝一些儿酒，你陪我喝好不好？"

"那当然很好。锦花，那么你爱喝什么酒？"正平微笑着回答。

"我爱喝香槟、白兰地、口力沙，什么都行，是酒我都喝的。"锦花扬着眉毛儿，那种表情有些过分的兴奋和得意。

"好，我们就喝香槟吧。"正平吩咐侍者开上香槟，锦花握了玻杯，向他举了举，叮的一声，还碰了一个杯子，然后一抹脖子地喝了下去。喝下后又向正平照了照杯，咮咮地笑起来，说道："来，来，你喝呀！怪美味的香槟酒，人生难得几回醉呀，我们应该喝一个痛快！"

正平见她这神情，至少有些儿失常的成分，很显明的，她今夜的喝酒，无非找刺激而已的。

虽然她并不是和自己真的有亲热的意思，不过，正平希望她在糊里糊涂之中能够满足自个儿的欲望，所以对于锦花那种勇于喝酒的举动，他并不加以劝阻，而且还殷勤地相劝。在这个情形之下，锦花还有不酩酊大醉的道理吗？

正平见锦花眼儿水汪汪地似秋波动荡，颊儿红润润地像牡丹含春，这醉人的风韵真惹人心动情动，恨不得把她身子一口儿吞了下去呢。

可是锦花的心头却难受得厉害，好像有什么东西镇压着似的透不过气来。于是她脆弱的芳心，激起了无限悲哀的思绪，她已忍不住呜呜咽咽地哭泣起来了。

"锦花，你别哭呀。"正平被她一哭，心头倒有些窘住了，因为这到底是大庭广众的交际场中，被旁人注意起来，还以为我们在闹着争风吃醋的事情呢。所以他拍了拍她的肩胛，急急地劝慰她。

可是锦花并不理会他说的话，还是一味地呜咽着哭泣。正平急道："锦花，你醉了，你醉得很厉害，我送你回家去好不好？"

锦花依然没有说话，正平遂吩咐侍者雇好了一辆汽车，把锦花身子带抱带扶地走出了舞厅大门口。不料外面却在落着大雨，而且天色也已经黑下来，于是急急地跳上车厢。当车夫问正平开到什么地方去的时候，正平眼珠儿一转，便起了一个不良的存心。他见锦花偎在自己的怀中，好像很昏沉的样子，以为她睡熟了，便向车夫悄悄地说道："你开到国华大饭店去吧。"

谁知道锦花外表醉得厉害，内心却非常清楚。她听正平吩咐车夫开到国华饭店去，心中就明白他有侮辱我的意思了。她觉得愤怒，虽然她恨不得立刻和他翻脸责骂，但她到底忍耐住了，预备戏弄他一下，也好叫他知道我的厉害。这时候风雨交作，仿佛天崩地裂的神气。锦花突然离开了正平的胸怀，故作失常的态度，向正平呆望了一会儿，冷不防之间，她伸手打了正平一下子耳光，娇叱道："你这不知廉义的东西！怎么抱住我了呀？你是谁？竟有这么大的胆量，调戏我邵师长的太太吗？那你疯了！"一面说，一面啪啪的两声响亮，接连地又是两下子耳光。

正平被她打得哭笑不得，一时又急又难堪，遂连忙拉住了她的手儿，说道："锦花，你醉得太厉害了，怎么连我都不认识了吗？"

"你……你是谁？你简直是浑蛋，我是邵师长的太太，你敢叫我的名字吗？车夫！你快些儿停车！"锦花倒竖了柳眉，圆睁了杏眼，还是装作不认识的样子，一面向他娇叱，一面又向车夫吩咐停车。

车夫听那女士是师长的太太，一时倒吃了一惊，暗想：这到底是怎么一回事呢？遂连忙地停车。锦花于是推开车门，把手向外一指，恶狠狠地白了他一眼，喝道："给我滚下去！你这个存心不良的奴才！"

正平听她后面这一句存心不良的奴才的话，方才明白自己吩咐开到国华饭店去的事一定是触怒了她了，遂只好红了脸儿，低低地求饶道："邵太太，你别生气，你就饶了我吧！"

"饶了你？"锦花哈哈地笑了一阵，她也不知打哪儿来的一股子气力，伸手把他向车外一推，说道，"去你妈的，还不给我滚下去！"

正平因为冷不防备，所以经她狠命地一推，身子竟跌向车子外去了。说也可怜，正平这一个跟头跌下去，不但沾了满身的污泥，而且头上也撞起了一块青的，兼之风暴雨狂，正平此时的情景，真可说弄巧成拙，偷鸡不着蚀一把米了。锦花却老实不客气地把车厢砰的一声关上，叫车夫开回邵师长公馆里去了。

锦花回到家里，倒在床上忍不住呜咽地哭泣不停。嫣雯不知她又为了什么缘故不如意，一面给她倒水洗脸，一面问她到底为了什么事情。锦花不说什么话，只管哭个不止。嫣雯觉得小姐的脾气终是脱不掉孩子的成分，因此给她脱了鞋子，盖上了被儿，也不去追问她。锦花在经过半个钟点哭泣之后，也就沉沉地入梦乡去了。

从此以后，正平不敢再向锦花有不良的存心，而且没有什么事，他也不敢再到锦花家里来。锦花虽然在正平身上是出了一口气，不过她对于雨秋的无情，心头终觉十分痛恨。因为在家里一个人住着太无聊，所以她带着嫣雯又回到母家去住了。裘太太因为姑爷出征在外，对于女儿这次的回家来往，却表示十分欢迎，所以殷勤地招待，时常和她一块儿到戏院里去游玩散心。

　　光阴匆匆，不觉已有两月，锦花在这两个月里终是闷闷不乐。裘太太以为女儿是因为姑爷出征在外的缘故，所以时常地安慰她。可是锦花心中却另有苦闷，因为雨秋在这两个月中却没有来过一次，消息沉沉，想到他和湘纹卿卿我我恩爱的情景，她是多么难受呢。这天锦花坐在裘太太房中闲谈着家务，裘太太见女儿愁眉不展，大有哀怨在心头的神气，正欲向她劝慰几句的时候，忽然见嫣红神气慌张地奔进来，告诉道："太太！小姐！军部里老爷来了电话，说姑爷在前线受了伤，今天已送回北京来疗养了，请小姐快些儿到伤兵医院里去瞧瞧他吧！"这消息突然听到母女两人的耳中，自然是大吃了一惊，这就"哟"了一声叫起来。

# 第八回

## 死也爱郎　叮咛努力家国事

　　裴太太和锦花突然听了这个消息，心中大吃了一惊，不约而同地"哟"了一声叫起来。裴太太急急地问道："嫣红，那么姑爷的伤势到底要不要紧呀？"

　　嫣红道："这个我倒没有知道，因为老爷并没有说起，只叫小姐快到医院里去瞧姑爷。阿根已备好了汽车哩。"

　　"锦花，那么你快些儿去吧！唉，那可怎么好呢？"裴太太皱了稀松的眉毛，也表示万分焦急和忧愁的神气。

　　锦花因为雨秋这样无情，自己和国强到底是对堂堂正正结婚的夫妻，况且他待我又是这样好，所以此刻也有些同情起来。于是别了裴太太，坐了汽车，匆匆地赶到医院。由看护带领到一间病房，只见国强躺在床上，脸上手臂上都包扎着白布，锦花一阵子心酸，情不自禁地奔上去，伏到床边，哭叫起来道："国强！国强！你……你……"

　　"哦，锦花！"国强睁眼一见了锦花，他脸上立刻浮现了笑容，把手儿握住了锦花的柔荑，表示这一份儿亲热的意思。

　　锦花的眼泪扑簌簌地滚落下来，把纤手去抚摸他的脸庞儿，说道："国强，你的伤怎么样了？你是几时回北京的呀？"

　　国强见锦花这样伤心的神情，他心里感到无上的安慰，遂微笑道："锦花，你别难受，我的伤是不要紧的，昨天晚上送回到北京，医生说大概不多几天就会好起来的，你放心好了。"说到这里，又代她抹去了泪痕，望着她的粉脸儿，笑道，"锦花，我们差不多有三个月不见了吧，你的身子一向好吗？还有表弟他怎么样了？"

锦花点了点头，说道："你说雨秋吗？他早已不住在我的家里了，这两个月来，我是住在爸爸的家里。国强，你的伤大概不至于会成残废的吧？"

"不会的，你放心。"国强摇头安慰着她，接着又道，"我走之后，陈秘书可会常来照顾你吗？"

锦花很生气地撇了撇嘴，冷笑道："你也不要提起这个狗王八蛋了，真叫人生气的！"国强不等他说完，就急急地问道："怎么啦？难道他对你有无礼的举动吗？"

锦花见他脸儿涨得红红的，因为怕他生气后会伤害身子的，遂又摇头含笑道："你不要焦急，他也不敢对我有无礼的举动。不过这个人终是浮滑之辈，你有什么重大的公务，绝不可以轻易地信任他才是。"

国强听了这话，暗想：那真是岂有此理，我叫正平代为监视他们的行动，不料他自己倒反而先看中锦花了，这还不是引狼入室吗？遂恨恨地道："正平如此可恶，我非惩罚他一下子不可。"

"国强，你是有伤的人，别发脾气吧。待你伤处痊愈之后，我们再可以惩罚他的。"锦花见他十分愤怒的样子，遂温和地劝慰他。

"唉！这是我自己的不好，锦花，太委屈了你了。"国强深深地叹了一口气，握紧了锦花的纤手，向她逗了一瞥歉意的目光，话声包含了后悔的成分。

锦花凝眸含颦地有些不明白的模样，问他说道："你这话奇怪了，为什么是你的不好呢？"

国强有些惭愧羞惭的意思，摇了摇头，却并没有作答。

"你说呀，难道有不能告诉人的事情吗？"锦花向他不耐烦地追问。

"锦花，我告诉你可以，不过千万要请你原谅我的，因为我对你不太信任了。我如今想起来，我觉得太对不住你了。"国强说到这里，泪水不免夺眶而出了。

"国强，你说得清楚一些儿，你这是什么话呢？"锦花奇怪得目定口呆，她有些不了解的样子。

"唉，因为……"国强叹了一口气，却有些不好意思说下去。

"因为什么呢？"锦花向他追问。

"哦，锦花！"国强捧住她的手，流下泪来，"我爱你，我始终如一地爱你，你心里明白我吗？"

"我明白，我知道，国强，你静静地养息着吧。"锦花被情感激动得太厉害了。她觉得对不住国强，她的眼泪也从颊上直淌了下来。

锦花这两句柔软的话，听到国强的耳里，他在万分失望之余，不免也得到一些儿安慰。因为自从和锦花结婚到现在，对于这些柔软的话，实在还只有第一次听到。他笑了笑，低声地又问道："锦花，那么你也同样地爱我吗？"

"你这话可不是有趣吗？我们是夫妻，这还谈得到爱不爱的话吗？"锦花拭了拭眼泪，这回逗给他一个倾人的媚笑。

"不过夫妻是一个名义，爱不爱仍是一个问题。"国强在痛苦的脸上也会浮现了一丝微笑，低低地说。

"我当然也爱你的……"锦花红晕了粉脸，有些赧赧然的样子。

"锦花，我太激动了。听到了你这一句话后，我觉得我的伤至少可以早几天痊愈的。"国强抚摸着她的纤手儿，很欣慰地回答。

"国强你说太对不住我，到底是为了什么事呢？那你不是还没有告诉我吗？"锦花凝眸含颦地忽然又想起了这一件事来问他。

"不过在未告诉你之前，请你先饶恕我的罪恶。"国强懊悔地说。

"我一定谅解你，你放心好了。"锦花虽然很猜疑，但表面上镇静了态度，毫不介意的神气先安慰他。

"那么我就告诉你。"国强说，叹了一口气，"我在出发之前，因为疑心你有不爱我的意思，所以我曾经嘱咐正平，叫他随时到我家中来照顾你，万不料他自己倒先爱上了你，这……不是叫我心中痛恨吗？"

锦花因为自己确实有爱雨秋的存心，一时羞惭十分，不免泪如雨下，叹道："你这样不信任自个儿的妻子，那叫我做人还有什么趣味呢？"

"不！不！我相信你，锦花，你别难受呀！我不是预先地和你声明了，你应该要饶恕我的罪恶。"国强愁眉苦脸的样子，他的话声包含了颤抖的成分。

锦花见他说着话，泪水也淌了下来，遂不忍去激动他的伤心，低低地道："过去的事，别再去提起它了。国强，你还是安静一些儿躺着吧。"

国强点了点头，遂闭了眼儿养了一会儿神。锦花怕妈心中记挂，遂到电话间去打电话回家，告诉妈说国强的伤大概是不要紧的。在锦花打电话去的时候，雨秋却进病房来看望国强了。两人见了面，大家都握手问好。国强说道："表弟，你怎么不在我家多住几天，就这样匆匆地搬走？难道说因为我没有向你告别，所以你生了气吗？不过我临走的时候实在太局促了，我把你当作自己兄弟一样，所以我也不和你十分客气了。"

"不，不，姊夫，那是你误会我的意思，因为我有一个女朋友，她要我补习功课，所以我就住到那边去了。今天我上军部里去，姑爸说你受了伤，我心里很焦急，所以急急来望你了。姊夫，你的伤不要紧吗？"雨秋一面向他解释，一面又很关怀地问他。

"没有什么关系吧。医生说，不多几天就可以痊愈的。因为那边还是很需要我去指挥一切的，所以我仍旧要回那边去的。"国强很沉寂地回答，表示他肩上还有重大责任的意思。

"是的，姊夫。"雨秋点了点头说，"这次我对姑爸说，也愿意跟你一块儿去出一些力。姑爸已答应了我，并且叫我担任参赞的职位。"

"真的吗？那是好极了，我有了你这么一个帮手，还怕不踏上光明的大道吗？"国强听了这个消息，猛可地把雨秋手儿握住了，"表弟，我从来没有这样高兴过，我真觉得快乐极了。"

雨秋笑道："不过我还要请你给我帮一个忙。"

国强问道："是什么事情？只要是我能力办得到的话，那也谈不到帮忙两个字。"

"我有一个女朋友，名叫戴湘纹，她和我的感情很好。这次她听见我要走了，心里很难受。所以我的意思，在我出走之前，先跟她订一个婚。我想你伤处痊愈后，便请你做一个证婚人，不知你能够答应我吗？"雨秋微红了两颊，方才向他低低地告诉出这几句话来。

国强听了这话，方知雨秋和锦花根本是没有爱情的，他感到安慰，忍不住哈哈地大笑起来，说道："表弟，承蒙你瞧得起我，那我还有不答应的道理吗？啊！我居然也做起证婚人来，我真的快乐极了！"

雨秋道："既承姊夫答应了我，我心里感激得很。我此刻走了，你好好儿地休养着吧！"说着，向国强点头便退到病房外面去了。雨秋为什么要让国强做证婚人呢？原来他也有个意思，就是叫国强明白自己和表姊根本没有一些爱情的关系，无非使他们夫妇之间的感情能够和好如初罢了。

雨秋走出病房的时候，齐巧锦花打完电话回来，忽然见了雨秋，便冷笑了一声，说道："表弟，你现在的人儿可高贵啦！我家不来倒也罢了，连我爸爸家里都没有来一次，这你的架子也不是太大一些儿吗？"

雨秋听了这些话，红了脸儿，倒是愣住了一会儿，良久方才说道："表姊，请你原谅我，我实在因为抽不出空，你别生气吧。姊夫受了伤，我刚才已经去望过他了，你此刻从家里来吗？"

"我在打电话给我的妈。表弟，你也不用说什么抽不出空的话了，终不见得两个月的日子中连一天都没有空的，那你真是贵人多忙哪！"锦花俏皮地回答，在这几句话中多少包含了一些哀怨的成分。

雨秋没有什么话儿可以回答，笑了一笑，说道："这原是我的错了，表姊，你原谅我吧。不过我记得你好像对我这么地说过，你不是不想再瞧见我了吗？所以我也不敢来瞧望你了。"锦花听他这么地说，微微地叹了一口气，她把明眸逗了雨秋一瞥哀怨的目光，泪水已从眼角旁落下来了。雨秋虽然很了解她心中的情意，可是叫自己说些什么好呢？一时也很难受，望着她粉脸儿，低低地道："表姊，好好儿的别伤心吧，姊夫在病房里等着你，我们回头见吧。"

锦花见他说完了这几句话，身子已向院子外匆匆地走了。她知道表弟实在没有爱上我的意思，她觉得表弟太忍心太无情了一些了。望着他消失的影子，她怨恨地叹了一口气，泪水不禁沾上了她整个的面颊。

光阴匆匆，不知已有半月。国强的伤处早已完全地复原，他已回到公馆去住了。这天下午，国强穿上了蓝袍黑褂，手拿司的克，叫阿三备汽车。锦花见了很奇怪，遂问他说道："你到什么地方去呀？穿得多整齐的。"

原来今天正是雨秋和湘纹在大西洋西菜社内举行订婚仪式，国强是做证婚人去的。因为怕锦花心中难受，所以这件事并不使她知道。国强此刻听她很猜疑地问，遂笑了一笑，说道："一个朋友请我做证婚人去，那不是要穿得整齐的吗？"

"是谁？"锦花很随便地问他。

"是军部里一个朋友，你不认识他的。太太，你在家里等一会儿，我就回来的。"国强含笑说着话，身子便走出房外去了。

锦花待他走后，心中不免猜疑起来，暗想：国强今天出外的神情好像有些虚心的样子，难道他是玩窑子去的吗？那我就悔不该不跟了他一同走了。想到这里，不免有些生气，遂冷笑了一声，把身子走到写字台旁，有气无力地坐了下来。偶然翻了翻桌案上叠着的信笺，忽而翻出了一张喜帖来。锦花拿过一看，原来上面写着雨秋和湘纹在大西洋西菜社订婚的字样，并说明请国强作为证婚人。锦花瞧了这张喜帖，真所谓弄得丈二和尚摸不着头脑了，叹了一声，自言自语地说道："真奇怪，他们既然要订婚了，为什么瞒着我不给我知道呢？"

锦花在经过了愣住了一会子后，她芳心中由生气而转变到愤怒了，再瞧订婚的日期，正是今天下午三时。她心中越想越气，越气越恨，遂冷笑道："好！你们把我当作死了吗？表弟这种行为太看不起我了！难道你订婚的日子，我会吵你不成？事到如此，我也顾不得许多，非和你扰乱一下子不可，否则何以消我心头之恨呢？"锦花说到这里，遂坐车到军部里去，亲自带了八名卫兵，一同到大西洋西菜社里去了。

这时候大西洋西菜社里真是非常热闹，贺客如云，车马盈门。雨秋身穿大礼服，胸口插了一朵挺大的鲜花，满面春风地招待宾客。干事员看看时已两点三刻，遂向雨秋悄悄地来道："雨秋兄，证婚人已经来了好一会儿了，我想还是早一些儿举行了怎么样？"

雨秋听了，很欢喜地笑了一笑，点头说道："也好，那么请你去吩咐他们吧。"干事员立刻匆匆地走了，不多一会儿，音乐声音奏了起来。有司仪员高喊举行仪式的程序。当他喊到证婚人入席的时候，只见来宾中分开一条路来，国强满面春风地走到礼堂上去。他走到案桌的正中，抬头见面前站着一对璧人，正是郎才女貌。国强一阵欢喜，未说话前先哈哈地笑起来，说道："今天是冷雨秋先生和戴湘纹小姐订婚的好日子，来宾们真到得不少，我很荣幸而又很惭愧地做了证婚人……"国强含笑正说到这里的时候，万不料外面匆匆地奔进八名卫兵，走到国强的身旁，互相拥拉着就走，说道："师长，裘将军有命令，请师长快快前去商议军机大事。"

国强一听这个话，以为前线真的吃紧，一时倒吓了一跳。不过这里婚礼还没有举行完毕，意欲向他们举行婚礼毕后再走，可是自己的身子已被他们拉着走出大礼堂外去了。这时心中最焦急难堪的当然是那一对新人了，他们面面相觑，真是有些儿哭笑不得的神气。来宾们议论纷纷，有的笑，有的奇怪，有的说太巧，一时里人声嘈杂起来。湘绮见此情景，只好走到湘纹身旁，低低地说道："妹妹，那么你且进内室休息一会儿吧。"

好好儿地举行订婚礼的时候，突然遭到了这样意外的情变，这叫做新娘的心中怎么能不伤心难受呢？所以湘纹坐在更衣室内的时候，她忍不住暗暗地落下眼泪来。戴太太和湘绮及一班亲戚们都软语安慰她，叫她别伤心。雨秋因为不知道军部里到底有什么紧急的消息，遂亲自打电话到军部，请姑爸说话。可是那边有人说将军不在军部，已回公馆里去了。

雨秋听了这些回答，他心中就大奇而特奇起来，暗想：这事情其中必有蹊跷。遂立刻又摇电话到表姊家里去询问，那边嫣雯告诉说，小姐已经出去了，还没有回来。雨秋问她上哪儿去了，嫣雯回答没有知道。雨秋放下听筒，匆匆地走到外面，有干事员前来报告道："雨秋兄，邵师长被卫兵们拉出大门，即跳上汽车走了。有人告诉我，说汽车内还坐着一个太太，这不知到底是怎的一回事情呢？"

"那位太太是年轻的，还是年老的呀？"雨秋听了这话，急急地追问。

"是个很年轻的。"干事员报告着。

"很年轻的?"雨秋皱眉,沉吟了一会儿,突然"哦"了一声,愤恨地道,"那一定是她故意破坏我们的婚事了,我倒要去找她问一句话。"

那干事员见他说着话,身子向外直奔,遂忙追上去问道:"雨秋兄,你此刻到哪儿去呀?"

雨秋回头道:"我要去找寻我的表姊,因为我们的婚礼是她故意来破坏的。"他说完了这句话,把脚一顿,便愤愤地走了。这里干事员慌忙进内去报告戴湘纹知道,湘纹在旁听了这个话,也顾不得自己是个新娘,因为怕事情会发生什么意外的,所以她也坐车追到邵公馆来了。

且说锦花把国强拖着回家,一路上夫妇俩就吵个不停,到了家里,嫣雯告诉表少爷已来过了电话,不料正在这当儿,裴将军真的亲自来电话,说前线吃紧,叫国强快速前去议事。国强到此,也来不及和锦花吵闹,急急地坐车走了。国强走后不到十分钟,雨秋也匆匆地赶到,当时见了锦花,便冷笑了一声,说道:"表姊,你也太不应该了,我和你无怨无仇,你为什么竟忍心破坏我的婚礼?那你到底存的是什么意思呀?"

锦花此刻见了雨秋,也十分地怨恨,冷笑了一声,说道:"我不知道是什么意思,问你自己好了,笑话,我破坏你什么啦?你跟谁订婚啦,我根本没有知道呀。"

雨秋被她这么地一说,倒是愕住了一会儿。忽然他抢步上前,拉住了锦花的身子,喝斥道:"你用不到假惺惺地作态,我问你,你把国强藏到什么地方去了?快把国强交出来给我们订完了婚,否则我就跟你拼命!"

锦花被他怒气冲冲地这么一拉扯,她也由不得恼恨起来,遂把身子退到桌旁,在抽屉内取出一管手枪来,对准了雨秋的胸口,冷笑道:"雨弟,你这无情无义的东西!你要和我拼命吗?好!我就结果了你,大家一块儿死了干净,我绝不愿眼瞧着你和这妮子去过快乐的生活!"

雨秋见她拔出了手枪,倒也猛吃了一惊,但他立刻镇静了态度,说道:"好一个心毒的女子,我们也不知和你前世结了什么冤仇,你要和我这样作对?你应该明白你自己现在的地位,你是个堂而皇之的师长太太,你如何能强迫地爱上了我呢?要明白女子首要贞节,你是有夫之妇,岂能另爱他人?这你如何对得住你的丈夫?如何对得住你的良心?我死固不足惜,但你此等残酷之行为,死后当打入十八层阿鼻地狱无疑耳!好!你这不知道廉耻的贱妇!你就杀了我吧!"雨秋心中真的愤怒到极点,圆睁了两眼,一面向她戟指大骂,一面把身子向她逼近了上去。

锦花听了雨秋这一顿的大骂,她芳心中是痛苦到了极点,好像有刀在一片一片割着的一样。因为自己并非对于雨秋有仇视的心理,实在是为了太爱他的缘故。万不料自己心爱的表弟,他却把我视作仇敌般地痛恨。唉!这……不是太委屈了我吗?我还有什么脸儿活在世界上好呢?锦花想到这里,颇有厌世之念,因了一时的刺激,她把手枪掉了回来。只听砰的一声响亮,锦花的身子便跌倒地下去了。

雨秋在听到砰的一声枪响之后,还以为自己真的中了枪弹,可是哪里想得到眼前的锦花却会跌倒地下去了,一时大吃了一惊,慌忙蹲身把她抱在怀内,急急地叫道:"表姊!表姊!你……何苦来呢?"

锦花把血淋淋的娇躯已倒入雨秋的怀抱里去,她惨白的粉脸上兀是含了一丝微微的笑容,泪水盈盈地滚下来,说道:"表弟,聆君一夕话,胜读十年书,我知道了,我错了,我实在太不应该了。不过我心里是爱你的,一个心里爱的人,他还把我当作仇人看待,我心中的痛苦还能够形容其万一吗？表弟，我觉得熬受着痛苦生活，那么还不是死了干净吗？唉！表弟，不过请你心中明白，我对你并没有一丝儿的恶意，完全是为了爱你的缘故，可是现在我是完了，我希望来生跟你有个团圆的日子吧……"锦花一口气说到这里，她忍不住已哭出声音来了。

雨秋也哭起来道："表姊，我也错了，因为我责骂你的话也太愤激一些儿了。我心中明白，你是为了爱我的缘故。你是一个痴心的女子，我害了你了。"

锦花听了他这几句话，她颊上的笑窝儿掀了起来，笑道："有你这两句话，我死也瞑目了。"

这时嫣雯进来，一见这个情景，芳心像小鹿般乱撞，急奔上前抱住了锦花的身子，哭叫着"小姐怎么啦"。雨秋道："你小姐自杀了……"

不料就在这当儿，国强和湘纹一同赶到了，见锦花倒在血水之中，不禁大惊失色，遂忙问道："这……这……是怎么一回事呀？"

"姑爷，小姐不知怎么的她自杀了？"嫣雯边哭边说地告诉。

"什么？"国强蹲下身子，把她抱住了，叫道，"锦花，你为什么要自杀呀？你……你……怎么能忍心丢了我走呀？"

锦花此刻已经奄奄一息了，她睁眸逗了国强一瞥歉意的目光，勉强说道："国强，自从和你结婚到现在，我觉得没有一天不对不住你，因为我没有给你尽过做妻子的责任。我直接地告诉你，我活着的时候，是并没有一些爱过你，我实在太对不住你了。不过我现在是死了，我在临死之前，我觉悟了，我明白了，觉得你是我最亲爱的好丈夫，只是已经来不及，因为我立刻就要脱离这个世界了。"锦花说到这里，有些上气不接下气的样子。

国强见她眼角旁的泪水是不停地滚下来，胸口上的血水也是没有停止地淌出来，心中在万分悲痛之余，更觉万分伤心，他也哭出声音来了，叫道："锦花，你这样一个聪敏美丽的姑娘，为什么就这样地想不明白？唉！这是你爸爸害了你，而且也是我害了你了！"

"不，不……"锦花有气无力继续地回答，"这不是你害我的，国强，我爱你，请你带着我的灵魂，一同到前线去吧！我保佑你成功……"锦花说到这里，正欲闭下眼皮，忽然又见雨秋、湘纹站在一旁垂泪，便又说道，"我很抱歉，祝你们百年……"下面"好合"这两个字再也说不下去，她合上眼皮，就完了她最后的一口气。国强连叫了两声锦花，不禁失声哭泣。雨秋等也挥泪如雨，因劝他道："姊夫，你别哭了，我们还有重大的责任，因为他们还需要我们去领导呢！"

国强奋然跳起身子，点头说道："是的，我们更有重大的责任。锦花，我带着你的灵魂一块儿走吧！"他说完了这两句话，忽然听到一阵集合的军号在空气中流动了。国强、雨秋、湘纹似乎觉得新生的光明已在眼前展现了，他们情不自禁地向室外发狂般地奔了出去。

院子外却在飘飞纷纷的细雨，像藕丝一样地连续不断。

已经凋谢的花瓣，在斜风细雨中凄切地呜咽。

热血冰心

# 第一回

# 驾言出游

残年将尽，急景催人，寒风烈烈，砭人肌骨。校门外几株老树的丫杈枝上，花叶全无，好像脱尽绿衣，剩下了一副枯骨，显着可怜的模样。只有墙角旁一枝蜡梅冒寒着花，迎着风雪，毫不畏缩，倒是十分勇敢哩。

这个时候，各校均放寒假，所以校中寄宿所里鸦雀无声，景象至为幽寂，一会儿，东面楼窗忽然嘎吱一声地开启，那时便听有呖呖莺声由楼中吹送而出。接着有一对盈盈的姊妹花探首窗外，揆其年华，都只不过十五六岁，一个面如满月、年纪略幼的便向那个瓜子脸、年事稍长的叫道：

"笑云姊姊，你快来瞧呀，那桃花树底下的蜡梅果然着花满枝了。你闻那阵阵的幽香真好有趣呀！"

那瓜子脸的少女听了她话，便把眉一扬，一撩眼皮，笑着道：

"杏云，那你该输我一个东道了。你说今天梅花是不会开的，我不是说今天一定满树着花吗？现在到底怎样？"

杏云听她要讨她昨天赌的东道了，因拍着手对她笑道：

"这没有关系，妹子本来要请姊姊的，今天我们准定一道出去，待妹妹来做个东道。随姊姊说，是妹妹输你的也好，是妹妹请你的也好。"

笑云不待她说完，便呸了她一声，笑嗔道：

"好一个放刁的妮子，不说自己输的，却还要嘴硬，哪个要你请

123

我？我不去了。"

杏云见笑云含嗔作态，意殊怫然，因连忙耸着肩，笑着赔不是道：

"姊姊真小气人，妹妹连一句话都不好占一些便宜的。妹妹说是请你，你就不去；说是输你，你就去了。那么现在妹妹情愿认一个输，那姊姊心中总好快乐了。好姊姊，快一道去吧，别再生什么气了，妹妹在这儿负荆请罪怎么样？"

杏云说时，把右手的大拇指向笑云屈了几屈，引得笑云扑哧地笑起来，睒她一眼道：

"不怕羞的，亏你说得出。"

杏云听了这话，红了脸，又向她不依。两人正在缠着闹笑，忽见校中女佣匆匆进来叫道：

"赵小姐，柳少爷在会客室里等着你，请你快快下楼去吧。"

笑云一听"柳少爷"三字，顿时笑逐颜开地欢喜万分道：

"知道了，你请他少待片刻吧。"

一面又推开杏云道：

"妹妹快别绕人了，他来约我们去玩，你快去披大衣吧。"

说着，奔到床后，换了一件秋葵色丝绒旗袍，披上灰背大衣。出来一见杏云，她也早已穿上豹皮大衣，两人因携手含笑匆匆下楼来。原来这个柳少爷名叫朋寿，和笑云、杏云都是同学，笑云姓赵，年十六岁，和杏云乃是同族姊妹，杏云年十五岁。笑云平日和朋寿感情极好，常以兄妹相称。朋寿今年才十七岁，为上海巨富，父已早殁，母林氏非常钟爱。他们三人在徐家汇旦华中学高中班肄业，她们姊妹同级，朋寿高一班，现在校中放寒假，学生大半回家。笑云姊妹因家住苏州木渎，不欲多事往返，所以没有回家。朋寿因恐她姊妹在校寂寞，所以不时到来相伴，今日正是黄羊祀灶的日子，家家都有送灶之举，朋寿想邀笑云到他家去玩耍，故一早就来校中陪伴。这时，笑云、杏云到了会客室，三人相见之下，便各握手问好，朋寿叫着道：

"两位妹妹，今天我想请你们到我家里去玩一天，晚上我已备好许多祀灶的果子，还有一乘挺大的绿呢大轿，特地是请灶君爷上天用的。请妹妹大家去嚼一会儿果子，不晓得两位妹子肯赏光吗？"

笑云抿嘴哧哧笑道：

"朋哥，你怎么也这样迷信呀？"

朋寿道：

"我哪儿迷信？只不过趁此热闹热闹罢了。"

笑云道：

"这话不错，不过今儿杏妹输我一个东道，她已情愿请我。我看还是朋哥也一同去，我还得叫杏妹好好儿请一请哩！"

朋寿忙问道：

"杏妹输你的是什么东道呀？"

杏云听了，便遥指院中墙角的一枝蜡梅道：

"你瞧这枝蜡梅不是已经开满了一枝的花吗？我就是为了它开花输的呀。"

朋寿不懂道：

"这是什么话？杏妹快明白地告诉我吧。"

杏云笑道：

"昨儿晚上，我和姊姊从外面回校，见它还是一颗颗含着苞蕾，我说这个蜡梅真好难开花呀，恐怕今年是不会开了。姊姊听我话，便扑哧笑道：'我猜它明天早上一定已累累地开得满树了。妹妹，你可信吗？你如不信，敢和我赌个东道？'当时我瞧枝上的苞儿个个都还很结实，不像就要开花的样子，因便放胆和姊姊赌下东道。说是明天花开了，算妹子输；如花不开，算姊姊输。谁知今天早上，我和姊姊开窗一望，那含苞的花蕊果然已开得灿烂夺目，好像一树黄金。你想，这不是我输给了姊姊吗？所以我是很情愿做个东道请请我的姊姊，并且我还希望朋哥给我做位陪客吧。"

杏云说着，又向朋寿嫣然一笑，好像要待朋寿圆满地答复。朋寿见她两泓秋水，一弯春山，兀是一掀一掀地颤动着。那一副脉脉含情娇羞活泼的神情，和她姊姊相较，一个好像是凌波仙子，一个好像是下殿嫦娥。这时，朋寿一会儿瞧杏云，一会儿又瞧笑云，心中只觉得愈瞧愈爱，愈爱愈瞧，直把杏云对他说的话，他竟一些都听不清楚。笑云见他呆呆地只管出神，却不回答，早忍不住又扑哧一声笑起来道：

"朋哥，杏妹的话你听到了没有？怎么你不回答一声呀？可是有些不愿意吗？"

朋寿到此，方才觉得杏云是在叫自己和她们一块儿玩去，所以姊妹两人预先就穿好了大衣，因慌忙答应道：

"云妹，你这是什么话？我乐意都来不及，哪会不愿意呢？两位喜欢哪儿去，我就陪伴你们哪儿去好了。但一定要杏妹做东，那又何必认真呢？反正昨天到大东跑冰场去，杏妹不是已经请过一回客吗？"

笑云不等他说完，便噘起小嘴儿道：

"我不依，我晓得你心里一定又要替杏妹打算盘了，你老是祖护着她，疼着她花钱。你是个好人，今儿我偏不许你做好人，你要做东，明儿只管请我们，我是不会来阻你的。"

笑云说时，把身扭着，瞟他一眼，好似不高兴般的，但却又嫣然笑了。朋寿怕她生气，连忙向她打躬作揖赔笑道：

"好妹妹，我不说了，妹妹喜欢怎样就是怎样吧。"

杏云见朋寿柔声下气地向笑云赔不是，心中未免有些酸味，但却仍咯咯笑道：

"方才我只说一个'请'字，姊姊尚且不答应，说我不肯认输，现在你又来这一套话，真是活该碰钉子。你还不知道吗？今儿姊姊已加着旦华皇后的徽号了，校中同学哪一个敢说她一声不是？偏你这不识趣的寿哥哥却要和她抢白，你真是个天下第一笨人，怪不得

126

要讨没趣听骂声了。"

　　说着，又拍手狂笑。笑云听杏云含讥带嘲的话，一面伸手要去拧杏云的颊，一面含嗔笑骂道：

　　"我把你这烂舌根的妮子，多嘴嚼舌地真是愈说愈不成话了。什么皇后呀、笨人呀，我有几时骂过你来，又有几时碰过他的钉子？"

　　杏云见她猛可地向自己身上扑来，她连忙躲到朋寿的背后，把两手紧紧地拉着朋寿西装衣角。笑云见抓不到杏云，便把朋寿的身子翻过来。杏云一面笑，一面躲。笑云转到东，她便躲到西；笑云转到西，她便躲到东。把个朋寿的身子拉扯得没了主意，因伸手把笑云抱住道：

　　"好了，杏妹是不好，你瞧在我的脸上，就饶她这遭吧。"

　　笑云不依，怪他道：

　　"你帮助她，替她讨情，我是应该吃亏的。"

　　朋寿因一手又把杏云拖来，笑道：

　　"那么杏妹快向姊姊赔个不是吧。"

　　杏云只是笑。笑云见她也不依，越加要拧她嘴了。朋寿一面掩护杏云，一面又劝杏云快赔不是。朋寿说好说歹，杏云总算向姊姊赔个不是，笑云方才罢了。朋寿对她们笑了笑，因携着两人出了校门，跳上汽车，先到大新公司下车，朋寿吩咐车夫回去，三人遂进商场游鉴。时已年关将近，所以虽在上午，里面游人如织，有的唇留髭须，头戴獭皮大帽，一手挽着迷花眼笑的姨太太，一手拿着司的克，这个好像前清遗老，名叫绅士派。有的西装革履，鼻架晶镜，头戴呢帽，手挽情人，这个是名叫洋行派。有的身衣中山装，袋插钢笔，这个又叫学生派。还有头裹蓝花布、腰围蓝布裙、耳戴银大圈、手携拖鼻涕的孩子，这个就是浦东土著派了。他们手中个个大包小包，进进出出，来来去去，大概是都在忙着过新年哩。朋寿携着笑云姊妹，也随着形形色色的大众，先到下层地室里去逛一会儿，然后再由地室乘电梯到三楼。刚从电梯出口，突然迎面走来一个绅士派的中年男子，那男子后面，却又随着十七八岁的少女。朋寿见这个少女，淡扫蛾眉，巧笑流盼，明眸皓齿，真个是美丽极了，心里暗暗称赞，便把两眼盯住到那少女身上。说也奇怪，朋寿这时两脚却会不由自主地跟着那少女蹩过去。笑云、杏云今天出来游玩，原没有一定宗旨，所以少女走到东，朋寿也跟到东，少女跑到西，朋寿因也跟到西。笑云姊妹也只好跟着朋寿从东到西地一道跑。这时朋寿的心中，又起了不少的妄想。本来自遇笑云、杏云，以为天下的少女再没有像笑云、杏云那样美丽了，谁知今天却又遇见了这个美人。这女子，我要比她是桃花，那桃花又嫌其轻薄；我要比她为梅花，那梅花又输其清瘦；我要比她为海棠，那海棠又不及她的幽香；我要比她为水仙，那水仙恐怕又没有她的艳丽。不要说容貌了，就是她那个背影，你瞧身材是多么苗条，腰肢是多么瘦削，真个是走一步娉娉婷婷，好像是杨柳临风，妖娇多姿，没有一处是不合乎时代的曲线美。笑云姊妹虽然是美无批评，但和她相比之下，总要输她几分。我现在又怎样地跑上前去，再把她的秀色细细领略一番，给我再和我的爱人笑云妹妹细细地比较一下。朋寿正在筹思，早走到那前面的首饰部了。朋寿把笑云臂一挟，跑到柜子旁边，假装看首饰的样子。不料这个时候，恰巧和那个绅士派的男子打个照面，那男子见了朋寿，便不禁"咦"起来，叫着道：

"朋寿侄，你也在这儿玩吗？"

朋寿见那人不是别人，正是自己爸爸的老世交夏一心，现任虹口一心女子中学的校长，是一个品学兼优的学者，因忙回叫道：

"哦，原来是夏老伯，你好吗？我们有好多天没见面了，你们校里开课有几天呀？今天到这儿来有没道伴呀？"

朋寿明知那少女是他同道的，为什么要故意再问一声呢？原来他怕一心不替大家介绍，这样一问，那他不是总要说个明白吗？果然一心被他中计了，便指着那少女道：

"我因开校在即，校中要置备一架钢琴，所以我同这位梅友竹女

128

士到这儿来想购一架，因这位梅女士是个音乐家，对于钢琴很有研究。"

一心说时，又和朋寿介绍一回。朋寿一听一心替他介绍，真是乐得心花怒放，连忙向友竹恭恭敬敬地行了一个四十五度的标准礼，一面说道：

"久仰女士盛名，今日得晤芳容，真是不胜荣幸。"

友竹羞答答地弯了一弯腰，含笑道：

"柳先生这样客气，真叫我不好意思了。"

朋寿一面又把笑云姊妹也向一心、友竹大家介绍，彼此又说了许多倾慕的话，方才各自道声再见走开。当时朋寿心里很有些恋恋不舍，本拟跟着一心一道搭讪过去，后来见笑云脸有不悦样子，也只得住了。况且那梅友竹既然和一心是在一块儿的，隔几天我不是可以借着访一心的名义，再和梅女士见面吗？朋寿这样想着，也就忍心瞧着他们远去。笑云待一心、友竹走开，见朋寿兀是呆着出神，因把他衣袖轻轻一拉，向他取笑道：

"朋哥，你瞧方才那位梅女士漂亮吗？"

朋寿给她这样一问，倒是暗暗吃惊，不要自己的妄想被她察破了，因镇静态度道：

"虽然漂亮，但和妹妹比较，到底是差得多了。"

笑云听朋寿的话，却不作答，只把鼻子哼了一声。杏云哧地笑道：

"朋哥，你这话恐怕不是真的吧？我见你从电梯上来，早就急急地盯在她的身后了。起初我以为你是碰到了什么熟人，谁知她到钟表部，你就跟她到钟表部；她走到西面瓷器部，你却又跟她到瓷器部。我瞧你的神气，丧魂失魄，好像针碰到了吸铁石似的。从这点看来，就知道你的心里是一定十二分地倾心她了，你现在还说及不来姊姊漂亮，这不是明明骗人吗？"

朋寿经杏云一语道破他的心事，两颊顿时绯红起来，口中期期艾艾地说不出话来。杏云笑道：

"不是给我说到心坎里去了吗？"

朋寿一听，便把杏云身子轻轻一推，怪她道：

"杏妹，你真瞎说冤枉人了，幸亏你姊姊不是多心人，要不然不是又要生气了吗？"

笑云道：

"你这话奇怪，你倾心她你爱她，我又生什么气呢？"

朋寿听了，白了杏云一眼，意思怪她不该说这话。杏云却向他扮个鬼脸，朋寿只好温柔地拉着笑云道：

"此刻时已不早，我们还是到餐室里用饭去。今天我要罚杏妹哩！"

杏云道：

"我已做了东，还罚什么呢？"

朋寿笑道：

"罚你酒，谁叫你胡说我。"

笑云听他这样解释着，也许我们误会，因装作没事一般地道：

"这儿上海化的大餐，实在没有好吃，我瞧还是到对面陶园里，大家真正地去尝一尝广东龙虎斗的风味吧。"

朋寿见她不生气了，心中方才安心，因首先赞成。杏云道：

"广东人吃龙虎斗，多半是约着好多客人，现在我们只有三个人，这样厚味的珍品，恐怕吃不了。"

笑云听了，拍着手早就哈哈笑道：

"我是试试你的心呀，谁知你当真肉疼花钱哩！说三个人吃不了，就是吃得了，谁又高兴真的尝这个异味吗？"

杏云红着脸，啐她一声道：

"这是哪儿话？谁像姊姊这样小气！我是直心肠人，什么话不顾前后的，就算妹子得罪了你俩，我真是个不识时务的多事人呢。姊姊喜欢吃龙虎斗，今天定去吃，就算妹子花不起钱，妹子也得尽力地张罗着来挣挣面子呢!"

朋寿听她们话中都有骨子,心中暗暗纳闷儿。笑云也有些懊悔了。朋寿怕大家赌气,因忙替她们解释道:

"自己姊妹,说句玩话当什么真?杏妹的话也不错,龙虎斗改天再约着几个同学来一道吃吧。笑云妹妹既然喜欢吃粤菜,我们今天就不妨到陶园先去试试。听说陶园的新丰鸡实在比较粤鸡要嫩得多哩。"

朋寿一面说着,一面也不待两人赞成不赞成,早把一手一人拉到电梯门口去了。

# 第二回

# 投我以琼笺

　　有限光阴，快如流水，各校寒假早已匆匆过去。朋寿在家整理各种书籍，预备明天赴校上课。婢子春红见他镇日理这样理那样，知道他是在准备一切，所以也前来帮同料理。朋寿见她娇小玲珑，好像金鱼般的一条，忽来忽去，做事又颇如人意，因此便戏叫她鱼。春红见少爷这样爱她，当然是愈加地献勤了，况且春红也是个情窦初开的少女，所以朋寿叫鱼，她便含笑地答应，一面还少爷长少爷短地很凑趣地喊个不停。这时，朋寿因春红而想友竹，因友竹而又想笑云和杏云。想笑云、杏云，而更想到那晚在大三元酒家和她姊妹两人聚餐，饭后又同到新上海戏院瞧电影。记得那晚的影片恰巧是个古装的《黛玉葬花》，片中主角即是南国皇后李雪芳所饰，表演、动作都还不错，唯黛玉的个性本来是很难描摹，即使叫鼎鼎大名的梅博士来饰，恐怕也不容易十分毕肖。不要说黛玉的身份了，就是要饰一个潇湘馆里的紫鹃丫头，恐怕也是很难很难。我记得那晚在电影院中，曾对笑云取笑，说妹妹的多情，真是活像一个林妹妹，可惜我没有像宝哥哥那样的福气呢。谁知我说了这一句话，倒被她捶了一记小拳，我觉得这记又软又香棉花似的拳打在我的腿上，真是甜蜜万分，这样温柔的滋味，我恨不得天天给她打一拳呢。但是，这话又得说回来了，林妹妹和宝哥哥虽然是真心相爱，他的结果到底是没有成功，我今把她比作林妹妹，无怪她要不高兴了，这一点想起来我实在是太鲁莽、太不应该了。我应当把她来比作宝姊姊，那她心里一定是会喜欢哩。但转而仔细一想，宝钗和宝玉虽然是结合成功，但后来宝玉出家，毕竟也不是个美满姻缘，这样我还是不比她好。朋寿想到这里，呆呆地出了一会子神，见春红笑盈盈地拿着几本书走来，问少爷这要放进皮箱去时，他糊里糊涂地猛可把春红抱在怀中，向她哧哧地笑着，竟叫春红为好妹妹了。春红冷不防给他抱住，且又这样亲热地叫着好妹妹，心里不觉荡漾了一下，那脸上顿时便显出两朵红晕，羞涩万分，答应又不敢，不答应又不好，只是温和地动也不动地低垂了头。朋寿见她两颊白里泛红，好像两朵芙蓉花，无限娇媚，一时爱无可爱，便伸手把她拥到沙发上，捧着她的颊啧啧地吻个不住，一面还笑叫：

"好妹妹，我比错了你，你别生气呀！"

春红给他这样一下子，那心的跳跃几乎要跳出口腔子外，全身的血液是沸腾得厉害，每个细胞顿时紧张起来。她想：少爷竟是待她这样热情，虽然这热情自己也正是需要，但是到底还不能……况且被人撞见了，那可怎么好呢？因在他怀中挣扎着，一面轻轻叫道：

"少爷，你快不要这样呀！"

朋寿一听这话，见自己吻着的抱着的乃是春红，倒也不禁好笑起来，连忙放松了手。春红那盈盈秋波睃他一眼，便匆匆逃出书房去了。这大概所谓娇嗔吧，朋寿眼瞧她俊俏的背影逝去，心里不觉又抱着了一种妄想。我若把春红当作袭人一样看待，那倒也是一件十分有趣味的事，而且我的妈妈也决计不会不答应的。朋寿正在胡思乱想，见春红又从外面进来，掩着嘴笑叫道：

"少爷，太太等你进去用饭哩。"

朋寿抬头，瞧她身微微地扭动着，那种不胜娇羞的神情愈显得妩媚可爱，心中就更加怜惜，因站起答应一声，便携着她手一同进去。将到上房的时候，春红方把他手摔去，把嘴向他一努，叫他进去，朋寿笑了一笑，遂一脚跨进上房。柳老太是个极疼朋寿的慈母，她所以不许朋寿寄宿在校里的缘由，就是因为现在的风气样样崇尚欧化，学校里则男女同学，商店里则男女共事，单就这些倒也并没什么关系。但有些浪漫女子，男子倒没有去引诱她，她却反而诱惑着男子，使一班求学的青年往往恋爱啦、同居啦、情死啦、自杀啦，弄成种种不名誉事实，登在报上，供人做新闻的资料、茶余的笑话，这是多么可耻的事情。所以，柳老太对于朋寿，十分当中七分是疼他，倒有三分是束缚他，不许他接近女性，滥交朋友。在柳老太的意思，原是一番很好的主意，谁知因此一招，却又造成以下种种啼笑皆非的事实，这在柳老太的初意又哪能够意料得到？这时，柳老太坐在桌旁，见朋寿、春红前后进来，便对朋寿叫道：

"萱儿，你明天学校里是要开学了，你是一个没有爸爸的孩子，在外面总要自己小心，切不可上人家的当。本来我叫你不去上学，只在家中自修，但又恐人家说我溺爱太甚，未免养而不教。我若叫你去了，一天到晚，我的心中又非常记挂。现在你是已这么长大了，凡事总得听妈妈的教训，保全你爸爸一生的家业，那你虽不能为亲扬名，为娘的也就心满意足了。"

朋寿对于妈妈这几句话，耳朵里原也听熟，因满脸含笑地答道：

"妈妈，你千万别再愁了，妈的话我都记在心头，况且这一学期里，我也可以毕业了。妈又何必再忧虑呢？"

柳老太笑道：

"我原知你是不会淘气，只因为外界风气愈来愈腐败，所以时常叮嘱着你，叫你留心些。"

朋寿点头。这时，春红已盛上饭，服侍两人用完午饭，又拧上手巾，给他们擦个脸。朋寿道：

"我下午还得到银行里去付学费，妈请睡会儿中觉，我去去就来。"

柳老太答应。朋寿遂回身到书房里，只见小厮墨童正在换胆瓶中插着的茶花，见朋寿进来，便叫声"少爷"，一面端上一杯玫瑰茶。朋寿道：

"你架上的鹦鹉，食料喂过没有？"

墨童道：

"早已喂过了。"

朋寿喝了一口茶，披上大衣。墨童道：

"少爷出去吗？"

朋寿点头，一面又嘱他好生看守门户，他便到银行付学费去了。那时正值旧历元宵，马路上车水马龙，游人好像潮水般拥挤。朋寿本待付好学费，再去一瞧笑云，因恐老母记挂，况且明天就好见面，所以就不再去。一宵容易，次早，朋寿便坐车急急到校，见过许多同学，又和笑云相会，谈起假期中的把晤，彼此都很快乐。流光如驶，匆匆又过了几星期。这天，朋寿正值下课，校役张三送上一信，朋寿接过一瞧，见信封上并没有寄信人具名，但瞧那字迹秀娟，好像是个女子手笔，因便于无人处拆开细瞧。原来正是高二里的好友赵笑云写来，一时喜欢得把粉红笺纸吻了一会儿，方才瞧她的来信写道：

朋寿哥哥爱鉴：

前日校中上算术课，内中难题极多，承蒙课后多方指教，妹才得把得数全数答出。高情厚谊，寻当永铭心版。又约四时后同往公园一游，不料妹至，而哥竟先我已到，妹见哥满面春风，握手欢迎，又嘱妹同坐池畔，闲数锦鳞，此时之妹第觉哥蜜意如云，柔情若水，心中愉快，不知所可。迨后携手回校，哥又坚约后会，说日来日长如年，闷坐斗室，于卫生诸多不合，并约妹于天天课后携书同往，

135

既得一吸空气，又可共研学问，且可消去积闷。妹闻哥言，深惬鄙意，妹何幸而得此良朋耶！

妹无兄弟，得哥爱我，唯觉情逾手足，不禁喜上眉峰。妹作此书，非欲哥知妹爱哥之深，盖欲以书中文字，与我哥朝夕相切磨也。哥其有意教我乎？盍为妹润色而修正之，则妹之获益，将愈不能忘哥矣。

手此即问

学安！

同学赵笑云拜上

三月十五日

朋寿把信阅毕，仿佛得了至宝，即把那信又放到嘴旁吻了又吻，一面怕给同学撞见，遂把信笺折好，藏入怀中。正欲到第二教室去找笑云向她道谢，不料无情的上课钟早又当当敲起来。朋寿无奈，只好自归教室，静聆教科，谁知这个时候，朋寿一心只想在笑云身上，所以教师所讲的学科，他竟一些都不知道。后来，他又抽出一张冰榔笺，在案头里就簌簌地写了一封回信，并约笑云在下一个星期日，大家同赴梅园参观书画展览会，一则可以畅叙渴想，一则也可以欣赏艺术。朋寿把信写好封固，只等下课钟一敲，他便悄悄地独自跑到校门边，把信投入信箱中，一面又暗想：这信于今天夜里，一定可以送到笑云手里，想笑云接到我这一封信，不知又要怎样喜悦，或者她明天碰到了我，一定更有许多欢情要对我表示了。朋寿一面想，一面走，不觉已走入校园，他想笑云也许在里面玩，我倒不妨去蹓一圈。不料那日笑云齐巧并不在，只见别个同学，个个手携着恋人，有的喁喁细语，有的笑声莺莺，有的并肩坐在长椅上，有的散步在草地，也有拍珠，也有唱歌，个个快乐十分。朋寿见在眼中，愈加暗暗生妒，因此他便没精打采地独自回家去了。

136

再说笑云和杏云的寄宿所。两人是睡在一个房间，昨天夜里，杏云已经睡在被窝里，笑云因算术一科难题很多，她便独坐烛下，把所有难题慢慢地一一演出。后来她又想起朋寿，在前天校园里，他见我拿本算术静自研究，他遂不惮烦劳，一一地指示与我，我正在感到困难，得了他的指示，使我顿时恍然，所有难题因都容易解答，他真是一个多情的青年。我现在若不写封信去谢谢他，心里实在觉得有些过意不去。因把算术功课理过一旁，抽出一张桃花笺，把自己心里爱慕酬谢的意思统写在纸上。写好了后，她又重复仔细念一遍，方才套入信封。那时她的脸上是浮现了笑，心中是无限得意了。杏云躺在对面床上，她的床和笑云的床是只隔了一张写字台。笑云在台旁所做何事，她当然也能够瞧到一些，她因为姊姊不曾睡下，所以虽睡在床上，却是闭目假寐，并且随时还偷开星眼去瞧笑云。起初，她见姊姊埋头的确很认真做功课，后来却见她也不写字，也不瞧书，只管握了一支自来水笔呆呆地出神，一时心中便奇怪起来，遂用心暗暗地偷视她一会儿。听她忽然一个人又独自扑地笑了，杏云这时再也忍耐不住，她便立刻跳起床来，装作要如厕的样子，一面披上睡衣，一面却偷偷地用目侦察到写字台的纸上去，瞧笑云究竟在写些什么，谁知一瞧之下，杏云也不禁扑哧一声掩嘴笑了。原来那纸上并没有别的字句，她写的只有横横直直都是"宝哥哥、林妹妹""林妹妹、宝哥哥"六个大字。笑云写好了信，心中非常得意，想起假期中同朋寿在新上海瞧《黛玉葬花》影片，那时他曾把我比作林妹妹，他自己却比作宝哥哥，瞧他的意思，对于我当然是十分相爱，要我答复他这个比方像不像，并且还问我是否有同样地爱他。我心中虽然是早已回答他我是一百二十分地爱他，但是叫我口中又怎样能够明白地告诉他呢？因为一个女孩儿家，在一个情人面前，究竟不好意思直接说我爱你呀，所以当时我还向他腿上轻轻捶了一拳，不晓得他的心中还是恨我还是爱我，他如果不明白我的意思，道我是拒绝他，那他心中一定是要怨我了。他怨我，他心中一定更要感到十二分痛苦，这个痛苦真是我害他的，现在想起来，我真有些悔不该打他了。但话又得说回来，他如果真是我的知心人，他一定明白我的意思，这轻轻的一拳，正就是女孩儿怕羞的表示呀。笑云想到这里，她就不由自主地在纸上写了许多宝哥哥、林妹妹的字句。正在这个当儿，冷不防听杏云扑地一笑，而且还从床上跳起，一时心里倒吃了一惊，又恐自己秘密被她窥破，所以立刻把写着的白纸捏作一团，很快地掷到桌子下去，一面抬头又假意问道：

"杏妹，你起来干吗？"

杏云听她这样问着，却并不回答她，只管望着她咯咯地笑。笑云心虚，两颊早已飞起红晕，但依旧镇静态度，嗔怪她道：

"这妮子可痴了，老是笑干吗？不要冻了身子，那才要哭哩。"

杏云噘起小嘴儿，啐她一口，笑道：

"我倒不痴，你自己不要痴那就是了。"

说着，弯了腰又哧哧地笑个不停。笑云被她笑得脸一阵红似一阵，连身子都热燥起来，几乎要恼羞成怒了，因板着脸不理她。杏云见她不睬，怕她真的生气，方停止笑，自到厕所里去。待杏云回来，笑云却依然坐着没睡，杏云又自语着道：

"宝哥哥来了，林妹妹，你还没睡觉吗？这样大冷天，冻出病来，宝哥哥是要肉疼着哩！"

笑云正在恼恨杏云刚才笑她，这时又听她这样说着，明明是嘲着自己在纸上写的字，一时又疑心她方才写给朋寿的信她也一定瞧见了。平日笑云本是好强的性格，今天不知怎的，竟不和她吵嘴，只觉心里一酸，便伏在桌上嘤嘤地啜泣起来。杏云以为笑云一定要骂自己了，倒冷不防竟会抽抽噎噎哭了，一时心中也深悔不该如此孟浪，打趣得她太厉害了，现在又怎样可以使她不哭呢？因连忙跑近她的身边，再三地赔不是道：

"姊姊，妹子年幼顽皮，不知轻重，请姊姊饶我这一遭吧，下次我是再也不敢说姊姊了，你快快不要生气了。"

　　笑云见她用手来拉自己，因把手摔开道：

　　"我要你理呢，各睡各的，你去好了。"

　　笑云一面说着，一面便站起解衣到床上去睡了。杏云知道她脾气，这时无法劝她，也只好快快自去睡觉。因姊妹两人的戏闹，所以第二天校园里，笑云没有玩，朋寿找不到她，就是这一个缘故。

第三回

# 两小多猜

　　笑云自给杏云嘲笑赌气之后，那夜睡在床上，一合眼便即梦见唇红齿白的一个少年向她殷殷含笑，亲密密地叫她林妹妹。笑云模模糊糊的，好像叫自己的正是朋寿，但向那少年瞧去，却又并不像是朋寿。笑云见这个少年，生平并未谋面，今忽涎皮笑脸地喊她妹妹，这明明又是不晓得哪一班同学故意向她讥讪，因此心中怒上加怒，愤愤地骂道：

　　"你是哪儿来的野男子？我不认识你，你敢喊我妹妹，你的妹妹是谁呀？谁又是你的妹妹呀？你不要认错了人吧！"

　　笑云一面说着，一面却又大声地喊道：

　　"朋哥，朋哥，你快来呀！你瞧这个人，他竟要欺负妹妹哩！"

　　不料笑云这样地一喊，却早又把杏云惊醒了。杏云听笑云叫着朋哥，说有人欺侮她，一时又误会笑云尚在气她骂她。既而再仔细一听，那笑云的鼾声却又大作，并且还有轻微叹息的声音，杏云方知笑云是在梦中气着她，心中不觉好笑。等到第二天早晨，笑云先一觉醒来，迷迷糊糊地回忆梦境，觉得那少年又好像就是朋寿，但自己为什么却又不认识他呢？想了许久，连那梦中少年容貌也记不清了，一时睡在床上，也懒得起身，脑海里只印上了朋寿的影儿。心中左思右想地忖着：朋寿得到我的信，他一定是有回信复我的，但不晓得他回信中说的是些什么话。既又自己回答自己说：朋寿的回信，一定不会使我失望。想到这里，她把气杏云的嘲笑自己早已

140

忘记干净，脸上显出一万分的快乐。正在这个当儿，那校中的起身钟已当当地敲起来。笑云因连忙起身，回头见杏云，她亦早已下床，还望自己一眼，意思好像尚要赔不是，但笑云只装不见，各自盥洗完毕，出房去吃早点，过后便照常上课。杏云唯恐笑云再同她闹气，从此便不敢再向她取笑，笑云因恐杏云再要嘲她，她也不再常到校园去。过了一天，笑云因朋寿没有回信寄来，心中好生纳闷儿，所以忍耐不住，一个人便又踱到校园去，意欲见了朋寿，问他自己的信到底收到没有。杏云因尚有功课未完，却坐在宿舍里的写字台旁低头工作。正在静悄悄的时候，忽听门"呀"的一声，校役送进一信，杏云见是笑云的信，内中必有许多秘密，想来一定是朋寿寄来，遂拿过翻覆细瞧，不料那封口的胶水因天气干燥，竟不启而开。杏云顿时喜形于色，便把信笺偷偷地抽出，见是一张背面折着的冰榔笺，因更不迟延，便急急展开念道：

笑云学妹爱鉴：

顷获手书，快同面谈，誉我爱我，深觉汗颜。妹冰雪聪敏，好学不倦，且又不耻下问，久为同学所共仰。朋寿不过萤火之光，安能与妹天上之星月争耀乎！妹请切勿过谦，承情允同赴公园，共研学问，使我所得长亲芝兰，时饫清芬，衷心快慰，感何可言？

妹无兄弟，我无姊妹，今妹以兄视我，而我以妹爱若，是我无妹而有妹，妹亦无兄而有兄，真天下第一快事矣。上星期我在校园梅花底下观书，忆妹跳跃而前，含笑脉脉，握手言欢，已而促膝对坐，妹为我细数指螺，谓我指菱多于妹，我还观妹手，觉菱亦不少。盖妹有三菱，而我则四菱，其实人之聪敏，原不在菱之多少，特妹乃聪敏人，故作此谦辞耳。正在欢乐无央，突被同学小陈惊散，此境此情，及今思之，犹一半快乐，一半愤怒也。妹阅此，不悉

141

亦有同感否？下星期日梅园举行书画展览会，妹亦有意同去一观乎？望风便惠我好音。

　　此颂

学安！

愚兄柳朋寿手启

十六日

　　杏云把那信一口气地念完，便忍不住一人哧哧笑道："果然不出我之所料，真是恩爱得来。姊姊昨晚还要假惺惺作态瞒我，亦太岂有此理了。"

　　正在这个时候，那隔壁房内突然起了一阵笑声。杏云道是笑云回来了，慌忙把信照旧折叠，插入信封，回头一瞧那房门，却依然闭着，方知不是笑云，一面把信封用舌尖舐湿，依旧给它封固，摆在桌上，但自己一颗芳心却别别地仍跳个不住。杏云托着下巴，又仔细地想了一会儿，觉得自己这个行动太不妥当，因为姊姊平日乃是一个多疑好猜忌的人，此刻她自己不在房中，而校役恰巧把这信送来，就是我不曾给她偷瞧过，她也一定要疑心我窥她秘密，何况我实在是已把她的私信瞧了。万一给她知道，不是又要弄出许多是非，说不定还要闹得落花流水。这……可怎样好呢？啊！有了，我只有快些离开此间，装作这信送来，我也并不在房。对啦，对啦，只有这样办法，才得计出万全。杏云想到这里，便赶忙把书本合上，匆匆到外面去了。谁知走到膳堂的门口，恰巧遇到笑云迎面走来，一见杏云，便向她问道：

　　"妹妹到哪里去？"

　　杏云谎道：

　　"我因有个同学约着，去去就来的。"

　　说着，遂各自分开。不说杏云走到外面去闲散，再说笑云因不见朋寿，闷闷回到宿舍，忽然一眼瞥见桌上放着一信，因连忙把它

142

拿来一瞧，正是自己的名，心知这信一定是朋寿回寄来的，一时不觉眉一扬，乐得心花怒放。一面把信拆开，一面倚在床栏上躺着，从头至尾细细地读了一遍，读到"我无妹而有妹，妹亦无兄而有兄，真天下第一快事矣"，觉得朋寿对我的情感，真是生平第一个知己了，他约我星期日到梅园去参观书画展览会，并又嘱我回他一信。这样瞧来，我还是明天和他当面谈话来得切实。笑云想着，把信折好，又放到嘴边去吻，一时鼻中忽又闻到一阵幽香，这种芬芳的香味竟是从这信函上发出来。笑云的心中才不免荡漾了一下，以为这个香气一定是朋寿故意把信笺渍过香水精的，或者信封内是曾经夹过花瓣的，不然那雪白的笺上，怎么会一阵阵发出很幽雅的香味来呢？也许朋哥对我故用这种香笺，以表示两人特种好感。想到此，那脸又只觉热辣辣地红起来，眼前好像真有个眉清目秀的朋寿和自己对话的样子。笑云展现了浅笑，呆呆地想出了神，突然从床上跳起，猛可地伸开两手向前抱去，当她抱个空时，身子险些跌向前去，她才意识到自己实在是沉迷在幻想中了。虽然房中是只有一个人，到底心中也感到难为情，就连忙退回床上躺下，把信笺拥贴在怀中，微闭了星眼，表示一万分的欣慰。正在悠然出神的当儿，突闻房门砰的一声，笑云倒吃了一惊，睁眼瞧去，早见杏云从室外跳进来。笑云连忙把信向枕下一塞，心中兀是跳跃不停。杏云进来，见她靠在枕上，因笑盈盈地坐到床边来，轻轻拍着她的身，问道：

"姊姊，你的脸怎么这般红呀？莫非身上有些不舒服吗？"

说着，又把拍她身的纤手柔软地按到笑云的额上去。笑云正欲回答，忽然鼻中又闻到一阵细香，和朋寿的信笺上所闻到的竟是一式一样。笑云原是个聪敏绝顶的人，灵机一动，顿时柳眉倒竖，向杏云啐了一口，嗔道：

"倒难为了妹妹这样关心，你咒我病吗？我病了你心上快活吗？"

说时，一面又把杏云的纤手拉过来放在鼻上细细闻了一会儿，觉得她掌上的香气确实和信封上的香一式无二，心中这就更加肯定，

143

但并未亲眼瞧见，又怎能和人家理论？因假意回嗔作喜地打趣她道：

"杏妹现在是越发漂亮了，指上涂着蔻丹不算，掌上还要再搽些香水精啊。我明白了，你方才说有个同学约着，那个同学准是男性了。妹妹搽些香水精，原是给你爱人去吻香的呀，可不是吗？现在给姊姊猜中了，你还有什么话说？"

杏云起初见她怪自己说她病，正想辩白，忽然听她又说出这许多取笑自己的话来，一时又羞又恼，恨不得把她狠狠地打几下，方泄气愤。但姊姊是个比自己还好强的性，如果真的和她闹翻了，究竟有伤感情，这又何苦要如此？因忍耐着把手连忙缩回，冷笑了一声道：

"妹子有什么男朋友呀？左不过是姊姊的朋寿哥哥罢了。方才叫我的乃是郁芬妹妹，姊姊不信，只管问她去。"

笑云见她动怒，本来欲笑赔不是，后来听她说出左不过是姊姊的朋寿哥罢了的话，一时心中愈加疑惑，觉得朋哥方才来信，这妮子一定是偷瞧过的。你听她的话，句句带着讥我的意思，她若不是有意地嘲笑我，怎么会说左不过是朋寿哥呢？况且信上的香味和她手上的又是一式无二，这不是笺上的香，明明是她偷瞧信时从她手上带过来的吗！笑云想到这里，心中既愤恨但又不好意思说出口，因把脸板起，正色地说道：

"一个人本来是自由的，妹妹有男朋友有爱人，和姊姊本不相干，姊姊不过和妹妹开个玩笑。妹妹，你别误会，姊姊绝不会妒忌妹妹有知心着意人，因而做出些不道德的行为，这妹妹请放心吧！"

杏云一听这话，两颊也微红起来，觉得她这话中，都透出猜疑两字而来，好像她已晓得自己偷拆她的私信，心里有些懊悔，因轻声道：

"本来我和姊姊感情不坏，大家不过是开玩笑而起，昨晚上你竟认真了，其实这又何苦来呢？"

笑云道：

"谁认真？自己不要认真就是了。"

杏云道：

"我认真什么？"

笑云道：

"那么我认真什么？"

杏云道：

"不要说过去的事，只要看眼前的。我好好问你有没不舒服，你怎反说我咒你生病呢？"

笑云道：

"那么我说你男朋友约着你，你怎么板起面孔了呢？"

两人说时，两人都抿嘴笑起来。大家没有话说，总算各人心中都不生气，杏云也自到床上去躺了。笑云这时心中又静静地细想，觉得我们姊妹两人有时和朋寿在一块儿说笑，无论什么一桩小事，朋寿总每每庇护着杏云，莫非杏云和朋寿也有密切的意思吗？倘若真的也有意思，那我倒也要到处留些神了。杏云躺在床上也细细地想：自己拆人私信，原不应该，无怪要被人说不道德，这也奇怪，朋寿平日对我似乎也很多情，为什么瞧他信中竟和姊姊好到这样地步？他既然心爱着姊姊，为什么对我亦很有情呢？这以后我倒也要留意察瞧呢。两人各想了一会儿心事，晚膳的钟声早已敲起来，两人跳下了床，便一齐到膳室里去。饭后，两人对坐写字台，各人做了一会儿功课，便熄灯安息。

次日，笑云在校园里独自散步，恰巧碰到了朋寿，两人相见，都万分欢乐。朋寿握了她手，同到树荫下的椅上坐下。朋寿笑道：

"妹妹的信我已收到了，不晓得我的信妹妹收到了没有？"

笑云含笑点头道：

"早已收到，哥哥的柔情蜜意，布满在笺上的每一个字里行间，真叫妹妹心中感到无限的欣喜。"

朋寿却没回答，抚着她手，憨憨笑了一会儿，方才又道：

"星期日梅园相见，请妹妹万勿要爽约。"

笑云一撩眼皮道：

"这个你请放心，我是绝不会迟到的。"

笑云说罢，本欲试探朋寿的心究竟对杏云有没有意思，因为上课钟已敲，两人只好分手别去。

流光如驶，转眼已到星期。杏云见笑云一早便即起身，对镜修饰，心知她今天是准要赴朋寿的约会去了，因假装不知道，向她问道：

"今天是星期日，姊姊不多睡会儿干吗？敢是哪儿玩去？"

笑云道：

"你问我干吗？妹妹要不同去？"

杏云道：

"妹子腰酸得很，今天不敢出去，意欲静静地休息一天。"

笑云道：

"本来网球啦、篮球啦，妹妹也运动得太厉害了。你说不出去，恐怕不是真心话吧？待姊姊回来瞧，如果妹妹仍睡在床上，那时方才可作准呢。"

笑云一面说，一面早已披上单大衣，拿了皮匣，娉娉婷婷地走出房去，却还听杏云在床上扑地笑道：

"姊姊早些回来，别乐而忘返呢！"

梅园书画展览会，是海上书画名家全体大会，内中确有不少精品。笑云一心想早会朋寿，所以当即匆匆到会，签了姓名，便从入口进去。但见书画当中，山水也有，翎毛也有，仕女也有，花卉是更不要说了。有的小小立轴，有的丈二厅堂大画，有的册页，有的横披，有的手卷，真是洋洋大观，琳琅满目，人行其中，大有山阴道上，应接不暇之势。这时，场中来宾渐多，笑云因心念朋寿，所以站在进口处的旁边，把进来的来宾个个向他们注意一下，瞧有没有朋寿，不知者还当她是会场中的招待员，其实她醉翁之意并不在酒。又等了一会儿，好容易给她发现朋寿也从入口处进来，因连忙招手，口喊："朋哥，我在这儿!"朋寿一听，忙抢步上来，两人相见之下，自然有说不出的喜悦，于是两人携手偕行，遂逐幅地瞧过去，后来瞧到一幅簪花仕女，朋寿便目不转睛，起不移步地痴痴立了二十分钟。笑云见他不走，当然也要细细欣赏，只见这幅仕女乃是海上著名画家张氏弟兄所画。张氏为四川人，一个善绘虎的各种姿势，最著名者约分十二种，名为十二金钗，以香艳的金钗名虎，也真可谓别致极了；一个善山水兼绘仕女，超神入化，妙到毫颠。笑云见那幅仕女的标价为三百六十元，很觉它定价之大，不料旁边尚有定价一千元的天女散花，画中爱宠，价值连城，也可谓书画界的创闻了。

# 第四回

# 画中人是意中人

　　朋寿和笑云两人携手既向会场巡视一周，最后两人又在这幅簪花仕女图的面前立了许久。笑云正在想这画标价的昂贵，却见朋寿对场中司事说明，把这幅画照定价购归。笑云见他出此重价买画，想他一定是心有所爱，当时虽然有些诧异，但也并没有阻他。见朋寿付了款子，把画夹在胁下，脸上浮着了笑意。窥他的意思，好像是万分的快乐。此时已午饭将近，两人因遂出会，赴新雅午餐。餐毕，朋寿道：

　　"妹妹，下午我们上哪儿玩去?"

　　笑云因恐杏云又要嘲笑她，所以今天必欲早时回校，况自己出校时曾听她说别乐而忘返，猜她意思，似乎晓得我和朋哥出去同玩模样，因摇头含笑道：

　　"明天有许多课程尚未完毕，下午想去料理舒齐。妹子想，不到哪儿去玩了，改天再和哥哥同去怎样?"

　　朋寿点头道：

　　"很好，我也回家了。"

　　说着，两人携手出了新雅，又替笑云讨好街车，朋寿方始自行回家。见过柳老太，便回到自己书房，早有墨童前来给他脱去春季薄呢大衣，端上茶来。朋寿见书室中靠壁有琴桌一张，壁上原挂着山水一幅，因连忙叫墨童将它收下，即把自己方才买归的一幅仕女亲自挂在中间，两旁又重新添挂一副对联。等到挂好之后，朋寿便对画而立，两眼呆呆地凝视画中，约莫有一刻多钟，又向画喃喃自语，一会儿又和画中美人微微含笑，继而竟喊起来道："妹妹，妹妹，我不负你，想你亦绝不负我。"他这样一喊不打紧，把个墨童真愈瞧愈奇怪起来：少爷对画呆瞧，已经是很好笑，现在忽然又和画中人说起话来，那不是有趣吗？墨童想着，却也不敢去惊动他。一会儿，只听少爷又把那两旁对联的句子念道：

"笑更甜蜜鞏更好，云想衣裳花想容。"

原来这副对联的顶上一字，恰巧嵌着"笑云"两字，朋寿把它念毕，他心中又暗暗地自赞道：这一副对联才配得过这一幅画，妹妹呀，我对你的心事，已托这一副对的句子做代表了。妹妹，你可知道吗？朋寿暗自说罢，心中真有说不出的喜欢。朋寿声声口口地喊画中人为妹妹，这妹妹到底又指点谁呢？原来，朋寿因为那画中的美人容貌很像自己的爱人笑云，所以不惜重金把它买回。现在悬在书室，终日相对，好像就是挂了笑云的一张照相一般，因此他对画中人便时时地痴想，甚至于对话。在他的意思，是爱意中人而寄情于画中人。墨童见他站着差不多有一个多钟点，因端过一把椅子放在他身后，笑叫道：

"少爷，这样站着不吃力吗？要瞧还是坐下来瞧吧。"

朋寿给墨童一叫，遂回头来望他，见他扮了一个滑稽脸，心想：这孩子倒顽皮，但自己的举动，不免也太好笑。因笑喝他道：

"胡说，你快给我端开。"

墨童见少爷发怒，急得把椅子忙放到原处，自己便悄悄退到外面去了。朋寿待他走后，便坐到写字台边，抽出信笺，簌簌地写了一封情意缠绵的信，预备明天送给笑云。他把信写好，自己又念了一遍，觉得信中的意思已经是很好，一面抬头又望那画，觉得心中真有说不尽的喜欢。一时提笔，又作了两首绝句，把附在信封里。只见他写的是：

### 对画中人忆意中人作

意中人是画中人，一笑相迎分外亲。

形影而今离不得，含情脉脉意生春。

### 其二

绰约多姿笑兼颦，画中人似意中人。

卿卿原是神仙种，肯许柳郎一问津。


朋寿把诗题好，见时已上灯，春红走来叫用饭去。晚上朋寿又做了一会儿功课，方才脱衣就寝。次日早起，便把书又投到校门邮箱，自己匆匆到教室去。

再说笑云回到校中，时已两点，推进宿舍，见杏云果然不曾出外，坐在桌边写字。她见笑云这样早就回来，心中也很奇怪，因问道：

"姊姊怎么不在外面用了晚饭回来呀？"

笑云一面脱了大衣，一面答道：

"我恐妹妹一人寂寞，故而赶回来和妹妹做伴的。"

杏云鼻子里笑了一声道：

"姊姊这样爱我，妹妹真感激得很。"

说着，便仍低头写字。笑云也不多说，在对面坐下，也自管工作，两人悄悄地一声都没开口。时候随着一分分过去，早又上灯时分。杏云把臂向上一伸，打个呵欠，笑向笑云道：

"姊姊怎不说话？"

笑云抬头道：

"你功课完毕了，自然好说话了。"

杏云抿嘴道：

"那么上午到底是你玩得有趣呀。"

笑云听了，有些心虚，因道：

"别打岔我了，我工作要紧。"

说着，依然低头写字。杏云只管哧哧地笑。待笑云功课完毕，校中早已敲饭钟了。杏云拉笑云手道：

"功课晚上再做，我们先用饭去。"

笑云道：

"我也早完了。"

说着，一手合上书本，一手已给杏云拉着到饭堂里去。笑云因回忆朋寿同游的快乐，只吃一碗饭，便即匆匆回房，情思昏昏，也不想和杏云多谈，遂嘱杏云一同早睡。

第二天的早晨，杏云先起身出去，笑云尚懒在床上，校佣张妈匆匆递上一信。笑云见是朋寿手笔，心中乐得直跳起来，一面道声谢，一面便倚在床栏上，急急把信拆开，只见上面写着道：

笑云爱妹如面：

妹真信人也，前约参观书画，今果先我到矣。会中有仕女立轴一幅，搔首弄姿，傍花而立，我见其盈盈欲语，有若仙子凌波，窃叹艺人妙手巧夺天工，既而细细把玩，觉画中仙妹，酷似吾妹，意中人即画中人，我几惊喜欲狂，所以不惜重价，将画购归。妹以重金易画，疑我为痴，其实我非有爱于画，我实爱画中人之活似意中人妹妹也。诗人爱屋及乌，我今爱妹及画，妹谓我痴，我又何尝真痴哉！

今我已将此画供在书室，朝夕供以鲜花，我与画形影不离，即我与妹日夕厮共。我睹画中人之对我含笑，我即觉吾妹之笑面迎人，我心有妹，妹心亦有我，妹我知心人也。但画中人则不知有我，是画中人虽艳比桃李，自不及吾妹多多矣。我为此言，我知妹必笑我为更痴，我为妹而痴，则我心快，我心快则妹心亦慰，妹以我言为然耶否耶？请妹于明日晤我时有以告我，妹其亦许我否乎？

夜漏已残，不尽欲言，附上绝句二首，一并奉赠。

即问

文安！

学兄朋寿手书

三月二十五日

笑云把书念毕，不禁哑然失笑，自语道："朋哥真痴情人也，他昨天所以不惜重金买画，原来是为着这个意思，一时感到心头，觉得朋哥的为人，真别具用心。既然这样地爱着我，那何必花去三百多洋钿买这幅没用的死画呢？早知如此，我不如早送他一张照片好吗？"笑云想着，一面低头又把那两首绝句念了好多遍，觉得每一个字里，都从她的心坎里剔爬而起，一时把个朋寿真爱到极头，不由自主地将那信笺吻在嘴上，心中一片柔情荡漾不已。但这时，她却闻不到像前封信上那股的香气，于此更证实前信之确为杏妹偷窥无疑，不然前信既有香，这信又何以没有香了呢？笑云一面这样地研究着，一面遂披衣起身，洗漱完毕，把信藏好，匆匆到教室去，一会儿已是上课。笑云这时身子虽然坐在教室，而一寸心灵则时时萦绕着朋寿的小影，她想：朋寿的来信和他的诗句都已认我是他的意中人，末后一首绝句的下面两句，又说"卿卿原是神仙种，肯许柳郎一问津"，这叫人真好难为情啊。笑云想到此，顿时两颊不觉通红，一面又想：前人诗句有什么"怕有渔郎来问津"，那问津为什么要说个"怕"字？可见得这个问津当然是个不容易的事了。问津的典好像是出在《桃花源记》里，我记得内中有两句，什么"芳草鲜美"啦，"山有小口"啦，"豁然开朗"啦，他写桃花源的景致，也真幽雅极了。一时又想起那天在宿舍里，我一个人正在看《古文观止》，忽见朋哥推门进来，问我瞧什么，我把书移过去给他看，他便翻出一篇《兰亭集序》来叫我读，我读到"夫人之相与，俯仰一世"，他便哈哈大笑起来，说妹妹你读了别字了，妹妹连这个夫妇的

152

夫字，难道都不认识了吗？现在妹妹读作语助词的夫（音胡），那能上能下读下去，便要失却统篇的意义。妹妹不信，请把以下再读下去，那底下不是尚有"或取诸怀抱，悟言一室之内；或因寄所托，放浪形骸之外。虽趣舍万殊，静躁不同，当其欣于所遇，暂得于己，快然自足。曾不知老之将至，及其所之既倦，情随事迁，感慨系之矣，向之所欣，俯仰之间，已为陈迹，犹不能不以之兴怀，况修短随化，终期于尽"这一段文字吗？这篇文章，有人说它是比喻夫妇闺房之乐，谓夫人之相与丈夫，他的生活全在俯仰一世，有的拥抱到怀抱里，有的放浪到形体外，至修短的变化，虽有倏而长倏而短的不同样，但总以尽而不留为乐，不尽则不乐，这当然是别有所指点的了。我当时给朋哥这样一解释，觉得他的话虽然是个别解，倒也很有意思，而且也很觉有趣。后来又经我细细地一想，则又不禁羞涩万分，两颊通红，瞅他一眼，他却抿嘴咯咯笑了。现在他赠我两首七绝中，也有"肯许柳郎一问津"的句子，他的用意当然也是这个意思了。但叫我又怎样地回答他好呢？我许他问津，固然不好，我不许他问津，当然也是不好。笑云一翻一覆地想到这里，那两颊又阵阵地红起来，暗暗说声："你这妮子，怎么去想这些呢？那不是……正经的，还是先复他一封信，再把自己新近拍好的小影一页也同时附赠他，一则聊慰他的痴情，二则即以作报答他的赠句。"笑云想到此，便决定主意，拿出钢笔，开了套子，瑟瑟地写了一封柔情绵绵的回信，一面又从袋内取出自己四寸小影一页。在影旁空余处，又题了两行小字道"朋郎惠存，妹笑云谨祝哥鹏程万里，寿同金石"。笑云把祝语当中，暗嵌"鹏寿"两字，也具见她的聪敏过人了。笑云把相片一并套入信封，抬头见众同学都已纷纷出教室去，原来下课钟早已敲过。笑云因心有所思，所以一些都不觉得，自己也不觉好笑起来，因遂合上书本，夹着信封，随着大众到外面去。低了头一面想，一面走，不知不觉已到了校园。笑云正欲找朋寿去说话，忽然瞥见东面的草地上坐着一对男女，男的正是朋寿，女的却是自己妹妹杏云。笑云见朋寿拉着杏云的手，喁喁情话，本待要过去向杏云取笑，后来不知怎样一转念，她反而躲到梅树底下去远远地瞧着两人行动。只见杏云笑语盈盈，朋寿则欢若生平，杏云和朋寿亲热的状态，在常人瞧来也并不为奇，但在笑云的眼中瞧来，就觉得两人要好的程度实在太以过分，而且心头感到的还有阵酸味。这是为什么呢？因为朋寿、笑云既已互相认为唯一的知心人，当然不能容许再有第三者插身其间，要知爱情这样东西是最最小气不过的，一有了第三者，那很好的情愫就会起了裂痕。现在杏云和朋寿也有很亲密的神情显现在笑云的眼里，笑云的心中对于杏云当然要气得什么似的恨她了。这时朋寿和杏云愈显亲热，笑云心中也愈加地恨她，而且愈觉刺眼，因也不愿多瞧，遂匆匆自回宿舍里去，坐在桌边，呆呆地出了一会儿神，心想：原来这妮子要夺我的朋哥呢！无怪她要偷瞧我信，处处注意我们行动，以后恐怕还要破坏我俩的情爱哩。若果这样，她还算是我妹妹吗？简直变成了我的情敌了。笑云既存了这心，所以一见杏云进来，便冷冷地劈头劈脑对她道：

"妹妹是没有男朋友的人呀，现在可找到了没有？如果还没找到的话，我便来介绍给你一个，妹妹可赞成吗？"

杏云本是含笑进来，给她没头没脑地说了这一套话，一时羞愤交作，直气得目瞪口呆，半晌说不出一句话。一面又细想了许久，觉得姊姊突然说这话，她心中一定又有什么事要疑在我身上了，但我又不曾做了什么，难道方才校园里朋哥拉着我说笑几句，她又疑心到我要夺她的爱人了吗？其实方才也是朋哥来缠绕我的，早知姊姊如此多心，以后我若碰到了朋哥，倒不能不远远地避开他了。我若再不避开他，姊姊以为我抢她恋人，凭空地又要遭她欺侮，不是使自己很难堪吗？杏云想着，忍耐了一肚皮的怨气，向笑云淡淡笑道：

"姊姊，你这是哪儿话……我劝你想明白些，妹子是绝不会来破坏你的，何苦拿这种话来挖苦人家……"

杏云说到此，长叹一声，也不再说下去，就回身走出房去了。笑云见她走后，暗暗冷笑一声，自语道："明明给我说到心坎里去，她却假惺惺地说这些漂亮话，真是气人。"笑云心中虽然暗恨杏云，但她对于朋寿则仍不敢稍有怨言，所以她在书中抽出方才写好的信，拿着依旧匆匆去投在邮箱里。这在朋寿心中，又怎能知道她姊妹俩为我一人却已生出这许多恶感的情状呢？

# 第五回

## 慈母的爱

第二天的早晨，校役好像红娘般地又把笑云的一封情书递给到朋寿的手里。朋寿接来一瞧，知道是笑云的回信来了，因便急急把信打开，念道：

朋哥我爱吻鉴：

顷展华翰，并绝句两首，借悉种种，因爱妹而购画，至晨夕供以鲜花，柔情蜜意，溢于言表。妹拜读之下，只觉每个字里都嵌满哥哥心灵，昔人谓"一树梅花一放翁"，今妹则一寸心花一朋哥，哥认妹为意中人，妹亦认哥为心上人，心领神会，情投意合。哥固才高倚马，妹实质愧咏絮，所幸惺惺相惜，梦魂时依乎左右，心心相印，倩影不离于脑海。妹无文君貌，兄有相如才，今奉赠小影一页，聊慰司马之渴，哥得此，请与画中人一较，不悉其貌果相似否？哥爱妹甚，妹知哥之爱吾影，定必不减于爱妹，妹也何幸？妹之影何幸？似妹之画中人更何幸乎？妹将感到心头，其滋味为甜，其境遇为快，其情况为温柔而美满。哥乎，哥乎，不悉亦与妹有同情否？妹为此言，实为妹生平之第一得意语也。手此奉复，诸希心照不宣。

妹笑云拜上

二十七日

156

朋寿读到"哥认妹为意中人,妹亦认哥为心上人"两句,不禁惊喜欲狂,一面忙又抽出一页小影。只见笑云婷婷倩影,把身半靠栏杆,纤手持着一束鲜花,活活秋波,盈盈含笑,好像玉树临风,仙子凌波,对我浅笑含颦,似有万千心事,欲语还停的神气。朋寿真是爱极,不禁偎着小影狂吻,一会儿又细细瞧着,见影旁还注着两行小字,称我朋郎,又祝我鹏程万里,并希望我俩的爱情要像金石一样永久和坚固,所以谓之寿同金石,却又把我"朋寿"两字嵌在里面,一时又想起自己书房里的对句"笑更甜蜜颦更好,云想衣裳花想容",我还没告诉她这句上也是嵌着妹妹的一个芳名,怎么她倒先把我的名嵌在祝语当中先送给我了,可知我俩的心心相印,真是不约而同了。今天过会儿如碰到她,我一定还要好好儿地取笑她呢。朋寿想着,便急急到校园去找她了。

再说这时离上课钟点尚还很早,笑云、杏云自从昨日斗嘴后,始终没有开过口。杏云见姊姊突然改变态度,虽然平日大家也有闹嘴,过后总仍有说有笑,现在她却脸色铁青,沉默寡言,好像和自己是仇人一样,心中颇觉难过,因一早就离了宿舍,拿着书本一个人匆匆到校园去。笑云见杏云一声不响地走了,以为她有什么秘密,遂也暗暗地跟在后面。

杏云走到校园,一见朋寿立在草地上探首四望,好像找人模样,她因急急地回避到东面树林中去,朋寿还道杏云没有瞧见自己,因也向东面追来,口中还喊杏妹。杏云见他追来,早又从东面转到北面木香棚底下去,朋寿心中奇怪,暗想:杏妹聋了耳朵不成?因一面高声喊着,一面仍向前追赶。正在这个时候,笑云亦已走来,朋寿欲回身向北,恰巧与笑云撞个满怀,朋寿连忙抱住,一见是笑云,因笑起来道:

"我道是谁,原来是我的爱妹。妹妹,我告诉你,杏云妹妹今天不晓得怎样,见了我不但不睬,而且反逃跑了。我想问她一声,你

157

已起来没有，不想妹妹正在后面和我撞个满怀呢，不晓得妹妹可曾给我撞痛了哪里没有？"

笑云听了，一面笑着说没有，一面心中却想：杏妹不理朋哥，想来她和朋哥是没有意思了，自己错怪了她，无怪她心里生气。这时朋寿早拉着她手在长椅上坐下，笑盈盈叫道：

"妹妹，多承你的爱我，给我这样甜蜜的复信，并又给我小影，我心里是多么感激妹妹呀！"

朋寿一面说着，一面又凝视笑云，觉得笑云的脸蛋，娇羞含情时候固然是很美丽，但即使带些薄怒微嗔，亦很觉是个妩媚动人。笑云见朋寿目不转睛地瞧自己，心中真感到说不出的得意和相爱，因便低头含羞说道：

"哥哥非妹不欢，所以爱妹而更及于画，但妹亦非哥哥不乐，故送哥以一页小影，妹愿哥哥见了小影和见了妹一样相爱，则妹当始终感激哥哥了。妹所虑的是恐妹妹福薄，不能长得哥哥终身的相爱呀！"

笑云这几句话，当然是心有所感而说，所以说到后来，那眼眶竟红起来。朋寿见她好端端的忽又多心疑着自己不能爱她到底了，因忙诚恳地道：

"妹妹，你这话该打嘴，你在小影里已称我为朋郎，那你实是我的人了。我当时见到这两个字，我的心是多么喜欢呀！我恨不得把心挖出来给妹妹瞧。你放心，我的心、我的身，甚至我的灵魂，所有一切的一切，都交付给妹妹了，那你总放心得下了。"

笑云听他提起这事，一时又喜又羞，当初是自己爱极欲狂，情感的沸腾不能听理智的约束，模糊地题上这个称呼。现在听他不怪自己放浪，并已表明他是整个属于我了，这时心中一喜欢，几乎要舞蹈起来，眉一扬，眼珠一转，那娇靥上早已泛起了甜蜜的笑容。朋寿这时又笑着道：

"妹妹，你的心真好细呀，你送我的照片，又注着'鹏程万里，寿同金石'的两句祝语，却把我的名嵌在里面。现在我也送你一副对子，妹妹，你听着。"

说着，把"笑更甜蜜鞏更好，云想衣裳花想容"的句子念给她听。笑云听他把自己名嵌在顶头，便瞟他一眼，笑道：

"我早晓得朋哥是没有好话的，你真不是个好人哩！"

说着，把纤指向他额上一点。朋寿把她手握住笑道：

"我不是好人，难道是个歪人吗？"

笑云听他说出歪人，早又咯咯地笑道：

"'歪人'两个字真好新鲜，我想别人家题的名都用端端整整的字，只有你这个'朋'字，总是歪斜不正，好像你在门前挂了两条肉似的，引诱着人，所以你自己也承认是个歪人了。"

笑云说时，又咯咯笑弯了腰。朋寿听她嘲笑自己门前挂肉，心里暗暗佩服她有滑稽拆字的天才，因灵机一动，把她的"笑"字也拆开，还嘲她道：

"哥哥门前挂了两条肉，妹妹门口却养了两个犬，我把这两条肉喂你这两个犬，那三月不知肉味的妹妹，不是要喜欢欲罢不能了吗？"

笑云听朋寿的话，起初不懂，后来她把笑字写在手掌，方觉得上面是两个"个"字，下面果然是个犬字，怪不得他要取笑我门口养两个犬了。笑云扑哧一笑，倒并不怪他占自己的便宜，反而也敬佩他思想的敏捷，因把手在脸上划着，羞他道：

"哥哥，你把人家比作犬，不晓得你那肉是什么做的？妹妹不来说你了，说起来恐怕你要更加难为情呢！"

这时，杏云早又从木香棚底下转出来，瞥眼见两人坐在长椅上嘻嘻哈哈地说笑着，因慢慢踱到他们后面，先咳嗽了一声，叫着道：

"朋哥，不早了，怕要上课哩！"

两人回头瞧时，杏云却早又自管跑到教室里去。笑云恨她又把话打断，但一瞧手表，果然真的就要敲钟，因站起拉了拉衣裳。朋寿道：

"杏妹早晨一定受人委屈过，否则她是喜欢说笑的。"

笑云假装不知道。

"我不晓得，回头我也正要去问她哩。"

说着，遂和朋寿握手分别，各自到教室去。朋寿坐在案头上，静静地想，觉得笑云不但容貌好、性情好，而且心思更灵敏，用情又真挚专一，她真是自己将来的一个好妻子。笑云这时也坐在案桌上想，觉得朋寿这人性情固然温柔，而才学亦是出众，且他对待自己到处能够体贴，这样多情的人，全校里再也找不出一个。虽然他对杏云妹似乎也很多情，也许他所以对杏妹多情，完全是为了我的关系。他今天不是已很明白地向我表明了吗？两人这样地想着，相爱的情感当然逐步增高，差不多要到沸点以上。所以朋寿放学回家，又长长地写了一封回信给笑云。朋寿作书每在夜间，因晚上人静，思虑清明。这晚气候温和，窗外一树桃花，适值含苞待放，东风拂槛，吹面不寒，一刹那间，又落下几点儿细雨。朋寿正在握管寻思，突听有人叫道：

"天下雨了，雨打在桃花了。"

朋寿连忙抬头向窗外一望，果然有阵细雨掠檐而过，但回头再瞧喊雨的人，却毫无踪影。心中奇怪，便喊墨童，却听又有人答道：

"墨童不在。"

朋寿一时省悟，原来这说话声音乃出自架上的鹦鹉嘴中。朋寿见这个鹦鹉已养到这样乖觉，心中十分喜欢。正在这时，忽见春红嘻嘻进来叫道：

"少爷，你怎么吃了晚饭只在书房里，不到上房去？老太太等着你说话已有好半天了，请你快进去吧！"

朋寿见春红的两颊好像两个苹果，细长的眉毛下两道秋波又透露着春情，因笑问道：

"你知道太太叫我有什么事呀？"

春红听了，便靠近桌边，扬着眉，抿嘴笑道：

"恭喜少爷，太太是为你说亲呢！"

朋寿还道她和自己开玩笑，因伸手乘她不防，拖到身边，抱着她笑道：

"你敢打趣我？"

春红怕痒，身子缩作一团，一面又哧哧笑说：

"没有骗你。"

朋寿见她躲在怀里，好像小鸟依人的意态，也深觉怜惜，听她说不骗我，因忙放了手，顿时一呆，急急问道：

"真的吗？是哪一家？你知道是个怎样的姑娘？"

春红又躲到对面桌边，瞟他一眼，抿嘴笑道：

"是一个好模样的姑娘，是一个好人家。少爷，你急什么？过一会儿太太不是会详细地对你说吗？快些到上房去吧！"

朋寿听了不依，便站起去捉她。春红早已哧哧笑着先逃到上房去了。朋寿这时心中又喜悦又着急，喜的是春红这样有趣，将来少不得也是我的人，急的是妈妈替我说亲，不知究竟是谁家。朋寿一路走，一路想，早已到了上房。这时，柳老太倚在床上还没有睡，一见朋寿，便叫道：

"我儿，你今天怎的这样晚还不进来睡？"

朋寿道：

"我学校里功课还不曾完毕呢，妈妈叫我做什么呀？"

春红在旁听了，瞅他一眼，笑了。柳老太道：

"萱儿，你且坐在这把椅上，我告诉你一件好事。今儿我的大侄女来，说我内侄儿竹山有个妹子，名唤凤仙，今年恰与我儿同庚，他们是从小就跟着我的。堂哥哥是在南洋经商，现在我的哥哥已没了，因为不欲抛弃家乡的亲戚，所以叫我这个大侄女前来替我儿和凤仙作伐，联成一个美满姻缘。我想彼此门第相对，兼之亲上加亲，娘的意思，倒颇相合。"

柳老太说到此，一面又从枕边递出一个红纸封，又接着道：

"我儿你瞧，这个就是凤姑娘的照片，我见她身材倒不高不低，模样也不能算坏，据大侄女告诉我，说她的性情也是一个温柔不过的人。娘想这样的一个好女子，一时又哪儿找得着？娘现在已五十开外的人，一生只有我儿的一滴骨血，娘的意思，就把这个凤姑娘定为媳妇。萱儿，你不要怕羞，快快地答应我吧，为娘的可以代儿订婚，也好放下一桩心事呢！"

朋寿坐在椅上，万不料他妈有这样的一个主儿，瞧妈妈手持照片要自己去接，一时又哪里高兴去接过来，因摇头很坚决地对柳老太道：

"妈妈，我现在年纪尚轻，这头婚事决计不要，请妈妈早日地回绝她吧。"

柳老太见朋寿并不来接照片，且又说出这样话来，因把红纸封自己打开，抽出那张照片，塞到朋寿手里去道：

"儿呀，你没瞧到凤姑娘的脸，怪不得你不喜欢。儿若瞧到了凤姑娘的容儿、身儿，恐怕就要欢喜也来不及哩！"

说着，便一定要他接去看，朋寿却呆坐着不语。柳老太因叫春红把相片交给他瞧，春红听了，便笑着，手捧那张玉照送到朋寿眼前，又笑盈盈地叫道：

"少爷，你瞧这位凤姑娘是一个很漂亮、很有福相的少奶呢！"

朋寿到此，只好把照片接在手中，一则怕妈生气，一则倒要瞧瞧，难道真还有比我笑云妹妹更好看的人吗？因向照片内望了一眼，虽然的确是很漂亮，但我的心已交付了云妹，一时又想起云妹来信中有"哥爱妹甚，妹知哥爱吾影定必不减于爱妹"两句，并小影上的"朋郎"称呼，因而更想起早晨校园中和她谈笑的一幕，她疑心我不能爱她到底，这事奇了，难道她早已知道今晚的事了吗？但我绝不负她，我既已爱了云妹，凤姑娘虽美比西子，我也岂能再移爱于彼？朋寿决定主意，把照片仍交还春红，又对老太太说道：

"承妈妈的美意，欲为儿定此姻事。想儿尚在青年，学业未成，况家国多难，昔人谓'匈奴未灭，何以家为'。儿的意思，不如迟几年再说。妈妈，我瞧你老人家还是不要操这个心吧。"

柳老太见他这样坚决地回绝这头亲事，心中也有几分料到子萱在外面也许已有了情人，但少年既无把握，又少阅历，万一和那种不三不四的女人相恋，那不是要贻误他的终身吗？想到这里，遂不再把这亲事相劝，从此便时时留心子萱有没有在外滥交异性女友。朋寿见妈已没有话吩咐了，遂向妈辞出，仍回到书房里，重新握笔。想了一会儿，把方才写给笑云还未完的信接下去，写毕封好。他本欲把凤姑娘说亲的事也告诉笑云，后来仔细地一想，觉得不妥当，我虽表示坦白，赤裸裸地对待云妹，但她见了总不免有些刺眼，不要因此又发生别的枝节来，那倒不是玩的呢。因此对于妈向自己提亲的事，绝对没有说起，只向笑云郑重声明，终身相爱，并立誓要娶笑云为终身伴侣，请笑云早日答应。在朋寿的意思，以为得到了笑云的答复，自己固然安心，并且也可以把这事向妈妈慢慢地告诉。妈妈倘然知道笑云是我的同学，想来她也不会不答应，她既欲为我早定一门亲事，那她心中自然也可得到安慰了。谁知柳老太的心理与朋寿恰成一反比例，因此便演成以后种种的错误，这在柳老太的初意当然不能逆料，即作者之一支笔尖亦是不能前知的。

第六回

# 心　病

帘外桃花帘内人，人与桃花隔不远。

东风有意揭帘栊，花欲窥人帘不卷。

柳绿桃红，雨丝风片，闹人天气，最容易诱人怀病，何况是个羁旅孤客、怀春少女呢？这时，一心女子中学有一个女生正睡在床上，倚枕假寐，只听她口中不住地呓语，好像模糊地在说："这位是柳朋寿呀，乃是旦华中学的高才生，人品……真……美……呀！"一会儿又有长吁短叹的声音回旋于寂静的书室，慢慢播送到沉沉帘栊的外面。那好事的东风又一阵阵地吹送，掀动得湘帘发出瑟瑟含有节拍的音调。那时女生已星眼微张，伸手把枕底一本袖珍小册抽出，懒懒地翻开瞧着念道：

"欲将人泪比桃花，泪自鲜妍花自媚。"

念罢，又听她轻声叹道："九十春光，怎这样过得快呀！不想那艳丽的桃花已一瓣瓣地化落红了。想吾辈现时虽在青春，但不久恐怕也要难免像这花瓣一样飘零到溷泥里去。"女生想到这里，心中一阵辛酸，早又引起无限的伤感，眼皮一红，那晶莹莹的泪珠忍不住滚滚地掉了下来。

阅者诸君尚还记得朋寿那天和笑云、杏云两人在大新公司楼上曾碰到夏一心、梅友竹的一回事吗？原来这个恹恹病在床的女生，就是梅友竹。友竹自从夏一心给她介绍朋寿晤谈，别后到校，心中

164

便留着一个朋寿的影像。她自己也不晓得是怎样的缘故，起初不过是懒怠吃饭，后来竟至精神恍惚，恹恹生起病来。一心见她的情状，以为她是在思念家乡，因为上学期她是不曾回家，后来慢慢给他探出口气，知道她是系念着朋寿。一心暗想：友竹的妈妈生平只有一个女儿，我和她的爸爸又是个多年好友，此次友竹到上海来读书，她妈是完全地拜托我照顾，现在她既因钟情于朋寿而害起病来，我当然要设法使她称了心愿，去医好她的心病。但用什么方法呢？那自然我只有和朋寿的妈妈说亲去，得能联成这头姻缘，那我也可以对得住故友在天之灵了。一心想定了这个主意，那天便亲自走到友竹的宿舍里，只见她睡昏昏，好像十分倦怠的模样，这种娇懒的睡态，当然谁也觉得有些爱怜。一心走近床边，低低唤道：

"梅小姐，你的身儿今天可大好了吗？"

友竹一听有人唤她，睁开星眼，见是一心，因忙半靠身子，回喊一声夏老伯道：

"我也并没什么大病，睡几天就会好的，倒叫老伯关心，真使我感激。"

一心微微笑了笑，在床边椅上坐下道：

"梅小姐，我想给你做一件事，不知你心里可欢喜？假使你愿意的话，我再写信告诉你妈去。"

友竹听了，心里一跳，暗想：难道我心事被他瞧出了吗？因假装不知，问道：

"老伯，什么事呀？"

一心望着她道：

"那天我们在大新公司遇见的这个柳朋寿，他爸爸和我也是极要好朋友，但是可惜得很，和梅小姐一样，爸爸是也很早殁了，现在只有一个老母。对于朋寿的品貌，那天你已见过，大概能够和你配对，我的意思，欲把两家联成秦晋，结为永好。不晓得梅小姐心中可能同意吗？"

友竹听到这个消息，果然被自己猜中，一时高兴、喜悦、羞涩……各种滋味都错综在心头，低垂了颊，哪里还回答出半句话？一心见她那粉颊红红的，好像堆着两朵芙蓉，真是娇媚无比，因忍不住扑哧一声笑道：

"婚姻大事，须得本人同意，才得说合有效，所以你妈那儿我并不预先告知，要待你答应后再去通知你妈。因为现在做父母的对于儿女婚事只不过是个名义上的顾问罢了。梅小姐，你不用害羞，不如把你心事说给我知道，那我才可以着手去进行呀。"

友竹见他这样热心，这样地爱护她，一时感激得了不得，因抬头含羞道：

"我自幼就没了爸爸，事事全仗老伯照顾，所以老伯就和我的爸爸一样，友竹实在是很感激……"

说到这里，她的脸就格外红晕。一心见她羞答答地不肯直爽说下去，但以下的话，虽然不说，原也可晓得她已经是默认了，因便呵呵地笑道：

"这样是极好啦，我必定给你竭力说合去。"

说罢，便站起身来，又嘱她好生休养，他便走出房去。照平日梅友竹总得说些送他的客套，今天不但没说，当一心呵呵大笑的时候，梅友竹已钻身到被窝里去躲着了。这也并不是友竹一个人是这样，恐怕天下的少女个个是这样心情吧。友竹的心病经一心一剂心药早已医得心花怒放，百病消散，第二天照常起身去上课。一心见了，暗暗说声痴妮子，又可怜又可爱，所以一等放学，便即匆匆回家，见了他夫人李氏，便把自己要替友竹作伐的话告诉一遍。李氏也很赞成，说：

"这真是一个美满的姻缘，你这时就去吧。"

一心听了，便戴上呢帽，正欲出门，忽听壁上电话铃丁零零地响起来。一心遂忙去接来听筒，只听对方一个女子口音的说道：

"你可是夏一心先生吗？"

一心道：

"在下正是。你是谁呀？"

那女子又道：

"我是苏州来的赵太太，现在太和医院特等病室，因为我女儿杏云病得很沉重，请一心伯伯可否即来一视？"

一心忙道：

"你是苏州赵家的舅太太吗？"

那边又道：

"正是。"

一心想这事不好回绝，便答应马上就来，遂把听筒搁起。李氏在房听得明白，奇怪道：

"是伯伯的舅太太吗？我们好多年不见了，她们向来在苏州，怎的会到上海来呢？"

一心道：

"可不是，她说她女儿杏云病得很厉害，不知她女儿多少年纪了。"

李氏道：

"你也真糊涂，算来恐怕也有十五六岁了。"

一心道：

"多年不知信息，当然有些忘了。现在她们在太和医院，我想是不得不先去一趟的。"

李氏道：

"说亲戚也不远，为了住开了，大家好像就生疏了。照理我也该同去瞧瞧。"

一心道：

"这话不错，我们就一同走吧。"

于是李氏也不换衣服，就这样和一心跳上汽车，叫车夫开到太和医院。走入特等病房，只见房中床上睡着一个少女，床畔坐着一个白发萧萧的老媪。一心连忙喊道：

"舅太太几时到上海的？"

赵太太见一心和他夫人同来，心中愈加感激，慌忙站起接着，一面让座，一面道：

"我们是许多年不见了，你们一向都好？"

夏太太道：

"舅太太倒是苍老多了，杏囡到底是什么病呀？"

赵太太便低低地告诉道：

"我是昨天才得到电报，晚车立刻到上海的。据医生对我说，杏囡的病症名叫肝膜炎，病由怒气伤肝，心中郁闷，发泄不出，积之既久，便成这个现象。总之是受一种刺激起因，所以神经也非常紊乱。昨晚上我听她病中呓语，一会儿喊朋哥，一会儿又骂姊姊。这样不明不白，你想不是叫人闷死吗？"

夏太太道：

"杏囡是在上海读书吗？"

赵太太道：

"她和她堂姊笑云是在上海旦华中学读书，差不多已有三四年了。"

一心听了这话，灵机一动，再瞧杏云容貌，又觉好生面熟，一会儿顿时恍然。自己在大新公司遇见朋寿时，不是旁边有两个少女吗？这样说，一个定是她姊姊笑云了。自己当时倒也并不理会，此刻听了赵太太的话，觉得这件事真不得了，事情是已变成四角恋爱了。这时又听赵太太说下去道：

"今早晨，她只叫心烦，我因抚摩她胸口，觉得她的衬衣里面好像还藏着一封信似的，把它取出一瞧，却是一页照片。"

说着，伸手在枕边取出，递给夏太太道：

"你瞧瞧，可认得这个少年是谁？"

夏太太接过同一心一道瞧看，只见照片上摄着两个少女、一个

168

少年。这个少年西装革履，丰神奕奕，风流美貌，立在一条石桥上，一个稍矮的少女偎着另一个少女的身子，两人同靠在柳树枝旁，手拈一朵桃花。其中一个就是杏云，那照上两旁又有两行小字，一行写的是我的好友柳朋寿，一行是我的姊姊笑云，三月十三日同游半淞园摄。一心暗想：果然不出我之所料。这时，夏太太早又"咦咦"叫起来道：

"啊哟！这……怎么好呢？"

赵太太不懂，忙问道：

"夏太太，你为什么这样吃惊？这个少年男子到底是谁呀？你可认得吗？"

夏太太道：

"怎么我会不认识？他是上海柳林别墅里的小主人，名叫柳朋寿呀！他也在旦华中学读书，这样说和你杏囡是同学了，朋寿的爸爸和一心也是老朋友，现在可惜已殁了。我晓得朋寿这孩子是很聪敏美貌的，所以一班女学生都和他感情很好。说也好笑，我们一心校里有个学生……"

赵老太听她认识朋寿，而且知这孩子又是个有名望人家的儿子，心中大喜，哪里还听夏太太后面的话，就立刻笑容满面地道：

"夏太太，这是好极了，我杏囡病也许有救星了。我听杏囡病中不时地喊着朋哥，我想杏囡的病一定是为了这个朋寿而起的。我的好太太，你能不能救救我的杏囡，替她联成这一个姻事吧！"

一心听了这话，觉得十分左右为难。夏太太一时也不敢答应，只管向一心呆望。赵太太见他们不语，心中着急，便淌泪道：

"你们若不答应，我杏囡怕没救了。"

夏太太见此情形，心中不忍，这儿究竟是亲戚，友竹虽是一心的学生，自己到底差一层了，便一口答应下来。赵太太方才破涕为笑，一面又连连道谢。这时，杏云睡在床上，脸是侧着向外，闭眼昏睡，一会儿又听她嘤嘤地泣道：

"你一心地爱着他，难道就不许他一心地爱着我吗？"

这两句话在寂静的空气中，听在三人耳鼓自然是分外清晰。一心点头暗想：杏云的病恐怕不单是为了恋着朋寿，多半实在还是和她姊姊争夺朋寿一个人呢。但不晓得朋寿的心中，他到底是爱姊妹哪一个？万一朋寿是爱着她姊姊，那杏云便成为失恋，恐怕这个病就很危险了。假使朋寿是爱着杏云，那杏云固然如愿以偿，但是我那边的一个痴情妮子又将用什么方法去安慰她好呢？一心想到这里，两手不住地搓着，脸上显出一万分的踌躇。这时，杏云经她梦中泣醒，喉间犹哽咽不止。赵太太忙拍着她喊她，一面又劝她喝些牛奶。杏云睁眼见妈身后坐着一男一女，男的有些面熟，一时心中愈加模糊，回忆梦境，又伤心十分，因拉着妈手呜咽道：

"妈，儿这个病恐怕是不中用了，儿不肖，儿死了，妈你切不要悲伤……"

赵太太听她说出这等话来，心中无限酸楚，含泪道：

"儿怎么说这话？妈只有你一个孩子，你死了叫妈怎样做人呀？"

说着，又抚她发儿道：

"孩子，你也别愁了。这位夏老伯，算起来也是你的姑爹，是妈特地打电话去请来的。因为儿的同学柳朋寿和你姑爹是个很莫逆的通家，现在妈已托你姑爹、姑妈向柳家说亲去，儿要千万保重身子才好呀！"

杏云一听自己心事被妈道破，倒又羞答答起来。回头见一心，又好像认识，一时知觉明白些，便眼皮一撩，含笑叫道：

"姑爹，我们去年祀灶那天，不是在大新公司遇到过吗？"

一心忙答道：

"正是。你真好记性，当初我们却不认识呢。"

这时，夏太太也走近床边，抚着杏云手，觉得柔软如绵，雪白粉嫩，心中也很爱怜。杏云叫声"姑妈"，夏太太见她脸似芙蓉，柳眉杏眼，正是个绝好的模样，因此愈要帮她成功，因劝她道：

"你东西只管吃，病也只管养，姑妈总给你去说成功就是了。"

杏云露齿一笑，低头无语，心中无限欣喜。但是一会儿又想起朋寿的一封信来，他不是已向姊姊设誓娶她吗？那么姑妈虽去说亲，也是徒然，恐怕自己是断断没有希望了。因此心里又好像死灰，脸上又现出淡白颜色，长长叹口气，叫声妈妈道：

"你千万别妄想了，我知道这事今生是不会成功了。"

说罢，泪又如雨般地落下。众人一听，脸上都变色吃惊。夏太太因忙打岔道：

"杏囡，你放心，这事保管在我身上。你年纪正轻，不该存这个念头呀！"

杏云不语，一心因催他夫人快到柳林别墅去。

"我们等你回话。"

夏太太一听，遂向赵太太、杏云作别，匆匆到柳家去了。赵太太、杏云见一心夫妇这样热心，当然不免要感激涕零了。

再说杏云前几天不是在校好好儿读书吗，现在怎么会病到这个样子呢？原来，朋寿自听到妈妈要给他定亲的话，他一面拒绝，一面很肯定地写封信给笑云，表示真心相爱。次日把信投到邮箱，一面又急急亲自问笑云去，并约她出去玩。原来这天正是星期日，杏云却坐在宿舍里阅书，将到午饭时候，忽见朋寿的信由校役匆匆送来。杏云见朋寿给笑云的信差不多天天一封，心中未免有些酸意，她倒不怪朋寿，怪的是笑云姊姊，因为朋哥确实也很爱我，完全是给姊姊迷住的。记得那天，朋哥在校园和自己只说笑了几句，她就吃醋多心，她自己和朋哥一块儿去玩倒可以的。杏云心中愈想愈气，本待存心不再拆人家私信，这时因恨她，所以把信拿来，先用湿手巾覆在信口上，把封的胶水弄潮了，她便轻轻启开，抽出信笺瞧道：

笑云我爱吻鉴：

昨奉手教，无任欣慰，附下芳影一页，影中人亭亭玉

171

立，细聆之真盈盈欲活矣。妹非哥不乐，哥非妹不欢，斯言也，出妹之口，入哥之耳，哥心实滋快也。今哥再为妹进一步言之，哥非妹不娶，妹非哥不嫁，妹聆哥言，哥知妹心当更快也，妹其信哥言乎？

设妹心犹怀疑者，哥敢再设誓以明之。总之，此生如不得妹为伴侣者，哥必遁身佛门，缁衣终身，以谢吾爱妹。妹如不信，请拭目俟之。第哥与妹，年龄尚稚，恋爱虽可自由，婚嫁尚难自主，妹则双亲在堂，而哥则已有母无父。我母爱我甚，事无不可相商，唯妹之双亲，究竟能否顺从妹意，则妹与我一时尚难猜测。但以我俩之情爱言，则总希望妹之双亲亦如哥之慈母一样听从儿意耳。哥已言尽于此，还望我妹明白答复，庶哥之心安，而妹之愿亦偿矣。哥真急不待命，不胜迫切之至。书到专候好音。

　　顺颂

永好！

哥朋寿谨上<br>三月三十日

杏云瞧到"哥非妹不娶，妹非哥不嫁"两句，心中便好像万箭穿胸，十分难过。后来又瞧到"此生不得妹为终身伴侣者，哥必遁身佛门"，杏云到此，脑子便大大地受了刺激，一时眼花缭乱，几乎昏厥过去。

原来朋寿对于笑云姊妹，平日之间本是一样的深情蜜意，只因为杏云天真烂漫，热情不显露于外，所以朋寿对笑云比较格外亲爱，因而使她们姊妹俩暗中相猜忌。现在居然给杏云发现朋寿对笑云的一封誓言，你想杏云此时心中怎不要酸溜溜地难受呢？在这封信未瞧见之前，朋寿究竟爱谁的心迹尚未表明，现在朋寿和笑云相恋到这样程度的事实，已完全暴露到情敌杏云的眼里。杏云虽然不敢和笑云计较，但内心的愤怒正好像火烧的一般。这时，杏云把朋寿的来信狠狠地掷到地上去，自己却伏在案上嘤嘤地抽噎，一面心中又不住地想着：我若把这封信用火毁了，他们回来定要向校役追究，万一校役说是已经交给我了，那我又怎样地回复他们呢？想来想去，总是恨笑云太会狐媚人，所以把朋哥迷住了。一面又只好把信从地上拾去，封好摆在桌上，自己哪里还有心思瞧书？托着下巴，细细地想：朋哥本是很爱我的，现在是给姊姊硬生生地夺去了。倘然若没有姊姊从中阻梗，那朋哥的一颗心当然不会变的。愈想愈气，愈气愈恨，而且也愈伤心，一时只觉头疼起来。虽然已在打吃饭钟了，她却没有到饭堂去，躺在床上，身子只觉发抖。直到夜间十二点笑云回来，一见杏云早已周身沸烫，两眼尽赤，脸上又带着泪痕，笑云倒吃了一惊，急问：

"怎样了？"

杏云咬牙始终不答。次日早上，笑云因急报告舍监先生，便把杏云送到太和医院，一面又打一个快电给赵老太。在笑云以为是杏云患什么流行症，谁知杏云的病却是完全为着朋寿给你的一封信呢！

# 第七回

## 辜负她一片深情

"舅太太，你别着急，我想柳太太爱儿心切，那朋寿孩子既然和杏囡同心相爱，想过去这事当然一说便合的，我们且待她回话转来就晓得了。"

这是一心对赵太太的安慰话。赵太太听了，很感谢地递给他一支烟卷，又抬头望着天空道：

"夏老伯的话不错，但愿夏太太此去，一说便成，那老身的心便就安了。天呀！总希望你可怜我的女儿，叫她霍然地病愈吧！"

赵太太这样默默地祈祷着，那老泪忍不住又淌了下来。这样可见天下做父母的爱儿女心，真是多么至性啊！室中是静得一丝声息都没有。一心望着从嘴中喷出的一团团烟圈，只管呆呆地想心事。时钟是一秒一分地过去，直待一心抽完了烟卷，把烟端向痰盂中掷去时，这就听得房门响处，夏太太果已匆匆地回来。赵太太慌忙让坐，一面又急问：

"事情怎样？"

夏太太见杏云躺在床上，亦是目不转睛地望着自己，好像希望自己说出来的最好能使她心中得到满意，因此她要先来安慰病人，便很快乐地答道：

"果然不出我之所料，那柳太太是已答应了。"

杏云一听这话，顿时乐得心花怒放，几乎要掀开被直跳起来。但是一心的心中却是又喜又忧，喜的当然是自己外甥女有了救星，忧的却是自己已答应了友竹，现在反把她丢过一旁，这叫我心中怎能够对得她住？各人的想头不同，听夏太太又说下去道：

"柳太太虽已答应，但她说要待晚上朋寿回来再做正式的回话。"

赵太太一面竭力向夏太太道谢，一面又请她明天再去一次。一心道：

"既这样，那回音一层，我明天也可去听的。"

赵太太道：

"承夏老伯、夏太太都这样热心，那真是我杏囡的幸运了。"

夏太太忙道：

"自己人还客气什么？"

这时，杏云心中又阵阵地想：柳太太虽已答应，但须要问过朋寿方可作准，这话可有些靠不住了。朋哥既然已设誓娶姊姊，他还会答应我吗？就算朋哥知道我是为他病了，他可怜我而出发慈悲心，他也不能娶两个妻呀。杏云这样一想，失望的痛苦又充满在她的心头，忍不住又掉下泪来。一心夫妇又安慰赵太太一会儿，遂即告别回家。两人在车中，一心问道：

"柳太太方才有没其他的意见呀？"

夏太太低声道：

"这个事恐怕是不容易成功的。"

一心忙道：

"你不是说柳太太答应了吗？只要家长答应，想朋寿和杏云整天在一块儿，他哪有不同意吗？"

夏太太道：

"你别问，我说给你听。柳太太在前几天也曾向朋寿提起亲事，是柳太太一个内侄女叫林凤仙的，要配给朋寿，朋寿却说要待学业成就方肯定亲，把林姑娘亲事再三拒绝。这样瞧来，朋寿这孩子心中一定是另有意中人了。"

一心道：

175

"你这话不错，但他意中人也许是杏囡呢，现在你去代她说合，不是顺水推舟的一个事吗？"

夏太太道：

"我的意思想来，朋寿的意中人未必是杏云。要如他们两人相爱的话，杏云何必又病呢？这明明是失恋的病呀。"

一心一怔道：

"这话难道还有什么人吗？"

夏太太道：

"你好糊涂，不是还有杏云姊姊笑云吗？我想她们姊妹两人一定在角逐情场。想来朋寿是爱上笑云了，不晓得笑云的人品怎样。"

一心听了，方始恍然，暗暗佩服女人家心细，因道：

"这个是你糊涂了。杏云这样容貌，不能不可谓是个美人，朋寿尚且不爱，那她姊姊的容貌自不必说了。"

夏太太倒被他说得更笑了。一心又道：

"那么照你这样说，他们已在闹三角恋爱。我这友竹孩子，想来是说也不用去说了。其实我看她们姊妹两人还及不来我这女弟子呢。"

夏太太道：

"你现在怎样回友竹的话呢？"

一心皱眉道：

"我正在踌躇呀，我想看机会，还是要把我女弟子介绍过去。"

夏太太道：

"那么她们两个孩子不是要被你断送了吗？这种事我劝你还是不干的好。"

一心道：

"那么我校里这个孩子，不是也要……"

夏太太叹道：

"这孩子这样痴情呀！所以青年人是最怕踏上恋爱途径，谁失败，真是谁的不幸。我的意思，你还是去劝劝她，叫她想明白些，只要自己有才有貌，不怕找不到一个如意郎君，何苦定要恋着朋寿？这样友竹也许会想得转来的。"

一心点头道：

"事到如此，我也只好向她说一句谎了。"

不说一心夫妇两人在车上磋商，再说笑云那夜回来，见杏云病在床上，问她不答。她因把朋寿来信自管细细念了一遍，觉得朋寿对她甚至立誓非我不娶，并且情愿出家，如此深情相爱，心中快活，真是非笔墨所能形容，一时倒又懊悔不该和杏妹争吵。朋哥对她究竟并无意思，但想别人的到底只有一时间的，于是她又想起方才和朋哥在大东晚餐时，他嘱我先向爸妈处将这事禀明。我想暑假回家先和妈说知，妈妈爱我若掌珠，想来不会不答应，妈一答应，爸爸当然是没有不同意了，这一层倒不用忧愁。现在我所恨的，却是自己的学业，本学期不能与朋哥同时毕业，否则他转入他校，我不是也可以跟着一块儿过去吗？现在他毕业去了，将来不久便要各自分别，伯劳飞燕，东西两地，那时见面的时少，别离的时长，这真是个恨事了。笑云想到这里，心中又暗暗不乐，因提起笔来，对灯籁籁先写个回信。只见她写道：

朋哥我爱心鉴：

捧读还云，渴念顿消。《易》曰："二人同心，其利断金。"今哥与妹既已心心相印矣。《语》云："精诚所至，金石为开。"恋爱首重自由，婚嫁端在儿女。妹与哥既已情投意合，更何愁两方家长之不我允许耶？是以妹所愁者，倒不在双亲之阻我自由，第恐哥哥毕业在即，一旦转入他校，别长会短，自未免情深恨阔为可忧耳。哥不明妹意，动谓妹不信哥，孰知妹固信哥至深，哥即不设誓明心，妹亦早知哥绝不变其初衷也。

妹自恨毕业尚有待耳，否则哥转入何校，妹亦可以追随左右，妹之不能与哥同时毕业，妹之不幸，亦妹之恨事。嗟夫朋哥，其亦有以解遗憾慰妹愠心乎？妹所望者，哥毕业后，仍时通音问，以慰渴念。如是虽身处两地，而心自仿佛同校矣。悲欢离合为人所难免，亦为人所难堪，妹不愿再提此事，恐又重伤哥心。哥心不快，则妹心更不快，妹不愿闻哥遁身空门之誓，妹唯愿哥早践白头偕老之约。手此奉复。

　　敬祝

进步！

妹笑云拜书

四月一日

　　笑云把信写完，自己又从头地读了一遍，再把信封上的胶水用舌尖轻轻润湿封固，遂偷偷地掩身出房，把信投到校门信箱。回到房中，见杏云两颊通红，已经沉沉入睡。笑云方才也脱衣就寝。

　　再说朋寿第二天放学回家，春红却早等在廊下笑脸相迎，口中喊道：

　　"少爷，恭喜你，今天虹口的夏太太又来给少爷做媒人了。"

　　朋寿一听"夏太太"三字，陡然忆起夏一心和梅友竹购钢琴事来，以为夏太太一定是替梅友竹来说亲的，因急问道：

　　"是不是一心老伯家的夏太太吗？"

　　春红抿嘴笑道：

　　"不是那个，还有第二个夏太太吗？"

　　这时，朋寿一想起友竹，好像友竹这人就含笑欢然地立在面前。自从大新公司遇见后，我的心里就印上她的倩影，本欲过几天就去拜访她，后来被杏云一语道破心事，自己就有些良心发现。既然爱上笑云和杏云，现在姊妹两人还缠不清，怎么还要妄想去爱友竹呢？

178

因此就死了这条心，不曾去瞧她。现在她这个多情女子，难道倒想着我吗？唉！我只恨老天为什么要生了这许多美人，既生了一个笑云，又生了一个杏云，还要再生这一个友竹，这叫我心中究竟和哪个订婚好呢？现在我既已立誓和笑云订婚，那么其余一切美人，我也只好把她们抛弃了。友竹呀，杏云呀，这不是我朋寿没有情，实在是事实上不容许我一个人恋爱你们三个人呀！朋寿一面想着，一面已是步进上房。柳老太一见，便即喊道：

"萱儿回来了。"

朋寿点头道：

"是的。"

一面又用目注意春红，春红向柳老太努嘴，点一下头。柳老太见朋寿坐下，因又问道：

"前日我给你说凤姑娘亲事，你不喜欢。今儿夏太太又要给你做媒，这个姑娘就是你的同学，名叫赵杏云，还是夏太太的外甥女。她的容貌性情，我儿当然是早已知道的，我因早日欲了我心愿，我想这头亲事，你总可以答应的了。"

朋寿一听妈妈所说，并不是友竹，却是杏云，一时心中好生奇怪。原来杏妹还是夏太太的亲戚，杏妹本来我也很爱她，但她近来很和我不快，我以为她另有爱人，所以就毅然先和她姊姊立誓相爱了。她为什么不早一步叫夏太太来做媒呢？现在既答应了她姊姊，叫我怎能够再好答应杏妹？这事可怎么办？我只有忍心地回绝她，但妈倘然问起你的心中到底喜欢哪样人家的女儿，这我又怎样回答她呢？我若说是喜欢她的姊姊笑云，那杏云知道了，不是心中要感到无限痛苦吗？我和杏云本来感情也极好，我又怎能忍心叫杏妹为我而受到难堪？现在我只有把笑云的事暂不发表，对于杏云的事，再用婉言回复她吧。柳太太见他呆呆地不作一声，脸上一会儿显出喜，一会儿又显出忧，因又催着问道：

"儿呀，那杏云这孩子，你究竟欢喜她不欢喜她？"

朋寿想定主意，便抬头道：

"妈这样替儿操心，儿实在是十分感激。可是儿的年纪尚轻，而杏云的年纪是比儿更轻，儿的意思，且等毕业之后，儿再复上妈妈吧。这在前天妈妈对我说凤姑娘时，不是也这样回答妈妈？"

柳老太见他又是执意不要，以为他果然还不需要结婚，心中倒也不再猜疑他了，因道：

"本来婚姻大事，是得郑重考虑，儿的意思，也很有理。明天我便将这个意思回复夏太太，说待我儿毕业之后，再行给切实的回复。"

朋寿道：

"这样很好。"

柳老太又问他在哪儿玩，朋寿谎说和同学在瞧赛球，两人又说了一会儿家中琐屑的事，朋寿方始回房安寝。一宿无话，第二天早晨，待朋寿上学校去后，柳老太便把朋寿的意思打个电话给夏太太。夏太太听了，在电话里又向柳太太靠一句道：

"那么朋寿贤侄毕业后，如要定亲，一定要尽我为先的。"

柳老太道：

"这个自然。"

因此遂即挂断。柳太太既把这个意思告诉夏太太，夏太太当然也把柳太太的意思去回复赵太太。这个事是只有赵太太心里着急，但又不好一厢情愿地要做，人家既然须待毕业后方可定夺，因只好一面劝慰着杏云，一面再重重地拜托夏太太。

不说杏云在医院养病，再说朋寿自得到杏云做媒消息，次日急急到校，先去找笑云说话。这天笑云刚巧也起得早，正在校园里呼吸空气，两人一见，便忙握手说早。朋寿道：

"昨天妹妹怎的一天不见，而杏妹也没有碰到呢？"

笑云道：

"你还没有知道吗？杏妹在星期日晚上突然寒热大作，昨天我是

180

把她送到太和医院去的。她的妈妈也已由苏州出来了呢。"

朋寿听了这话，突然一怔，暗想：杏妹怎么会病得这样厉害呀？莫非就是为着这个亲事吗？倘然真的为了这事，那倒是我害了她了。这便怎么好呢？因急急又问道：

"杏妹好好儿的，怎的病得这样快呀？她在太和医院里，妹妹今天去瞧她吗？"

笑云道：

"早晨我已打过一个电话，据她妈说，病已好些了，下午放学我想去瞧瞧她。"

朋寿道：

"我和你一同去好吗？"

笑云笑道：

"这有什么不好呢？"

说着，又低声问道：

"朋哥，我的复信，你接到了没有？"

朋寿拉起她手笑道：

"昨天早接到了。"

笑云靠近他身子，一手抚着他肩，微笑道：

"朋哥，你毕业后到底转入哪一校呀？妹妹心中实在不愿你离开我呢……"

说到这里，声音是几乎轻得听不出，两颊上早已泛起两朵桃花。朋寿见她这样娇羞，因偎着她颊，在她耳边答道：

"现在虽没定，但我想转到民智大学去。"

笑云道：

"民智大学不是在江湾吗？那我们见面的机会恐怕是很少的了。"

说时，脸上顿现了不快，低垂了头。朋寿因拍着她肩劝道：

"妹妹，你不用难过，虽然不能天天见面，我们星期日是总可以在一块儿的。并且又可以通信，那通信不是和见面一样的吗？"

笑云不语。朋寿因捧起她的脸，见她眼帘下却沾着几点泪水，因笑起来道：

"妹妹，你可痴了。这又有什么可伤心呢？况且我们还没到这个时候了呀。"

说着，便抽出手帕，亲自给她拭了泪痕。笑云总觉有些不快，朋寿道：

"这一层是一些都没有关系的，要不然我就不去住读，天天坐汽车来回，到了家里，立刻再到你校里来看望妹妹，那你总好不用忧愁了。妹妹，你快给我笑一笑吧！"

笑云给他这样一说，自忍不住嫣然笑了。这一笑在朋寿眼中瞧来，觉得真是千娇百媚，虽然西子再生，也没有像她那样美丽了。一时爱极欲狂，情不自禁在她樱唇上很快地喷一声，吻去了一个嘴。笑云"嗯"了一声，待欲躲避，早已来不及，因白了他一眼道：

"朋哥，你胡闹，幸亏四下无人，倘然给同学们瞧见了，可怎么好？"

朋寿一面笑，一面赔不是，说下次绝不敢了。笑云啐他一口道：

"你还想下次……我不捶你……"

说着，把纤手举起，做个要打的姿势。朋寿并不躲避，反把身子挨上来凑打道：

"该打，该打！妹妹，请你责罚吧！"

笑云到此，却又不舍得打下去了，把手缩回，在颊上划着羞他，笑道：

"厚脸皮，你不怕难为情吗？"

朋寿半抱她纤腰笑道：

"在妹妹面前，怕什么羞？妹妹，你打呀！"

笑云咯咯笑道：

"亏你说得出，我不和你说了。"

两人正在柔情蜜意地说笑着，忽听上课的钟声早又敲起来，两人遂各自匆匆回教室去。

等到全日课毕，笑云便兴冲冲地来约朋寿同赴太和医院瞧杏云去。这时，朋寿突然想起昨日笑云复信中有"悲欢离合为人所难免，亦为人所难堪"之句，一时思前想后，觉得昨天我拒绝夏太太的亲事，实在是很使杏云难堪，此刻我若和笑云再同去瞧她，相形之下，不是使杏云更加难堪吗？今我既欲与笑云相合，则与杏云当然是出于悲离的一途，我又何能貌合神离地去欺骗她呢？她一颗洁白的心为我已尝到无限的痛苦，在我已是十二分抱歉，今我若再去瞧她，在我并不是安慰她，明明是使她痛苦更深一层，这我的内心又怎样能安呢？朋寿想到这里，便坚决不去。所以待笑云来约他，他便对笑云道：

"妹妹，你自己一个子去吧，我因想着了一件事，回头还得去干，不得空闲，请你代我问问她的好吧。"

笑云听他忽然不去了，遂也不相勉强，笑盈盈地和朋寿握一会儿手，便各自出校了。

# 第八回

## 人有旦夕祸福

　　流光忽忽，转眼已到暑假。这时杏云病虽未愈，已能起床，朋寿则已毕业。友竹自经一心安慰，天天静候好音。笑云因寒假不曾回里，前日接到她爸爸来信，说汝母身体略有不适，盼我儿回来，所以定于明日整装返苏，预约朋寿到北火车站送别。朋寿得此消息，便买了许多食物并上等化妆品等，亲自驱车前往。两人在车站会面之下，陡觉悲喜交集，恋恋不舍，说不尽的情话喁喁，直到汽笛三声，两人方始暗暗垂泪分手作别。苏州离上海近正咫尺，不消两个钟点，那车早已抵站。笑云的妈妈正在倚闾心切，骤睹爱女归来，虽在病中，也顿觉笑逐颜开。笑云到家，见老母果然卧病在床，幸爸爸则很觉清健，孺慕之心，人皆有之，因遂直奔膝下，口呼：

　　"爸爸，你青岛是几时回来的？妈妈的病又是哪日起的？儿不孝，不能长侍晨昏。"

　　笑云说毕，心中殊颇恫然，低垂了头，那眼皮便红起来。原来笑云的爸爸名叫澹如，年已五十，妈姓丁，年四十八，因体质衰，不时卧病。澹如在青岛做进出口生意，本欲带丁氏家眷同赴青岛，因丁氏多病，怕异乡水土不服，所以留居苏州，澹如则每隔数月回家探望一次。这时听笑云这样说，因忙扶起道：

　　"我回来已一星期多了。云儿，你来得正好，上两天你妈病得很厉害，幸而服药之后，所有气喘也略止了，胸口胀满也没有了。但是胃口一些也不开，每天只能喝半小盅薄粥，你瞧她骨瘦如柴，面

184

如白纸，恐怕这个病实在是很沉重呢！"

笑云听她爸爸的话，回头便去瞧睡在床上的妈，这时妈却酣睡着没有醒，见妈脸果然毫无血色，精神疲乏，一时心中难受，忍不住眼泪夺眶而出。澹如差不多有两年不曾瞧见笑云，今见笑云身儿长了不少，容貌更加美丽，心中自是欢喜，但一想起她妈病重，心中又觉忧愁。这时见笑云盈盈欲泣模样，因反劝她道：

"云儿，你不用伤心，想吉人天相，你妈病总不要紧的。"

笑云听了，拭泪道：

"但愿如此才好。"

说时，见澹如口中衔着雪茄欲找火柴，笑云因随手拿过，替爸划了。父女两人又谈了一会儿上海和青岛的事，只听床上"唉"了一声，好像是在叹气。笑云回头，见妈已醒，因急奔床边，叫了一声："妈妈，孩儿回来了。"丁氏见了笑云，顿时瘦黄脸上罩了一层笑容，说道：

"云儿，你什么时候到呀？"

笑云听她说话声音甚是轻微，眼光已没有神色，虽然在笑，那样子也很可怕，伸手去把她手拉来，正好像是捏着了一根柴枝。母女天性，笑云见妈病到这个样儿，无限辛酸陡上心头，哪里还回答出话来？但有病的人心中本是虚的，若对她哭泣，不是使病人更增加痛苦吗？所以笑云把眼泪竭力忍住，不敢抽噎，勉强装出笑脸安慰她道：

"儿回来不多一会儿，妈妈，你有什么难过？你想不想什么东西吃？孩儿从上海带来不少的罐头什物。妈妈，你倒尝一尝看。"

说着，遂叫仆妇打开一罐南腿乳腐和一罐冬菇烤笋，笑云亲自捧到床边，用筷子夹给丁氏吃。丁氏见女儿这样劝她，本来不想吃的，因心中喜欢，那天竟叫仆妇盛半盅薄粥，总算喝了几口，说："这两种食物，倒尚还有些滋味。"但是第二餐进食时，她又依然不想再吃了。笑云见了，心中暗暗悲伤。这时，丁氏倒问起杏云的病来，说：

"你婶娘到上海去这许多时候仍不回来，杏囡的病到底可要紧？"

笑云道：

"杏妹病是好多了，婶娘因为不放心，所以仍旧伴她同在医院里。"

丁氏点点头，笑云扶她躺下。本来这次回家要把自己和朋寿的事向妈妈告知，现在妈既病到如此模样，自然不好意思启口了。笑云一心牵挂着朋寿，一心又担忧着妈妈，虽然回家已有数天，却弄得心思不宁、神魂颠倒，连到家后给朋寿的回信也没写一封。这天夜里，月明如画，爸和妈都已熟睡，笑云便步出中庭，抬头望天，月圆如镜，万里无云，夜风掠着树叶，婆娑作响。地下托着自己瘦长的身影，只觉形单影只，笑云一会儿想妈妈，一会儿想朋寿，觉得眼前境界，没有一样不是伤心的资料，于是仍又匆匆回房，独坐灯下，写了一封信给朋寿，一会儿早已写就。信中却不曾提起妈妈有病，恐怕朋郎为我愁闷，只听她自己又念着道：

朋哥：

妹今日竟尝到别离之滋味矣。孰知别离之滋味，竟有如是之难堪耶！忆自暑假一别，哥送妹于北站，斯时也，妹背人揾泪，哥叮咛珍重，谁知哥言未毕，哥之两颊亦竟涕泗横流。"一声何满子，双泪落君前。"孰谓临歧分袂，古今人情有不同也。妹固儿女情长，哥奈何亦英雄气短乎？值兹遥遥长昼，因人天气，妹之念哥，竟至情思昏昏，有时伏几假寐，合眼即见哥入梦，携手并坐，促膝谈心，妹心快乐，莫可宣述。惜梦境虽好，为时甚短，迨至一觉醒来，依然形单影只，闲愁万里，嗟夫朋哥，其将何以教妹乎？日来妹第觉腰围减小，肌肉瘦削，早知如此系人心怀，悔不与哥作长时之分别也。昨夜步月中庭，仰见天空一轮皓月，正团圆如镜，设妹而与哥并肩同玩者，则人月两圆，斯时斯境，一寸芳心，只觉其欢，不觉其愁。今则相思两地，对月怀人，感慨所系，眼前景象，无不酸楚，但不知今夕之朋哥，亦有一样思妹同尝别离之滋味否？所望哥哥接得此书，早日复我一函，否则为郎憔悴，恐妹亦将恹恹入病矣。书不多及，并盼珍摄！

妹笑云

七月十五书于灯下

不料笑云自这封信寄出之后，她妈妈的病竟天天加重，一会儿气喘，一会儿昏厥。澹如见丁氏病已危笃，暗地里便给她预备身后一切，万一不测，免得临时慌促。因为这个时候，正在盛夏，若不先事预备，尸身又不好耽搁时日，所以连日之间，笑云则日夜陪伴，澹如则在外料理，等到衣衾棺木统统舒齐，丁氏竟果一瞑不视，溘然长逝。临死之夕，只以手指笑云和澹如，并没言语交代，因久病之人，油尽灯干，骤然咽气，实在是令人防不胜防。快乐的家庭顿时笼罩着凄凉的景象，笑云伏尸号啕大哭，澹如亦挥泪不已。幸身后一切早已预备，家下仆妇人等好容易把笑云劝住，澹如遂把丁氏入殓，即择首七安葬。澹如因经商青岛，若没有丁氏的病，他是早已出外，此刻欲把笑云一道带往青岛，所以把丧事赶紧了毕。笑云得此消息，心中大吃一惊，暗想：我给朋哥的信至今还没回音，现在爸爸又要带我一同到青岛去，此后光阴，不知何日才得再和朋哥见面。这次回乡，心中本是十分喜欢，谁知妈妈竟抛我而去。唉！苦命的女儿呀，今后还有谁来知道你的心事呢？笑云痛定思痛，不禁又泪湿衣襟。这天晚上想了又想，觉得还是把自己目前环境再详细地写封信给朋寿，也许他接到这信便有个回音给我了。笑云想罢，遂即提笔，对灯写道：

187

朋郎爱鉴：

妹于暑假中旋里，即得老母病状，谁知甫卸行装，入门侍疾，即见老父含泪相告，谓云儿快来，汝母病笃，危在旦夕。妹闻父言，虽割股有心，奈病入膏肓之老母，不久竟溘然长逝。嗟夫朋郎，哥有母无父，妹今日竟亦有父无母矣，可胜痛哉！

日来母之丧事已毕，老父因经商青岛，不克久住家园，今已定明日挈妹同赴济南，妹从此不特做无母之孤女，且亦将做离群之孤雁矣。每忆天南地北，与郎相隔几数千里，此后光阴，欲与郎再谋一面，也很觉艰苦万状。郎乎郎乎，其将何以使我俩而重得聚首耶？郎不能见我，妹岂能怨郎？但郎何以竟多日不寄我一书耶？郎殆已另有情人，故不忆妹欤？不然何妹书两上，竟一函未达耶？郎虽忍心，绝不如此，况郎并非忍心人耶，妹不能背父寻郎，郎亦何能抛家寻妹？尔后光阴，唯愿鱼雁时通，消息不断，则我俩姻缘，定有圆满之一日。郎不忘妹，妹亦绝不负郎耳！余待妹一到青岛，当再函达左右，诸维珍摄，并祝进步！

妹笑云临别再拜
七月二十七日

笑云把这信寄出后，天天盼朋寿的复信，谁知朋寿在上海也天天念着笑云，有时梦中惊醒之后，又长吁短叹。柳老太自从朋寿拒绝凤仙、杏云亲事，她便心中怀疑，近日又见他神魂不定，心中愈加猜疑，因便暗暗侦探，唯恐朋寿在外滥交女性，所以嘱咐春红、墨童，如有人寄给少爷来信，统统先拿到上房来我瞧。因此笑云寄来两信，春红都送到柳老太那边。柳老太一见信中具名是个笑云，她不知笑云究竟是何人，对于笑云的人品、性情当然更不知道，但瞧内容，笑云和朋儿好像已私订婚约，不要笑云是个女淌白，或者是个不正当女人，那可怎么办呢？幸亏她已到青岛去了，我若把这两信藏过，不给朋寿知道，那日后自然慢慢生疏了。一面我再赶紧给他订婚……柳老太想到这里，便准定把信暂时藏到梳妆台抽屉里，但转念一想，又觉得不妥当，万一朋儿知道我把他信收没，他心里一气，便生出种这种危险事来，那又怎么好？柳老太到底是个爱儿若命的慈母，这时心中倒又急起来，因此她想个两全办法，就是回头先向朋儿问个明白，这笑云到底是怎等样人，若也是好人家的女儿，我就把信交给他……正在这个时候，春红来报说夏一心伯伯来了。柳老太因一心是朋儿爸的好友，所以就在房中接见。两人相见之下，问了一会儿好，一心说起杏云，倒真是个好女孩子，倘若老太太不中意，我还有一个好姑娘，她是我的女弟子，名叫友竹，才貌双全，性情温和，不知老太太意思怎样？柳老太因一心是个品行端方的学者，平日颇为信仰，所以柳老太的意思，也欲于两人之中拣一个作为媳妇，因此把方才欲问朋儿笑云是何人的念头又完全打消，那笑云的信当然更加不肯给朋儿知道了。一面并向一心说道：

"夏老伯，你的话我是很相信的，你作伐的女子一定品学兼优。我意待朋儿回来，我先和他说明，倘然他也赞成，我再给你一个回音好了。"

一心道：

"朋侄先时说毕业后举行亲事，现在各校都放暑假，我因闲着没事，所以顺便来到府上问一声。因为婚姻大事，完全是要双方同意，万万不可勉强。"

柳老太道：

"可不是？前儿内侄女凤仙姑娘，她倒也是个好女子，而且门户也相当，无奈朋儿这孩子执意不愿，所以到如今也就冷起来了。"

两人谈了一会儿，一心便作别告辞。

再说朋寿这晚回来，柳老太便对他说道：

"萱儿，今天夏老伯又来我家，他说有两个女学生，都是学问很好、品貌出众的女子，一个就是上趟说的杏云，一个叫作梅友竹。这两个人不但是德容兼备，而且性情温柔，我儿喜欢哪一个，夏老伯便给我儿向那一个作伐去。"

朋寿一听"梅友竹"三字，心中不觉一动，便对柳老太说道：

"是梅友竹吗？这个人孩儿倒曾见过一面，果然是个现代的好女子。可惜孩儿和她没有姻缘。"

柳老太听了奇怪道：

"我儿，你这是什么话啦？"

朋寿到此，不得不把实情告诉，说自己和杏云的堂姊姊笑云业已有成约在先，所以无论怎样美的女子，孩儿实在不敢妄想，请妈妈成全孩儿的志愿吧。柳老太听了，方才明白笑云是杏云的族姊，因问：

"笑云今年几岁了？"

朋寿道：

"十六岁。"

柳老太这时心中虽然有些要答应他，但到底不放心笑云是否是个好女子，因先劝他道：

"友竹今年是十八岁，比我儿长一岁，若以处理家务主持大小各事，当然以年纪长些来得相宜。况且友竹我儿既然也赞成她是个好女子，我想萱儿还是和友竹姑娘订婚吧。"

朋寿听了，心中不觉又一动，低头并不回答。柳老太道：

"你仔细地想一想，你是一个十足孩子气的人，若再娶个比你还年纪小的女子，大家都不晓得什么，以后恐怕就有气闹了。友竹这孩子，据夏老伯说，是十分温和，且年龄也大些，早起晚睡，对于我儿的服侍方面，当然是不用我再为你担忧了。"

朋寿抬头道：

"这些倒也没有什么关系，我想过几天再说吧。"

朋寿说罢，便闷闷地回书房里去。原来因为天气炎热，朋寿已移榻书房，这时朋寿躺在床上，一会儿想杏云是为我病了，一会儿又想笑云回乡差不多已有半月，至今却是音信全无，不晓得她的身体究竟好否？一会儿又想起友竹，夏老伯居然也给我作伐来了，本来这样聪敏美貌的女子，真是世间少天上有，可是现在也只好辜负她了。这样地左思右想，恍恍惚惚他便渐渐地做梦了，梦中见有一个少女卧病在床，自己却坐在床沿旁殷勤服侍她。只见那少女的两颊好像是雨后桃花，这个少女究竟是谁？一时模模糊糊像是笑云，又像是友竹，还在暗暗垂泪。朋寿正待用言慰她，取出身边的一方帕，意欲上前代她拭去泪痕，突然间，耳中闻得一声响亮，那朋寿早从梦境中惊醒。这时，耳中所听到的只有壁上嗒嗒的钟声和桌下咪咪的狸奴声，哪里是有笑云，哪里是有友竹？

# 第九回

# 杀鸡而食之

　　且说朋寿睡思恍惚，正在做他的好梦，突然听得一声响亮，从梦中惊醒。睁开眼来，抬头一瞧，只见桌上的一只花瓶已被狸奴掀翻落地，跌成碎片。那头狸妈站在旁边，却犹对人叫鸣。朋寿因从床上跳起，那狸奴还道他去捉它，遂向前窜逃而去。朋寿把地上那束花朵拾起，意欲喊墨童打扫，遂到房外小院子里，墨童却并不在。朋寿因尚在院中吹一会儿风，夏夜苦热，凉风吹来，自然颇觉遍体凉快。抬头望月，只见月圆如镜，月色清辉皎洁，照得整个院子的景物都依稀呈映出来。这在快乐人的眼里瞧来，当然是很感到兴趣，但在朋寿这时瞧看，亦觉得那月色是带着一种幽怨，好像是对自己在说：朋寿呀，你怎么会这样孤单？你的爱人到哪儿去呀？怎么她连一封信也不给你？她对你的爱，难道都是假的吗？你非得写封信去问问她不可了。朋寿想到这里，便当即回房，伏案疾书一函。但见他簌簌地写道：

　　云妹吾爱吻鉴：

　　　　前昨迭奉两函，未见一复，心中惆怅，深以为念。妹妹其不在家耶？抑妹妹其有病耶？哥真百思不得其解矣！

　　　　昨夜独坐灯下，又作书致妹，因坐久身倦，竟恍惚入梦，见妹卧病帐中，两颊绯红艳如桃花，我为妹殷勤侍疾，妹不言亦不笑。正欲寻话慰妹，止妹垂泪，耳中突闻一声响亮，骤然惊醒，始知身在梦中。起视室内，则所供瓶花，坠地已碎，时有狸奴一头对我叫鸣，原来惊破好梦者乃是此玉狸奴也。醒后回忆梦境，深觉不祥，嗟夫我妹，岂真病耶？抑梦之不足信耶？妹而未病，则我书两通，岂真一函未达也？殊令人满腹狐疑，不能去怀者矣。然则妹其恨我耶？抑妹为家庭故而不得自由耶？想妹与哥，情感无恙，始终未曾有怀怒破裂情事，妹今忍心不作一答，是妹之家庭必有大故，兹再修书奉达，万望速复一函，否则真要闷杀哥哥矣。苍苍者天，岂真妒我好合有意弄人至于此极乎？我书至此，我心已碎，我书几不能复读矣！云妹乎，其亦怜我而复一恳切之书以慰我憔悴人也。临风怀想，祝妹加餐。

妹心上人朋郎书
七月十八日

朋寿把信寄出，又天天地盼她回音，谁知消息仍是杳然，好像石沉大海。朋寿到此，便起了一种疑想，再也忍不住，他便向柳老太说明，谓欲与友同游虎丘，拟今日午车即往苏州一行。柳老太信以为真，遂即答应，嘱他一二日便回，不可多行耽搁。朋寿答应一声，带了银钞，便急急乘车而去。一到苏州车站，又即乘轿前往木渎。夏日虽长，等朋寿轿子到镇上，那斜阳早已渐渐向西山下去。乡村地原比不得上海繁华，那时脚下所行的路都是泥石小路，朋寿问到笑云家门牌地址，时已薄暮，敲门进去，便有一个老媪出来，一见朋寿，便即问道：

"先生贵姓？从哪儿来？到谁家去？"

朋寿听了，忙含笑道：

"鄙人柳朋寿，与府上赵小姐是个同学，现正从上海到这儿来特地相访。"

朋寿正在外面说着，院子里便有一个和笑云差不多长矮的女学生连奔带跳地跑出来，瞧她的服饰虽然是颇朴素，但她容光倒很焕发。她似已听到了朋寿的话，便满面堆笑地叫道：

"这位就是柳朋寿先生吗？请里面坐吧。"

朋寿因点头笑道：

"在下正是。"

大家说话时，已是走进屋子里。好像是个客堂的摆设，虽然并不考究，倒也收拾得很清洁。那女学生将手一摆道：

"我们乡村地方，真是见客不来的。"

朋寿一面坐下，一面笑道：

"太客气了。"

这时，那个老媪已倒上一杯茶。朋寿连忙道声谢谢，因急欲见笑云，遂又问道：

"赵小姐可在家吗？"

那女子听了，便答道：

"柳先生你来迟了，赵小姐已于五日前和她爸爸到青岛去了。柳先生不是还有两封信寄给她吗？这信都留在这儿，可惜她都没有收到。"

朋寿一听笑云已到青岛去，脸上顿时一呆，心中也跳个不住，因急急问道：

"那么赵小姐的妈妈也一同去了吗？"

那女生叹口气道：

"她因妈妈死了才跟爸爸一块儿去的。"

朋寿大吃一惊，脸变色道：

"啊哟！她妈怎么死得这样快呀？"

女生道：

"可不是？赵小姐回家不到几天，她妈就死了。"

朋寿半晌说不出话来。良久，方向那女生问道：

194

"那么女士贵姓？和赵小姐是不是亲戚？"

女士摇头道：

"不是。我姓李，叫葵秋，和赵小姐乃是多年邻居。"

朋寿方才知道，"哦"了一声道：

"原来是李小姐，但不知赵小姐的妈是什么病症？"

葵秋道：

"她是个老弱病，平日身子原也不十分康健。"

说时，那老媪又从房中拿出烟卷来递给朋寿，葵秋遂向他介绍道：

"这个就是我的妈妈。"

朋寿听了，连忙站起叫道：

"原来是李太太，小侄实在很冒昧，我烟是不会抽的。谢谢你。"

葵秋道：

"赵小姐虽然不在，寒舍也是一样的。我们乡村地方离城市远，没有什么可口的菜，请柳先生在这儿荒宿一宵，胡乱用些便饭吧。"

朋寿倒想不到葵秋会留自己吃饭住宿，既而仔细一想，觉得葵秋的话实在是很真心，因为此刻黄昏已过，比不得上海有车可叫，自己若要赶回苏州，的确是个难题。但无故叨扰她们，心中不免有些不好意思，所以搓着两手，显见有些踌躇。李太太见他这样，好像已知道他的意思，因亦道：

"柳先生倘不嫌寒舍鄙陋，就请不要客气吧。"

朋寿这才厚着脸皮向她们谢道：

"多承两位一番美意，恭敬不如从命，朋寿只好叨扰府上了。"

葵秋只好抿嘴笑道：

"简慢得很，还请柳先生原谅才好。"

朋寿忙道：

"这是哪儿话？你太客气，倒叫我更不好意思了。"

李老太见他答应，遂到后面料理做饭去。这时朋寿心中一阵阵想：笑云到青岛去，一定有信会通知我，怎么我没接到呢？因又问葵秋道：

"请问李小姐，赵小姐到青岛，是住在哪儿呀？"

葵秋道：

"这个倒不曾知道。当我送别时，也问过她，她说因为青岛根本还没有住址，待到了青岛再会告诉我的。"

朋寿听了，心中闷闷不乐。此次来苏，满想与云妹重叙阔别，谁知人去楼空，理想竟与事实相反。葵秋见他不语，因向他问问上海学校情形。朋寿见她笑语盈盈地问着，当然不好意思不答。两人谈了一会儿，朋寿倒也忘记忧闷，随口地问到葵秋年龄，以及何校读书时，葵秋微红了两颊，低头含羞答道：

"我今年十六岁，就在这儿东村初中肄业。"

朋寿见她虽然有些娇羞模样，但举止大方，说话流利，容貌端正，这些羞涩姿态，只有增加她的妩媚可爱，因此心中颇觉羡慕，遂又问葵秋有无姊妹兄弟，爸爸哪儿办事。葵秋抬头瞟他一眼道：

"我爸爸是很早殁了，妈妈王氏只养我一个女儿，现在初中虽然毕业，可是知识有限，意欲转入高中，可是中途遥远，事实上恐怕就办不到。"

朋寿听了这话，一时竟动了爱怜之念，很想帮助她求学，奈彼此初次见面，又怎样可以说上去，因很同情地道：

"李小姐这话很不错，况乡村地方，到底没有好学校……"

正说时，那李老太已捧着一盘酒肴出来，向葵秋道：

"秋儿，天这样黑了，为什么不上灯？尽让柳先生在黑暗里坐着吗？"

原来两人只管说着话，一时忘了时候，现在被李老太一提，大家有些不好意思。葵秋"呀"了一声，一面笑着，一面站去忙上了灯，还向朋寿瞟了一眼。朋寿在灯光下瞧着，更觉美丽，因微微笑了。葵秋见他望着自己笑，一时又害羞起来，低了头忍不住亦哧哧笑。这时，李老太已把菜从盘中端到桌上，朋寿见一碗清炖童子鸡、一碗油炸鸡蛋、一碗青菜芋艿、一碗红烧鲫鱼，还有一壶老酒，都是田家的风味，心中非常高兴。一面连连道谢，一面又叫她们娘儿俩一块儿来吃。葵秋点头，一面让他坐下，一面早又执壶在手，先向朋寿筛一杯，向妈也筛一杯，自己却只筛半杯。朋寿道：

"李小姐怎半杯呀？"

葵秋笑道：

"半杯已了不得，我是不会喝的，只不过陪着客人罢了。"

朋寿听了，心中荡漾了一下，笑道：

"我哪里算客？"

葵秋笑道：

"柳先生远道而来，怎么不能算客呢？"

朋寿这时很觉兴奋，遂举杯一饮而尽。葵秋见他好量，遂频频替他筛酒。朋寿坐对美人，口饮好酒，心中真是喜欢万分，却把笑云的愁事暂且丢开。谁知他这样一杯一杯喝下去，虽然是酒逢知己，但朋寿到底不是海量，等到一壶酒喝完，朋寿早已醉态蒙眬，因此所说言语不免从心所欲了。葵秋见他已有醉意，他所说的话不敢违拗，只答应一个"是"字，朋寿见她这样柔顺，心中自然更加欢喜。这时，李老太已盛上饭，朋寿一面道谢，一面又叫道：

"老太太，我瞧葵秋妹妹现在既已初中毕业，若不叫她再进高中，实在是很可惜的。"

王氏道：

"我们贫苦人家，况且葵秋又是个没爸的孩子，哪里读得起高中呢？这事亦只好梦想罢了。"

朋寿道：

"这要什么紧？只要老太太答应，那学费一层，我倒可以帮助的。"

葵秋在旁边听朋寿喊她为妹妹，并又愿帮助她的学费，一时心中又喜又羞，红晕着颊，那笑容却始终没有平复过。王氏听他这样说法，也很觉感激，总以彼此初交，不好意思答应，所以王氏满口感谢。一会儿饭已用毕，王氏又泡上浓浓一碗香茶，便收拾碗盏到厨下去洗了。朋寿因轻轻把葵秋衣角一拉，亲亲密密地叫道：

"妹妹，方才的话你可听到吗？妹妹如赞成的，请妹妹于本学期开学前到上海来。所有妹妹家里的用度，我此刻先摆二百元给你妈妈，将来我可再寄给你妈的。"

说着，他便真的向袋内取出钞洋二百元交给葵秋收下。葵秋一见，心中无限惊奇，世上真有这样慷慨的人吗？一时倒反而怔怔地呆住了。朋寿见她不来接，因拉起她手，把钞票塞到她手里，笑着道：

"秋妹，你千万不要客气，这儿全是出于我自己的情愿，这一些钱原算不了什么。"

葵秋道：

"这个我实在不敢收受。"

朋寿道：

"那妹妹不是瞧不起我了吗？"

两人正在推让，王氏已把房中收拾清洁，在里面喊道：

"秋儿，你请柳先生里面坐吧。"

朋寿听了，却先答应一声，早已走进房去。葵秋见他这样，因望着手中一叠钞票想了一会儿，不觉抿嘴一笑，也匆匆跟着进来。朋寿见房中铺着一张半新的木床，一张木桌，两把椅子，下首窗口又铺着一张半床，很是简单。壁上挂着一个镜框，镜框内便是葵秋初中毕业文凭。葵秋这时把朋寿给她的二百元钞票放在桌上，又向李老太把朋寿的意思告诉一遍。李老太听了，也很惊异，心中倒颇不安起来，因恳切地道：

"柳先生这样慷慨，不要说现在世界上找不出第二个人，就是我们亲戚当中，也从来没有这样的好人。这叫我们母女两人将怎样报答才好呢?"

朋寿摇手道:

"老太太,你不用说这些话,还是快收下了吧。"

葵秋这时又从抽屉内取出朋寿给笑云的两封信,交还给朋寿道:

"这个信,我本待代你寄到青岛去的,因为青岛的地址笑云姊当初自己还不知道,她说她到了青岛,自会来信告知,所以我便把信暂存在这儿了。"

朋寿听了这话,知笑云到青岛后,必定也有信给我的,因此也就放了心,一面又向葵秋道谢,把信纳入袋内。葵秋又问上海女中哪一个好,哪一个不好,朋寿一一又回答她。两人喁喁地谈了许久,觉得愈谈愈有兴味,直到十二点敲过,还是絮絮不休。后来,李老太催他们早些睡了,两人方始笑着停止。葵秋请朋寿到上面大床里去睡,说:

"妈妈特地换上清洁被枕,比较舒适些。"

朋寿道:

"这可好了。为了我,倒把你们娘儿两人挤出了。"

李老太道:

"柳先生别客气,这样脏地方,真委屈你了。"

朋寿遂不再客气,到上首床里,脱衣就寝。这里李老太和葵秋遂睡在窗口的半床上。一宿无话,次早朋寿醒来,已日上三竿,见她母女两人都已起身,葵秋便端着面水进来,笑盈盈道:

"不多睡一会儿吗?昨晚上一定睡得不舒服了。"

朋寿道:

"哪里话?昨夜是睡得再适意也没有了,倒是叫你们累忙了,真对不起得很。"

说着,便披衣下床。葵秋哧地笑道:

"忙不了什么,你洗脸吧。"

说时,李老太早已煮好鸡蛋和面食两碗,搬到房中桌上,叫葵秋伴着朋寿同吃。葵秋把筷擦净，朋寿已漱洗完毕，和葵秋一横一直地成一斜角度坐着吃面。葵秋把筷子挑着面条子，秋波盈盈地凝视朋寿说道：

"昨晚上多有慢待，妹子的心中很觉抱歉，现在朋哥既这样地厚待我们，我意欲朋哥再宽留几天，大家可以到虎丘、天平去玩玩，未知朋哥的意思怎样？"

朋寿听她忽改口也称我朋哥，一时心中大乐，拉开了嘴笑道：

"好极了，好极啦！但是只不过又要劳妹妹陪着一同去，不是累你辛苦吗？"

葵秋一撩眼皮，眸珠一转道：

"你是个难得来的客人呀！我哪里会辛苦？就是辛苦了，我也很乐意的。"

说着，又向朋寿嫣然一笑。朋寿听了这话，心中甜蜜极了，猛可地伸过手去，向她手紧紧握住。笑道：

"你这话可当真？"

葵秋冷不防给他这样一来，心中倒是一怔，低了头，又咪咪地笑。朋寿道：

"妹妹，你真肯为我辛苦吗？"

葵秋点了点头，一面又向外努嘴，朋寿方始放了手。两人匆匆吃完面，葵秋把空碗拿出去。

朋寿这次来苏州，本是来瞧笑云的，现在无意中竟会碰到了葵秋。此刻又听葵秋和自己很热情地说话，而且又待自己这样体贴温存，一时觉得笑云而外，葵秋实在是自己唯一的知心人，所以葵秋的话，他是无不顺从，大有相见恨晚之慨。这天又在葵秋家中午饭，饭后便向李老太说明，两人遂携手出去，租了一只船，并带着许多糖果食物，先作虎丘之游，但见平原十里，绿树婆娑，山塘碧莲，风送清香，流不断绿水悠悠，听不尽鸟鸣啾啾。这时，两人的心中，实为生平的第一快乐了。

# 第十回

# 又是个风流孽缘

客路青山外，行舟绿水前，葵秋和朋寿的船早已到达虎丘。两人携手上岸，且行且谈。朋寿道：

"天下名胜，大概一半是属美人，一半是属英雄的。即是虎丘，当年若没有夫差西施，又哪里能流传到今日呢？"

葵秋道：

"可不是？虎丘风景，有剑池，有生公说法、顽石点头，有真娘墓。在远道的人看来，一定是都要瞻仰瞻仰，但就本地人瞧来，这些也不过一丘一壑，留着几个土馒头和石墩，作为后人凭吊的资料罢了。倒是山上的虎丘塔，虽然已有两千多年，却仍很雄伟坚固。还有一个冷香阁，也建得很好，居高临下，凭窗远眺，把四周的景物、流水小桥、绿野芳草，统统都收到眼底，令人胸襟顿觉豁然，我倒颇是爱它。"

两人说着，已慢步上山。道路是石级堆成，走着并不吃力，旁边还有试剑石一块，两半分着。葵秋陪朋寿到处瞧了一遍，便又同到冷香阁去，朋寿抬头，果见有冷香阁匾额一块，因向葵秋道：

"妹妹，我们进去休息吧。"

葵秋答应。两人到了阁中，便有人招待，送上两杯香茗。朋寿见葵秋香汗盈盈，娇吁不止，因忙递过一方帕，很温柔地叫道：

"妹妹，你为了我跑这许多山路，倒累你出了满头大汗，你快把汗拭去，到窗口去吹吹风吧。"

葵秋见他这样多情，因接过笑道：

"哥哥，你这是哪儿话呢？"

说着，瞅他一眼，一面拭了汗，一面便嫣然笑了。朋寿喝了一口茶，葵秋把手绢还他。朋寿趁势拉了她手，同到窗口站着，但见古木翁翳中，露着一角塔尖。葵秋笑指着道：

"这北寺塔，此刻瞧过去，好像在云端里一样了。"

朋寿道：

"阁名冷香，大概四面种的都是梅花，故有此名，但现在可惜只有叶不见花朵了。"

葵秋道：

"我记得《红楼梦》里薛宝钗常服着冷香丸，可不是这两个字吗？"

朋寿笑道：

"不错，妹妹真好记性，那冷香丸的修合，我还有些记得。大约是用百花的香露，还要用雨水那天的水，小雪那天的雪，还有什么我也记不清了。说来真好不容易合成功啊！"

葵秋回头眉一扬，乌圆眸珠在长睫毛里一转，扑地笑道：

"哥哥，你说我记性好，可是你的记性也不见得坏呀。"

朋寿见她这份高兴模样，因细细地瞧她一会儿，见她的两颊白里透红，真是吹弹得破，眉如远山，眼若秋波，愈瞧愈美，愈瞧愈爱，暗想：秋妹若是云妹，那我早凑过嘴去喷的一声吻她了。葵秋被他一阵子呆瞧，倒难为情了，瞟他一眼，笑道：

"你干吗老瞧着我？"

朋寿笑道：

"我瞧妹妹的容貌，真好像是个宝姊姊，可惜眼前没有个宝哥哥呢！"

葵秋听朋寿这样地取笑她，她便娇嗔着啐他一口，不依他，伸手要去拧他嘴。朋寿忙把她纤手握住，见她屧含娇羞，两颊好像桃花，因咯咯笑道：

"妹妹，你薄怒含嗔，却愈显妩媚可爱呢！"

葵秋见他还要取笑她，因背转了身，假装和他生气不理他。这样一来，倒把朋寿急了，忙向她叫饶，连赔不是道：

"妹妹，你快不要生气了，我是下次再不敢说你了，请妹妹原谅我吧！"

说着，又向她连连作揖。葵秋见他驯服得像头羔羊似的，又见他穿着西服拼命拱手，忍不住好笑，便嫣然笑起来，瞅他一眼道：

"我也没和你说生气，你怎么就知道我的心呀？"

朋寿笑道：

"我是妹妹肚中的蛔虫，我怎么不知妹妹的心呢？"

葵秋听了，纤指划在颊上羞他。朋寿厚着脸皮，却只管望她憨憨地笑，一会儿又道：

"我们还是谈正经吧，妹妹几时动身到上海呢？"

葵秋道：

"什么时候开校，我就什么时候到上海好了。"

朋寿道：

"现在离开学的日子虽然尚有一月，但我的意思，妹妹不妨早两天到上海，一则可以玩玩上海的繁华，二则也可以从容些。"

葵秋道：

"开学前我想买几部参考书籍倒是真的，若要游玩几天，我的素性就不喜欢。"

朋寿道：

"这样也好，我明天想回上海了，待我给你寻好学校，再来信通知你。妹妹喜欢早来也好，晚来也好，这些随你的意思好了。"

葵秋道：

"范坟今天来不及去，哥哥明天不能再留一天吗？想是嫌妹妹招待不周了？"

朋寿忙道：

"我哪里敢存这个心？本当再可以住几天，因为我来的时候，对妈妈只说两天，所以不敢多耽搁，一则恐妈妈记挂，二则也恐妹妹太辛苦了。"

葵秋见不能留住他，眼圈顿时又红起来，心中好像十分不乐意的样子。朋寿抚着她手，轻声道：

"我们将来见面的日子正长，妹妹又何必这样依依呢？"

说着，遂又携手回进里面。朋寿摸出钞洋两元，作为茶资，大家便找原路下山来。这时，斜阳挂在树梢，暑气已退，晚风拂拂，等到两人跳上船去，大有舟摇摇以轻飏，风飘飘而吹衣之概。朋寿见她不语，因偎着她柔声道：

"妹妹怎不说话？心里气我吗？"

葵秋抬头，嫣然笑道：

"我干吗和哥哥生气？我不是很高兴吗？"

朋寿轻轻拍着她手笑了，葵秋也笑了。不多一会儿，葵秋家的里门已在眼前，王氏见他们回来，早已预备脸水、凉茶、冰瓜、雪藕等物件，陈列一桌。朋寿见王氏这样款待自己，一面道谢，一面宽去上褂，那晚晚餐便在院子里吃。晚饭后又同坐乘凉，直到月影横斜方才各自就寝。次日一早，朋寿便向王氏、葵秋作别，葵秋直送到三岔路口，这才握手回家。

光阴飞一般地过去，朋寿回到上海，差不多已将一个月了，他为了葵秋转学的事，奔忙了几天，因自己是旦华毕业，所以他把葵秋也报名到旦华去，一面写信关照葵秋。现在离开校差不多只有三天，葵秋来信说是今天午车可到，所以朋寿一吃好中饭，便即出外租一辆汽车坐到北火车站去，一会儿火车进站，早见葵秋随着众乘客从月台出来。朋寿连忙叫声："秋妹，我在此等候多时了。"葵秋一见朋寿果来接她，便笑盈盈地带跳带跑地走上来，两人握手问好。小别重逢，当然更有说不出的快慰，反而一句话都说不出来。良久，葵秋方笑道：

"朋哥，我真感激你。"

朋寿半抱她腰道：

"我们出站去吧。"

两人出了站，车夫上来接过葵秋提箱，朋寿叫他开到大陆饭店去。葵秋到上海还只是第一次，今见马路的广阔、建筑的高大、车马的繁盛、仕女的摩登，没有一样不是怡人心志，使人羡慕。葵秋既欣慰着求学，又快乐着繁华，那心中感激着朋寿，直认为世界上第一好人，所以朋寿要不说话，倘有一言半语，葵秋是无不听从。这也并不能算葵秋的意志薄弱，实在是金钱的万能、社会的万恶，所以理智自然而然地不能胜过情感了。

大陆饭店是为上海的著名旅馆，而朋寿又是大陆饭店的大股东，内中设备，不但中西菜部俱全，最近又设有舞场、溜冰场两所，以备仕女的娱乐。且说汽车到大陆门口，朋寿扶葵秋下车，一面付去车钱，一面替葵秋提着挈匣，同进账房间。账房小王一见，慌忙离座，叫声："柳少爷，要房间吗？"朋寿点头，小王立刻要过挈匣，亲自陪到三楼三百三十号房间。葵秋见房中陈设全用西式柚木，铜床锦被色色俱全，电灯浴室灿烂夺目，招呼周到，享用豪华，均为生平所未经尝试，心中真有说不出的快乐。朋寿见小王走出，便对葵秋道：

"妹妹，你瞧这个房间还好吗？"

葵秋跳着笑道：

"太好了，恐怕又要多花朋哥的钱呢。"

朋寿道：

"花不了多少的。妹妹，你放心，这里我是有股份，房间可打折扣，我因开校尚有两天，把妹妹住在这里，招待上比较舒适些。回头吃了饭后，我伴你到屋顶跳舞场、溜冰场去玩一会儿，妹妹也可以见识上海的交际。"

葵秋听朋寿这样说，哪敢还说别的话，满堆着笑容，只没有平复过。一会儿侍役送上七只热菜，一瓶葡萄酒，说是账房王先生叫他送来的。朋寿十分喜欢，叫他摆在桌上，拉开椅子，叫葵秋坐下。侍役早把瓶盖打开，给葵秋满满地倒了一玻璃杯。葵秋见了，连忙把满杯的送到朋寿面前，却把朋寿面前的那只空杯子拿过来，叫侍役只筛半杯。朋寿把瓶接来，一面挥手叫侍役退出，侍役遂掩门走了。朋寿要把她杯中的酒加满，葵秋道：

　　"我喝半杯够了。"

　　朋寿道：

　　"这酒是不会醉的。妹妹，你何必怕醉呢？"

　　葵秋把纤手扪着杯口，摇着身子，憨憨笑道：

　　"我真的喝不多，朋哥，你自己多喝杯吧。"

　　朋寿见她这样，因也不勉强劝她，把筷子拿起，向菜一点道：

　　"那么妹妹你也不用把杯口遮蔽了，我们吃菜吧。"

　　葵秋点头微笑，两人便浅酌低斟起来。葵秋觉得这酒果然滋味香甜，所以朋寿见她喝完了，再替她倒时，她也不推却了。朋寿笑道：

　　"妹妹，这酒不是一些也不厉害吗？"

　　葵秋道：

　　"可是我的脸不是也已红了吗？"

　　朋寿见她果然娇面微酡，愈显艳丽，遂呆呆地瞧个不停。葵秋倒觉不好意思了，因笑问道：

　　"朋哥，敢是我脸上有了脏吗？"

　　朋寿忙道：

　　"哪儿哪儿，我因为和妹妹有一个月不见了，现在瞧来，觉得妹妹的脸是愈加丰腴美丽了。"

　　葵秋瞅着他啐了一口，嗔道：

　　"我知道哥哥总没有好话的……"

说到这里，便又嫣然一笑。朋寿心中真兴奋极了，举起杯子，便一饮而干。一面又向自己杯中倒满，一面还叫侍役拿酒。葵秋怕他也醉，便不依他道：

　　"你已喝一瓶了，我不准你再喝。"

　　朋寿见她娇憨的神情，真是又爱又感激，因笑道：

　　"妹妹叫我不喝也可以，但是要条件的。"

　　葵秋道：

　　"什么条件？你说吧。"

　　朋寿道：

　　"这个瓶里还有一杯酒，妹妹如喝了，我就不再叫拿酒，否则我还得喝一瓶。"

　　葵秋听了，雪齿微咬着嘴唇，心中倒为难了，因笑道：

　　"哥哥既这样说，我就再喝半杯，一杯是无论如何也喝不下了。"

　　朋寿不依。葵秋央求道：

　　"好哥哥，你别难为我了。"

　　朋寿道：

　　"我哪里难为妹妹？妹妹不喝罢了，让我再喝一瓶不是很好吗？"

　　葵秋"嗯"着一声道：

　　"我不要，我不要，我偏不准你再喝。"

　　朋寿听了，心中好不痛快，因不敢再假意和她违拗，准定照她意思办。两人把酒喝完，稍用些稀饭，叫侍者收拾去。葵秋躺在沙发上，脸是热辣辣的血红，朋寿在她身边横倒笑道：

　　"妹妹醉了吗？"

　　葵秋笑道：

　　"我瞧你也站不住了，还是大家躺会儿吧。"

　　朋寿因喊侍役拿上水果，两人并了头，一面吃橘子，一面喁喁地谈着。这时，两人感到快乐，真是生平所未有的了。直到下午三点敲过，大家方始酒醒，一见两人并头躺着，都觉有些难为情。朋寿道：

"我们到上面舞场去玩玩吧。"

葵秋因站起，忙又重匀脂粉，两人携手上楼。到了舞场，茶舞已经开始，游客颇众，两人遂在空位置上坐下，侍役问淡茶红茶，朋寿道：

"一杯红茶，一杯咖啡好了。"

一会儿早已拿上，朋寿遂把咖啡送到葵秋面前道：

"这茶也能醒酒提精神的。"

葵秋见他这样多情，当然更加地感激了。这时乐声又起，暗绿的霓虹灯光下，一对对的红男绿女早已拥抱偎倚，在舞池里欢然起舞。朋寿睹此情景，一时兴起，要求葵秋同舞。葵秋一听，羞涩万状，低声说道：

"妹在学校虽也学过舞蹈，但却不曾学交际舞，还请哥哥原谅吧。"

朋寿道：

"这种四步的'勃罗斯'是最容易学了，妹妹是个聪敏人，如不会的话，我来教你一次，保管你就会了。"

葵秋摇头笑道：

"不会的。拖来拖去多难看，还是待妹妹将来学会了再和哥哥同舞吧。"

朋寿道：

"那么我们溜冰场去怎样？"

葵秋笑道：

"对于这个妹妹倒颇感兴趣，以前在学校里，我是常玩的。"

朋寿道：

"这再好也没有了。"

因付去茶资，携着葵秋又到东面溜冰场去，叫侍役拿上两副溜冰鞋穿上，两人便携手入场溜去。玩了一小时，葵秋早又香汗盈盈，娇喘吁吁，低唤："朋哥，我们休息会儿吧。"朋寿亦已汗湿衬衣，因就住手，回到休息处，脱去溜冰鞋，付了鞋资，两人遂携手回房。葵秋手帕拭着额上的汗笑道：

"我非洗个澡不可了。"

朋寿道：

"你快去洗，我等着你喝汽水。"

葵秋随口笑道：

"朋哥不想洗个浴吗？"

朋寿笑道：

"那么也得待妹妹洗好了我再洗呀。妹妹难道允许我俩一块儿洗不成？"

葵秋自知失言，因红着脸啐他一口，忍不住咻咻笑着逃进浴室去。等葵秋洗好浴，朋寿已开好两瓶汽水、两盒美女牌冰淇淋，叫葵秋吃，自己也去洗了澡。晚上，两人又到公园去乘凉，直到钟鸣十二下，朋寿先伴她到大陆，方才告别回家，约定明日一早再来瞧她。那晚葵秋睡在床上，想起朋寿的豪富，又想起朋寿待她的情义，只觉一寸芳心大为感动，假使朋寿这时向她做进一步的要求，恐怕葵秋也没有不死心塌地地听从了。

一宵匆匆，早已红日满窗。葵秋尚睡眼惺忪，朋寿却已立在床前，凝眸细细地瞧她睡态。只见她玉臂两弯，向上伸个懒腰，纤手又按在樱唇上打个呵欠，含笑带羞地问道：

"朋哥，你多早晚来的？昨夜回去，你的妈有问过你吗？"

朋寿道：

"妈是早已睡了，妈只要我不在外面住夜，她是不会问的。"

葵秋把薄纱线毯掀开，披上睡衣，走到面汤台边，开了冷热水龙头，回头道：

"朋哥，你请坐会儿，我洗脸了。"

朋寿笑道：

"妹妹只管自己洗脸，我在旁边瞧着你。"

葵秋扑地一笑，便拿手巾擦脸。这时，朋寿站在葵秋背后，只觉她一阵阵的幽香，如兰如麝地从她肌肤中发泄出到自己鼻子里，一时情不自禁，便挨近一步，低下头去闻她的脖子。葵秋正在对镜漱口，在镜内见朋寿这个动作，心中颇觉羞涩十分，脸上突然又飞起两朵桃花，因立刻回过头来，半嗔半笑问道：

"朋哥，你这干什么啦？"

朋寿给她一问，倒不好意思起来，幸转机得快，连忙笑着道：

"我瞧妹妹雪白的脖子上现着一颗鲜红的痣，起初我还道是胭脂渍，原来却是妹妹特有的记认，妹妹是真好艳丽啊！"

葵秋听了，瞥眼见朋寿脖子上也有个红印子，因纤手攀着他颈项瞧一会儿，忽又故意咯咯地笑道：

"原来朋哥的颈上也有一颗红痣呢！"

朋寿笑道：

"哪里？妹妹别诳我吧，我是一向没有痣的。"

葵秋拉他到镜旁，又指给他自己瞧，一面又假装正经道：

"哦，我道是个痣，原来是个女人口上胭脂印呀！"

说着，又哧哧笑道：

"咦！哥哥，你这胭脂印是哪里来的？"

朋寿从镜中一瞧，突然想起早上春红端牛奶进来，自己曾把她搂在怀里，偎着脖子接一个吻，想起来这一定是春红的口脂无疑了。因忙抢过葵秋手里的面巾，一面把红印擦去，一面连说："没有，没有。"葵秋见他这样，早又拍手向他取笑道：

"朋哥，你真是个宝二爷了，怎么脸上满渍着胭脂膏子呀？"

朋寿听她正说在自己心坎里，愈加羞得两颊通红，因索性要把葵秋抱住接吻道：

"妹妹说我宝二爷，我就算宝二爷，妹妹做个林姑娘吧！"

葵秋急得两脚乱顿，"嗯"着不依道：

"朋哥，你再胡闹，我准不依你了。"

朋寿方才坐到沙发上去，望她憨憨笑道：

"谁叫妹妹取笑我呀？你快洗脸吧，我们大家到法国公园玩去。因为妹妹是只有今天闲着，明天开了课，恐怕就不能畅畅快快地同游了。"

# 第十一回

# 鱼儿牡丹

　　这两天朋寿与葵秋既打得火一般热，友竹和杏云的亲事，他当然无暇谈起。即是对笑云向日的爱情，亦已慢慢地抛置于脑后去了。因为葵秋自进校后，此时已宿在校里，所以朋寿要和她见面，便不时约她在公园里晤谈。在法国公园的树蓬下、假山畔，差不多天天有两人的俪影出现。这日正是星期一，葵秋在校，突然接到朋寿一信，心中万分喜欢，把信爱若珍宝似的拆开瞧道：

吾亲爱的葵妹如晤：

　　连日在公园晤谈，妹妹之芳影时萦鄙怀，每欲插翅前来，只恨身无双翼，不能时伴左右，临风感想，徒增惆怅。夜来茶饭不思，眠食难安，此情此景，唯爱我者能知之耳。前宵在灯下观书，竟然伏几假寐，恍惚间觉吾妹立我面前，手持野玫瑰一束，含笑相赠。谁知昨日傍晚在公园聚首，妹妹果有一捧鲜花笑面赠我，可知情到真挚，金石为开，不然妹有娇花贻我，我又何能前知耶？今我已认妹为唯一知心人，妹心能否同意，亦请早为表示。妹谓婚姻大事，必须征求令堂同意，斯言固然，但恋爱神圣，事关吾妹终身幸福，妹心果以我为爱人，则一切还希早日决定。况妹晤我，已非一日，我非负心人，妹实多情者。妹有一老母，我自当代为奉养，我不能剖心示妹，我心实深以为憾，我

212

已言尽于此，妹心其尚疑我耶？倘妹亦果真心相爱者，请妹于明日晚在公园中再赠我以好花一束，如是则花好月圆，吾俩必有如愿以偿之一日矣。情长纸短，不尽恋恋，诸维心照。

朋哥手启<br>九月二十五日

葵秋读罢来信，心中唯觉无限甜蜜，爱极欲狂，把信笺放在樱唇上吻个不住，一会儿又踌躇半晌，欲依他的来信，在今天晚上，我便再送他鲜花一束，以作表示允许，但羞人答答地一时又鼓不起勇气。但仔细地想，觉朋哥既赡养我母，又帮我学费，这样恩至义尽，世上实在再也找不出第二个人，我今以身报德，即使老母知晓，亦绝不见责于我的。葵秋这样地一想，就准定在晚上再送他鲜花了。时间由一秒而成一分，再由一分而成一时，不觉又到夕阳西下的黄昏时候。葵秋放课，回到宿舍，略事修饰，出了校门，顺道又购一束鲜花，匆匆步往公园。不料朋寿这时早已等在喷水台边，虽然他眼瞧着飞瀑，但他一心却只管在想葵秋呢。葵秋见他呆若木鸡似的出神，因老远地就喊道：

"朋哥，你等得心焦了吧？"

朋寿一听呼声，立刻回头瞧去，果见葵秋手持花朵，笑盈盈地姗姗而至，一时心中快乐，真好像大海之中发现了灯塔似的，因忙迎上去道：

"妹妹，我是候你好多时候了。"

葵秋一听，也便连奔带跳地走来。朋寿见她奔来的势头是很猛，因叫道：

"妹妹，当心地下滑跌，快别奔呀。"

说着，两人早到面前，握了一阵手。朋寿道：

"妹妹，我们且到那边茅亭里去坐一会儿吧。那面人少，地方又清静。"

葵秋听了，笑着点头，一面早把纤手中握着的鲜花向他一举，笑盈盈叫道：

"哥哥，你爱这个花吗？你瞧，它是多么美丽啊！"

朋寿忙把花接过道：

"想妹妹今天一定已收到我的信了，妹妹真是个不失信的好人。妹妹的花自然是个好花，我爱妹妹的花，我更爱妹妹的人。"

说着，便把花朵凑到鼻中，嗅了又嗅，闻了又闻，口中又不住地喊："好花，好香！"葵秋见他这样地爱着，心中兴奋已极，那两只秋波似的眼，直把它笑得好像一条线。朋寿见她笑脸始终没有平复，知她内心愉快一定是到了万分，因把葵秋的玉臂愈加弯得紧紧地不肯放松，又望着她脸笑道：

"好花好香，好人也真好美呀！"

葵秋红晕着脸，白他一眼，忍不住哧哧地笑了。两人正在无限欢乐的时候，不料迎面却又走来一个花枝招展的少女，见了朋寿，便呖呖莺莺地叫道：

"密司脱柳，久违了，你近来好吗？"

两人一听有人招呼，连忙放开手停了笑，向前望去。朋寿心中不觉一跳，你道是谁？原来不是别人，正是一心老伯给他说过亲的梅友竹女士。这时友竹的脸庞虽然较上次见面时是清瘦一些，但她天然的丰韵愈瘦自愈见得她的俏丽。朋寿瞧了友竹，又瞧瞧葵秋，觉得一个则活泼天真，一个则雅淡宜人，真是一双两好，画中人无其美丽。因为自己曾拒过她的亲事，这时见了面，不免有些不好意思。谁知友竹却仍若无其事落落大方地招呼自己，因也很柔和地回叫道：

"我道是谁，原来是梅小姐，真的我们有半年多没见面了，梅小姐一向好吗？"

友竹道：

"我自上学期毕业后，承夏老伯的抬爱，嘱我在本校附属小学担任教科，但我的志愿尚想转东吴大学法科修业去，不晓得密司脱柳现在何校肄业？"

朋寿道：

"惭愧得很，家母因家中乏人照料，叫我在家专攻簿记，增长商业智识，现在已辍学好久了。"

友竹道：

"密司脱柳怎不到我们校中来玩玩？"

说到这里，又向葵秋瞟了一眼道：

"请介绍这位女士贵姓？"

朋寿因忙道：

"这位是李葵秋女士，现在旦华女中肄业。"

一面又向葵秋介绍友竹姓名。两人听了，便握了一阵手，彼此说了一套企慕的话。朋寿道：

"梅小姐，我们同到那边茅亭里去坐着谈一会儿怎样？"

友竹因葵秋在旁，当然不便答应，因推说还有别事，遂和两人匆匆别去。这里朋寿仍携着葵秋手，沿着小小的一条河堤，踱到前面圆圆的池塘边去。只见池中赤鱼如织，喋喋水面，一见人影，则钻入水底，又悠然而逝。葵秋道：

"乐哉此鱼，婉兮清扬，吾人真不及它了。"

朋寿笑道：

"妹妹只知羡慕着鱼儿，谁知鱼儿在水，却也在羡慕着妹妹呢。"

朋寿说罢，便用目瞅着葵秋，兀是哧哧地笑。葵秋道：

"哥哥不是鱼儿，怎么能懂得鱼儿的心思呀？"

朋寿笑道：

"对呀，我就是鱼儿。"

葵秋笑说：

"可是你怎的在陆地上呢？不要干死吗？"

朋寿笑道：

"我是鱼儿，妹妹是水，现在妹妹在我身旁，我便快乐得如鱼得水，哪里还会干死吗？"

说着，便咻咻地笑。葵秋轻轻打他一下，嗔着道：

"你说到末了，总是没有好话的。"

说到这里，自己也忍不住低头笑了。两人并肩地坐在池旁垂柳底下的长椅上，朋寿偎着她轻轻地笑道：

"葵秋妹妹，我问你一桩事，你能够满意地答复我吗？"

葵秋咻的一声道：

"朋哥不先把事情说给我知道，叫我怎样地回答呢？"

朋寿想了一会儿，憨憨笑道：

"我先说一个比方，假使有一对年轻的恋人，他们尚在求学时代，但他们的爱情却已到沸点以上，你想这一对恋人，还是先结婚好呢，还是先同居好？妹妹，你能答复我吗？"葵秋一听了这话，心中怘忑一跳，便瞟他一眼，心知这话明明是在说着自己。照理我应该可以答应他，但这种羞人答答的事，怎好便即决定？一时灵机一动，便也低低地答道：

"哥哥所出的问题，好像是学校里考试一样难，妹妹答得能否及格，非得仔细考虑不可。且待明天我再来答复你好吗？"

朋寿听她这样说，不禁暗暗佩服她的口才，因笑道：

"妹妹答得好，我给你题一百分，如答得不好，恐怕要留级了。"

两人说着，又笑了一阵。葵秋道：

"我们到别处去走走吧。"

朋寿点头，便臂挽臂在草地上散步，一面又喁喁谈着。因时已不早，两人方始携手出园，踱到环龙路时，见有一家云南馆子，名叫洁而精，葵秋笑道：

"这名好别致。"

朋寿道：

"我们就到里面去吃饭怎样?"

葵秋道:

"哥哥喜欢去尝尝云南馆子的风味,妹妹是没有不赞成的。"

这家洁而精的厨子,烹调很是出色,房间又很幽雅,三层楼上餐室外,有一个小小的天井,三面有水门汀花栏杆围着。夏夜天热,有的便把酒肴移到天井里去,情人谈心,实为最清静也没有了。当时葵秋、朋寿携手进内,侍役招待上楼,拣洁净座位,朋寿叫葵秋点酒菜。葵秋道:

"今天酒不要喝了。"

朋寿道:

"随妹妹好了。酒这东西我亦并不十分喜欢的。"

葵秋点头道:

"朋哥这话就对了。现在时候尚早,饭吃不下,我们各吃碗酸辣面是了。"

朋寿见她这样给自己省钱,心中愈加爱她,便只说:

"随妹妹的意思吧。"

两人吃毕面,遂下楼付账。正欲跨步走出,朋寿忽然想起葵秋方才送我的花朵尚还在座上,因又忙叫侍役上去给他取来,一面把自己怀中那只玉镯取出,乘葵秋不防,便轻轻笼在葵秋的臂上,一面又柔声地道:

"妹妹,你把它戴着,做个纪念吧。"

葵秋低头见是雪白一只玉镯,心中爱得什么似的,立时眉飞色舞地向他道谢,又把镯串到上臂膀去。朋寿见她玉样藕臂,笼着雪样镯,真个是美丽极了,一时把手抚摩着不停。葵秋睃着他却只管哧哧地笑。这时,侍者已把花取来交给朋寿,朋寿接在手中,一面踱到马路上去,一面又把花不住地吻着。葵秋道:

"朋哥,我希望你把这朵花好好去供养着,要始终如一地爱着,切不要半途上抛弃了才好呢!"

朋寿道：

"妹妹，你放心，我是终身地爱她，永远地爱她。"

葵秋听了这话，扬着眉得意地笑了。朋寿道：

"我送妹妹回校去怎样？"

葵秋道：

"不用了，我自己回去好了。"

朋寿道：

"时候尚早，我陪妹妹再走一截路吧。"

葵秋见他恋恋不忍舍去模样，心中愈加得意。两人在马路上喁喁又谈了许久，晚风扑面，颇觉轻松凉快。直到明月已悬挂高空，朋寿方替她讨车回校。葵秋回到宿舍，时钟已鸣九下，把身向床上一躺，想着今天和朋寿说的话，又朋寿对自己的话，心中真有说不出的欣慰。一会儿又把臂上玉镯脱下，细细玩一会儿，葵秋爱到极顶，不禁轻轻脱口叫道：

"朋哥，我的亲爱的，我真有说不出的爱你呀！"

自语到此，一时触动情怀，便从床上跳起，对灯伏案写了一封切实的复信。只见她瑟瑟写道：

朋寿爱哥吻鉴：

别后回校，甚快。临睡又重把芳函拜读，觉字里行间满嵌着哥哥深情蜜意，妹不但爱不忍释，几至喜而不寐。哥哥神仙中人也，妹以蒲柳之姿，过蒙奖誉，是哥之爱深，则妹之含羞，亦愈甚矣。

昨奉鲜花一束，此花名为鱼儿牡丹，花朵巧小，颜色娇美，妹用以相赠，暗祝吾哥与妹联成如花美眷，快同如鱼得水，并寓富贵到老之意。谁知哥哥早早已明了我意，当以玉镯一只赠我，谓尔后光阴，当如玉之坚白，镯之团圆。哥有心人，虽未盟誓旦旦，妹亦岂敢忘乎？妹母老多病，爱妹无异掌上明珠，妹意所欲，无不乐于赞成。今哥既爱妹至厚，哥欲先行同居，或先行结婚，妹均唯哥意是从。但哥亦有老母，最好事前禀明，庶妹之身份，不至飞短流长。妹所以再将此意声明者，妹并非不信哥哥终身相爱，请哥万勿误会，妹今已尽情答复，哥哥其亦甘心题我一百分乎？专此，并候好音。预祝永好！

妹葵秋手启
九月二十六日

葵秋把信写完，自己又读了一遍，一寸芳心只觉别别地跳个不停，因为她预料朋寿接得此信，一定和自己又有许多的磋商，明晚如在公园中和他聚首时，那便是我俩一生的结局了。想到这里，心中既非常得意，却也非常害怕。得意的当然因为自己能嫁给这样一个有才有貌有钱的少年，原也不是件容易的事，但害怕的又恐怕朋寿万一给自己身破了，他就抛弃不顾，这我又怎能再有脸皮见人呢？因此葵秋的一颗芳心便忐忑愈跳得厉害了。但仔细一想，朋哥平日是多么多情，而且又多么温柔，想来绝不是个无赖，我又何必多虑呢？倒是方才碰到的这个梅友竹，不晓得她和朋哥是个什么朋友，还是什么亲戚，明天见了朋哥，倒要问个仔细了。但转念一想，一个人当然有亲戚朋友的，我何必一定要追问他呢？论他们互相的称呼，交谊也未必深厚。葵秋这样想着，遂也放下心来，把信拿到枕边一塞，自己横身躺倒。方欲入睡，蒙眬间好像自己和朋寿结婚，自己妈妈亦已从苏州接到上海，正在万分欣慰，耳中突闻有人叫道：

"懒丫头，还不醒来？"

葵秋被她叫醒，启眸一视，果然红日满窗。喊葵秋的究是何人，读者请先猜一猜吧。

# 第十二回

# 同　居

葵秋见立在床前叫她的不是别人，正是三年级的同学赵杏云。杏云自从病痊后，一向不曾提起，现在且把她来叙明一下。赵太太得到夏太太的回话，因竭力劝慰杏云，叫她千万不要伤心，总待这学期过了再说。杏云虽然觉得希望很少，但柳太太既答应等毕业后回话，也只好静静养息。夏太太见杏云略有起色，遂叫母女两人到她家去住一会儿，赵太太自然很是感激，直到校中将近大考，杏云方去读了数天。暑假后，杏云知笑云母病回乡，遂把这事告诉赵太太，赵太太因住在上海也有数月，便也回乡去。不多几天，来信告诉杏云，说笑云妈妈已死，笑云业已和她爸爸同赴青岛。杏云得此消息，心中真喜欢得了不得，以为笑云远去，自己少了一个情敌，柳家这头亲事，倒有七八分把握了。因此她就快乐如常，向夏太太禀明，依然住到学校里去。这学期和葵秋相遇，彼此有些惺惺相惜，所以感情倒还不错。

当时葵秋一见杏云，便连忙起身招呼，一面又忙注视桌上昨晚写给朋寿的信，后来记起自己曾把它塞在枕下，心中方才安心，否则给杏云瞧见，不是要当作话把了吗？葵秋这样地想着，她的心中固不知杏云从前也是朋寿的情侣呢。杏云见她想什么心事般的，因打趣她道：

"葵秋，你昨儿和哪一个异性在一块儿玩呀？快乐吗？我本待叫你的，后来恐怕你恼我多事，故而没有叫你，你想我这人可识相？"

杏云原是和她说着玩，谁知葵秋贼人心虚，以为她是真的瞧见了，心想瞒她不过，因慌忙问道：

"昨儿你也在公园中玩吗？怎么我没有瞧到你？"

杏云听她果然在公园里，心中好笑，因假作认真道：

"我恐你瞧见，所以躲在你的后面，你的朋友到底是谁呀？"

葵秋这时脸上已红得像喝了玫瑰酒，因也掉个枪花道：

"你要问他什么啦？他是我的表哥呀。"

杏云见葵秋羞涩的神情，又见她果然给自己骗出话来，一时心中愈加兴奋，却假意地拍手笑道：

"表哥吗？不像，不像，你不要骗我了。"

葵秋正想用话搪塞，那校中的上课钟幸而当当地敲起来，杏云方才咯咯地笑着走了。葵秋等杏云走后，心中兀是疑惑不定，一面忙把枕底下的信藏在怀里，着人送到邮筒，一面遂也到课堂去。

笑云自到青岛后，便有一函寄给朋寿，内中颇怨朋寿不给她一个回信，不料这封信又落在柳太太的手里。柳太太这时心中欲定梅友竹为朋寿妻子，因友竹是一心的得意学生，且前时听朋寿的话实在也是心意很合，于是柳太太的心目中，肯定友竹是自己的好媳妇。至于朋寿的心中呢，因笑云既没有一信便别他远去，心里不免也起了误会，以为笑云已另有情人。朋寿本是个纨绔子弟，见一个爱一个，爱情根本不专一，况且此刻又有葵秋天天和他热闹地厮混，因此把向日爱笑云的心理便慢慢地转移到葵秋身上。再加上葵秋的性情和笑云大不相同，笑云是一味地好胜，葵秋是一味地柔顺，所以在朋寿的心中，便觉得葵秋比笑云还可爱。兼之人情是厌故喜新的多，朋寿的为人，既然对于女子是见一个爱一个，现在正缠着葵秋，所以把笑云便弃如敝屣了。朋寿那晚送葵秋回校，在第二天黄昏时候，他便接到葵秋的来信。朋寿急急把信拆开，瞧到"哥欲先行同居，或先行结婚，妹均唯哥是从"这三句时，直把他喜欢得跳跃起来，一时便把信藏在怀里，关照墨童好生看守，他便亲自找房子去。

221

后来给他找到单幢石库门一幢，地点在吕班路兰心里，正是个新造房子，每月租金三十元。朋寿见它是个闹中取静的所在，心中倒颇契合，遂把房子定下，本来还要去买家生，因时已近夜，料想来不及，只得回家，且待明天再说。

到了次日，一早便即起身，匆匆吃毕点心，就坐车到永安商场家生部买了上下全堂簇新用具，叫立刻送到兰心里，亲自指挥摆好舒齐。一面又向近段荐头店里雇个小大姊，叫她先住进去，把家生揩拭清洁。等到诸事完备，他便叮嘱她好生看守门户，自己去一会儿就来。小大姊一听，慌忙问道：

"少爷到哪儿去？少奶呢？"

朋寿听了，脸一红，因笑道：

"此刻我是去陪少奶来呀。"

说着，朋寿遂坐车匆匆到旦华中学去，一到校门，便即停车。朋寿方欲走进校门，忽见一个女生从校门出来，一见朋寿，便抢步上前，高声喊道：

"朋哥，你好呀，今天是个什么风却把你吹到这里来了？"

说着，早已笑盈盈地伸出手来。朋寿停睛一瞧，见是杏云，一面忙喊杏妹，一面也早把手和她握住，只觉杏妹的手柔软如绵，数月不见，更觉娇媚。两人紧紧握了一会儿，因问道：

"杏妹前儿病，现在可大好了？"

杏云一听，想起自己和他从前一番情爱，现在则各自分离，不能尽心倾吐，杏云这时心中顿觉一阵酸楚，那眼中的泪珠便忍不住扑簌簌地落下来。朋寿见她无限怨抑，愈觉楚楚可怜，因把手帕拿出，亲自给杏云拭去泪珠。杏云把身子半靠在朋寿的肩上，兀是低低抽咽。正在难解难分的时候，不料葵秋也正从校门出来，一见杏云和朋寿偎倚的情形，心中好生惊讶，情人的心理是好妒的多，此刻葵秋凭空地瞧到这个情态，你想，她的心中不是要酸溜溜地难过吗？因走过来假意高声地叫道：

"表哥，你们怎么不到里面说话去，却在这里纠缠呀？倘然被人瞧见了，不是要疑心哥哥有什么意思吗？"

杏云、朋寿骤睹葵秋立在面前，心中已很觉难为情，又听她当面地嘲笑，一时羞愤交迸。杏云因推开朋寿，收泪作色道：

"我们乃是个多年的老同学，难道连说话也不好说吗？你这算什么话呢？"

葵秋见她动怒，因淡淡一笑道：

"杏云妹妹，你不要误会我的意思，我并不是不许你们说话，我是叫你们到里面去说话呀。"

杏云冷笑道：

"你也没有权力好叫我们不许说话！哼！你是朋寿的什么人？这太笑话了！"

朋寿见两人大家争吵起来，真叫自己左右为难了，站在旁边，急得不停地搓手。后来，他想葵秋叫自己表哥，他便有了主意，因欣然地对杏云叫道：

"杏妹，我今天原是来瞧我葵秋表妹的，因为我的姨妈叫我找个房子，现在我已给她找到了，故来通知表妹的。此刻已放午学，星期六下午大家没有事，请杏妹也一同到表妹的新房子里去瞧瞧好吗？你们是个新同学，我们是个老同学，大家都要和和气气，这样不是很好吗？"

杏云听朋寿说葵秋是他的表妹，心想：往日怎么一些也没有听他说起呢？但自己和朋寿，究竟也不十分明了他的家庭，所以也只好认葵秋是朋寿的假定表妹了。今见朋寿叫她同到新房子玩去，心中虽然要侦探葵秋和朋寿究竟是什么关系，但到底是不好意思，因对朋寿说道：

"你们去吧，我因尚有别事，我们改天再长谈吧。"

杏云说毕，便说声"再见"遂匆匆地自顾自跑了。葵秋等她去远，向朋寿望了一眼，便冷冷地笑了一声道：

"朋哥，你这个老同学真好像是个林妹妹，怎么一见了人就会眼眶红起来，泪水滚滚地掉下？我今天真也不识相极了，偏偏这个时候也出校来，累得你们说不畅快，哥哥，你有怨恨我吗？"

说着，又假意哧哧地笑。朋寿见她尚在拈酸，遂也用话安慰她道：

"葵秋妹妹，你多什么心？我今天本来特地是来找妹妹的。"

葵秋哧地笑道：

"真吗？不是找你老同学吗？"

朋寿顿脚急道：

"妹妹，你还要说这种话吗？我是已给你找到了一个房子，并且又雇好一个小大姊，买好一堂家生，请你快快去瞧吧，到底满不满意呢？"

葵秋听了这话，疑信参半，以为我才昨儿寄出的信，怎么他竟预备得如此迅速呀？朋寿见她不语，因又接道：

"妹妹，你不信吗？我因妹妹的来信喜欢先行同居，所以昨天我赶紧先找房子，付好房金，今天早晨又赶办家生，一切布置妥当，来接妹妹进屋的。你快同我去吧！"

朋寿这样说着，又用眼凝视葵秋，心想：葵秋听了这个消息，她一定要表示万分喜悦，或许也会乐得直跳起来呢！谁知理想与事实往往是相反的，葵秋不但并没喜悦颜色，却红晕了脸嗔道：

"呸！哥哥，你这话好不害羞，你自己喜欢这样办，怎么倒反推在妹妹身上来？我不去了。"

说着，便真的回转身子要返校里去。朋寿一听这话，深悔自己说话造次，一时窘得说不出话来，立刻抢步把她拖住，一面又连连央求道：

"妹妹，你急什么？我说错了话，你快别见气，我的意思是租好房子，预备把你妈妈也搬到上海来同住呀，难道妹妹还不喜欢吗？"

葵秋原是怪他不该当面直说这种羞人的话，对于租好房子一层，心中是早就乐得心花朵朵开了。不过女子的心理大都喜欢假做作，假使一件自己万分愿意的事，她表面上一定要假装不愿意模样，这一半固然是怕羞，一半还是要使对方知道自己是个不轻容易侵犯的女子。但按事实而论，总还是个可怜的表示吧。葵秋一听朋寿这样说，便立刻回嗔作喜，紧握了他手，诚恳地道：

"哥哥的一片深情，我是到死都感激着的。只是说妹妹要和哥哥先行同居，你想不是要使人不愿意吗？"

说到这里，声音是很轻微，秋波盈盈地瞟他一眼，忍不住又低头笑了。朋寿见她如此娇媚不胜情的状态，因抚着她手，涎皮笑脸地赔不是道：

"妹妹，你还生气这句话吗？我不是早对你说是我的不好吗？妹妹，你饶我这一次吧，我下次一定不敢再说这种鲁莽的话了。"

葵秋见他驯服得像头绵羊，哪里还舍得再说他，遂拉了他手笑道：

"我们走吧。"

朋寿道：

"妹妹的心真细，刚才要不是你叫我一声表哥，我一时倒真的想不出对待杏云的话了。这种转机的灵敏，使我佩服得五体投地，拜倒在妹妹的旗袍下面了。"

葵秋白他一眼，忍不住又哧哧地笑。两人边走边说，早已蹀到电车站，两人就跳上车厢，乘到吕班路口下来，没有几步路，早见一带新造房子。葵秋抬头见弄口上是"兰心里"三字，里面十分宽阔，因问：

"是这条弄吗？"

朋寿点头。走到十八号门口，敲门进去，果然有一个十六七岁的小大姊出来，见了两人，便向朋寿喊声少爷道：

"这位可就是少奶吗？"

朋寿一听这话，一时倒回答不出了。说是的又怕葵秋生气，说

225

不是的，那你自己明明说是去陪少奶的，怎么又不是了呢？因望了葵秋一眼，随便点了点头。小大姊一面关门，一面又笑盈盈向葵秋叫声"奶奶"，葵秋这时两颊涨得绯红，心中又喜又羞，也只好是承认朋寿的少奶了。两人走到楼上，只见上面铺着一张克罗米半床，床边摆一只梳妆台，下首一只面汤台，对面一只玻璃镜的大橱，窗口一张席梦思，旁边一张红木架子，上面还摆着一只收音机。正中一只压玻璃板的圆桌，两旁克罗米梗子的小沙发，床脚后又有一只衣架，桌上茶壶、茶杯、自鸣钟、热水瓶一应俱全，壁上还挂着两幅西洋油画，配着金边框子，更觉美丽，摆设是相当欧化。朋寿这时又把梳妆台抽斗打开，又见许多化妆品早已安放里面，再把橱开了，又见衣料、皮鞋、手帕堆满。葵秋这一喜欢，真乐得不知如何是好，恍惚已进神仙境界，猛可地奔到朋寿身边，将他脖子紧紧抱住，连叫道：

"我的朋哥，你真待我太好了，我不知怎样地感激你报答你呀！"

朋寿知道她已兴奋过了度，因也搂紧她笑道：

"我们两人还用报答两字吗？妹妹，我们快再去瞧亭子间吧，这是预备给你妈睡的。"

说着，两人遂又携手到亭子楼，只见里面家生也很考究，此外还有一只净桶。葵秋见他想得如此周到，心中愈加喜欢，脸上的笑容这就始终没有平复过。这时，小大姊已泡水进来，喊："少爷、少奶喝茶去。"

朋寿因又携手到房中，一面对小大姊叫道：

"阿金，你的少奶是还在校中读书，老太太因在苏州不曾出来，少爷又在外面做事，所以日间家里没有人。你第一须要门户小心，只要做事不错，将来会加你月薪的。"

阿金一听连连答应，又问：

"午饭怎样？"

朋寿道：

"回头带你一同外面去吃吧。"

阿金笑着下去。葵秋又问朋寿道：

"我的妈妈究竟哪天叫她来呢？"

朋寿道：

"我想明天妹妹先和校中张先生说明，那妹妹就可以搬出寄宿所住到这儿来了。后天就请妹妹写信给你妈去，叫她乘车来上海，我再到站上去接她。你想怎样？"

葵秋道：

"这个当然是很好，只是又要劳动你的大驾了。"

朋寿忙道：

"妹妹这是哪儿话？只要妹妹不说我办事不周，那我就一万分快乐了，哪里敢辞劳苦呢？"

葵秋见他待自己这样恩情，心中自然更有说不出的爱他了。朋寿又道：

"那么妹妹，你准定明天晚上搬进来睡吧。今天下午我还得给你置备枕褥床毯去。"

葵秋道：

"妈妈没有来，我和阿金两人睡在这儿，晚上不吓吗？"

朋寿一听这话，正是自己发言的好机会了，因凑过嘴去，附着她的耳朵，低声说道：

"妹妹一个人害怕，我来陪你怎样？"

葵秋红晕了脸颊，却低头不语。朋寿见她虽不表示赞成，但也并没有反对，这明明是个默许，一时心中的快乐，真非作者的一支秃笔所能形容其万一了。一会儿钟鸣十二下，朋寿遂同葵秋、阿金出外吃饭，吃毕叫阿金回家看守门户，葵秋仍旧回校。朋寿又去赶办被褥枕，第二天又到校中，和葵秋同到张先生那里说明，从此以后，朋寿和葵秋便如鱼若水地过起同居生活了。

227

# 第十三回

# 觅　死

葵秋既把白璧无瑕的童贞献给朋寿，朋寿也把葵秋的肉体灵魂整个地占为己有，打破旧礼教之结婚仪式，实行小家庭之先行同居，鹣鹣鲽鲽，我我卿卿，两人都很视为满意。这样甜蜜的生活过了半月之后，朋寿方才把葵秋的妈妈接到上海。葵秋又把自己和朋寿同居经过的情形告诉一遍，她的妈本来是千肯万肯，听了这个消息，当然是很赞成。朋寿热恋着葵秋，便天天住在兰心里，起初每夜必在自己家里吃晚饭，柳老太倒以为他是很安分，心里很放心，谁知他一吃晚饭后，他便夜夜睡到兰心里去。只要墨童不告诉，那柳老太就也不知道，这样过了一个月，后来他竟连夜饭也不到家中来吃了。柳老太忽见他整日整夜地不见影，知他在外面一定是玩着女人，所以决定要迅速给他讨一房媳妇，以便可以收住他的野心。想起友竹这孩子，既然年龄比萱儿长些，而且萱儿也很赞美她是个现代新女性，这样叫友竹来管束萱儿，萱儿一定会驯服在她手中的。柳老太想来想去，觉得要和萱儿定亲，实在是非友竹不可了。因此她便打个电话到一心女中，请夏一心先生立刻到柳家来。一心听了，马上乘车到来。柳老太便将自己意思告诉一遍，要请一心向友竹作伐，一心听了，心中大喜，立刻答应，回到校中，向友竹告诉。友竹得此消息，眉飞色舞，不禁喜之欲狂，但也不敢放浪形骸，低头含羞道：

"全凭伯伯做主是了。"

一心知她允许，遂忙着赶办订婚手续，不到三天工夫，早已舒齐，并且还定好下月四日那天举行结婚。这几天里柳老太坐在房中是专等朋寿回来，欲详细地和他说明，不料自早到晚，仍然不见他的只影，心中正在焦急，忽见墨童匆匆进来，手里拿着一张请客条，说是刚才邮差送来的。柳老太接来一瞧，见是《中华新报》的经理莫潮白，要朋寿到小花园花想容家去吃花酒，因恨恨骂声：

"老不死的东西！这样有了一把年纪，还花天酒地地胡闹，无怪朋寿整天整夜地不回家，都是被他们引诱坏的。"

说着，把请客条撕得粉碎。这时，却又见春红拿着一信进来，说也是少爷的。柳老太把信拆开，瞧是一个名叫杏云的女子，喊朋寿到她那里去玩，心想：这个杏云不是夏一心的外甥女吗？怎么她会叫萱儿去玩呢？难道他们认识吗？想到此，又"哦"了一声道："是了，他们是同学，无怪是认识的。但一个女孩子竟和一个男子通起信来，总未免太浪漫一些，不像友竹温柔稳重。我幸亏早定下了友竹。"柳老太想着，便把杏云的信也撕碎丢了，一面对于朋寿的结婚更加是迫不及待。第二天，朋寿方从葵秋那里回来，墨童见了，便叫声少爷道：

"你怎么这许多天不回家了呀？害得我被老太太骂得死去活来，现在老太太等着你有话哩，请少爷快进上房去吧！"

朋寿一听，心中别别一跳，连忙走进上房。柳老太见了朋寿，本来预备好好教训他一顿，谁知见了他，倒又不舍得十分重责他了，因叫他在身边坐下，很慈和地道：

"萱儿，我曾几次三番地教导你，叫你不要在外胡行，谁知你竟天天在外花天酒地地玩着。儿呀，你要晓得，那些女子都是路柳墙花，儿若恋着她们，消耗金钱事小，损害身体事大。现在我已替你定下亲事，那新人就是你心爱的梅友竹女士，我和一心中学的夏老伯说明，准定于下月四日为我儿举行结婚。从今以后，请我儿万不可以再到外面去玩了。"

朋寿一听妈妈这样说，心中焦急万分，顿时半晌说不出一句话来，暗想：我把葵秋的事向妈妈说明了吧，但又恐妈妈不答应；况且友竹亲事是夏老伯的介绍，若给他老人家知道我已和葵秋同居，他虽然不好意思责备我，但自己不是也很觉惭愧吗？我现在只有把葵秋母女另立一家，将来由我赡养她母女的终身，往后再慢慢地和妈说明，那时木已成舟，我的妈当然也没有话说了。但自己的良心上总很对不起葵秋，我此刻若再拒绝这头亲事，妈不是又要动怒了吗？这又觉不对，那可怎么好呢？朋寿的内心是这样地交战着，终于情欲胜过了理智，决定把葵秋、友竹两人统统占为己有，那倒也是一件快人的事。朋寿想到这里，便很赞成地道：

"妈妈，我在外面一些没有胡闹，只不过在朋友家里玩几天罢了。现在妈妈既已给我定好友竹，孩儿当然是十分感激，就准定随妈妈的意思好了。"

柳老太听了，心里很是喜欢，也就不再说他了。朋寿又和她谈了一会儿，遂自回书房去，心中暗想：我下月要和友竹结婚，这个事倒不能给葵秋知道呢，那么葵秋那里，倒也不能冷落不去呢。因此朋寿依然天天到兰心里去伴葵秋。这样约又过了半月，那夜朋寿睡在床上对葵秋说道：

"妹妹，明天我有事要到南京去一次，大约半个月便可回来的，请妹妹不要记挂。"

葵秋道：

"是什么事啦？"

朋寿道：

"为了地产交涉，是非得我自己去接洽不可的。"

葵秋信以为真，因道：

"你可以早回来就早些吧。"

朋寿道：

"这个不用妹妹关照，我也愿意早一日回来伴妹妹呢。"

葵秋瞅他一眼，哼了一声道：

"我瞧你这几天神思恍惚，不要又有心爱的情人了吧？"

朋寿暗吃一惊，连忙镇静态度道：

"你这是什么话？妹妹，你疑心我吗？"

葵秋听了，抱住朋寿脖子，温和地道：

"我不是疑心哥哥，最好请哥哥早日禀明你妈妈，能够快些举行结婚，那妹妹也好安心了。"

朋寿听了，心中颇觉难受，只得欺骗自己良心道：

"妹妹放心，待我南京回来，就和妈慢慢说吧。"

说着，偎了她脸，亲亲密密吻了一会儿，这晚，两人在枕边真是说不尽的旖旎风光。次日，朋寿在身边又取出钞洋二百元，叫葵秋收作家用，葵秋又殷殷叮嘱他路上小心，两人方始分手别去。

诸君想来都是聪敏人，大概知道朋寿对葵秋的话都是假的，原因是没有几天，便是他和友竹结婚的日子到了。朋寿在上海和友竹结婚那天，正是笑云在青岛，她爸爸强迫她和江葆青订婚的日子。江葆青为山东潍县人，即前任湖北警备司令江上峰的侄子，江上峰因湖北兵变殉难，身后并无子息，妻陈氏即以葆青为承继，所有遗产统归葆青承受。这时葆青移家济南，和赵笑云爸爸澹如朝夕见面，很是投机，澹如因此便欲把女儿笑云和他订婚。笑云得此消息，终日暗暗啼哭，一会儿怨着自己命苦，早死了妈妈；一会儿又恨着朋寿负心，竟连一个字也不回复。澹如见女儿这个样子，便把葆青怎样富有、怎样年少、怎样能干的话絮絮向笑云说了一大篇。笑云她从来没有把朋寿的事告诉澹如，澹如当然一些不知道，所以问笑云为什么这样好人才不要，笑云实在是说不出理由，因此澹如遂决心

**231**

定上这一头亲事了。

再说杏云自从朋寿毕业后，她是天天等着夏太太的回音，以为朋寿因笑云远去，对自己当然是最好了，谁知早也等晚也等，总不见夏太太来回话。那天在校门口好容易碰到了朋寿，正待细诉衷肠，向朋寿长谈别后的相思，不料千载一时的机会，突然又被葵秋惊散，你想杏云的心中是多么痛恨着葵秋。后来又听朋寿喊葵秋表妹，知道他们原是姨表兄妹，一时妒葵秋的心理就愈加怒不可遏，由愤怒而成怨恨，直把葵秋认为不共戴天的仇人一般。当时虽然怏怏而别，但内心的痛苦真是无言可形容了，于是她既要侦探朋寿行动，又要破坏葵秋好事，两人的举动当然特别注意了。

这天放学，葵秋心知朋寿已等在家，所以并不留心，急急回寓。杏云因悄悄跟在后面，见葵秋跳上头等电车，她便跟着跳上三等车厢，见葵秋在吕班路站头下车，她也跟着跳下，这样直跟到兰心里。待葵秋敲门进去，她便在门外徘徊，一会儿只听有阵笑声从窗口吹送出来，接着便是朋寿的声音开口叫道：

"妹妹，我瞧你这几天的容儿是益发长得娇嫩美丽了。人家说少女没有嫁人以前，她的美是个处女美，既嫁人以后，两性调和，得到了男性的补充，那生理上便起了一种变化，肌肉当然愈加发达，那脸也自然更显娇艳了。这些都是因性欲上有了调剂，精神上也就得到了快乐，不信只看妹妹这几天的两颊，真好比是剥出鸡蛋一样嫩哩！"

朋寿这样得意地高声说着，一面又咯咯地笑。这就听葵秋呸他一声笑道：

"哥哥好不害羞，怎的什么话全嚷出来了？"

接着又听两人一阵狂笑。杏云站在门口听得十分清楚，红了脸暗想：这两句话，不是明明说他们已结过婚了吗？但葵秋又何以一天也没有向校中告假呢？哦！他们一定是先行同居了。杏云想到这里，暗暗骂声："不知耻的东西！"意欲敲门进去，假意是来望望葵秋，也好嘲骂他们一顿，无奈这时心头里只觉一阵阵的悲酸，也不知是苦是辣，所以始终没有勇气敲门了。眼瞧着自己的爱人竟给一个后来的人夺去，一时顿觉万念俱灰，好像火热的沸汤里泼上一勺冷水，她觉得希望是完全没有了，她不愿再在这儿留恋，因此便自怨自艾垂头丧气地蹀回校去。一路上她想：上次我在病中，朋寿对夏太太不是说等他毕业后和我再谈姻事吗？现在他毕业早已多时，况我笑云姊姊又远远地到青岛去了，朋寿如果知道我爱他的心切，也应该可以托夏太太给我一个回话，全是被这葵秋狐媚子迷住了。但转念想想，朋寿既没有回绝我，也许再过几天自有满意的答复，我不如回到校中，先写封信去给他，叫他前来会面，索性当面详细地问问他，到底爱不爱我，那么他总有切实的答复话了。杏云想定主意，遂即回校写信到朋寿家里，谁知道这封信齐巧落在柳老太手里，因此杏云等了又等，总不见朋寿的回信，也不见朋寿的到来，一时她心中又迁怒到葵秋身上去了，以为一定是被葵秋阻住的。后来她仔细一想，也许朋寿住在兰心里，我信寄到柳林别墅，恐怕他没有接到吧？我还是直接地写到兰心里去，那他一定是可以瞧到了。不料朋寿这几天为了正要和友竹结婚，兰心里也没有去，所以杏云的信朋寿仍然接不到。杏云见他如此狠心薄情，一时旧病复发，神经大受刺激，她便悄悄地独自开个房间，意欲服毒自杀，但到底也得会朋寿一面，因此她又打电话到柳林别墅，叫朋寿前来。那天正是朋寿和友竹结婚后第五天，朋寿伴着友竹享受温柔滋味，而且家中还有许多亲友正在闹房，忽见春红进来喊：

"少爷电话！"

朋寿急忙到电话间，拿起听筒一听，知是杏云，因问：

"你此刻在哪儿？"

杏云道：

"我在大陆饭店四楼四百十二号，你有空立刻就来。"

朋寿又问：

"有什么事？"

杏云道：

"有要紧事，你来就知道了。"

朋寿不知何事，因道：

"此刻有朋友在家，过会儿我准定来是了。"

杏云既得到朋寿允许，心里以为见面在即，顺便就可以问问姻事，因此要想自尽的念头暂时又丢开了。谁知朋寿被几个朋友拉住，说：

"家中有客人，主人家怎能逃走？"

定要新郎、新娘陪着他们抹骨牌、喝酒，朋寿不好脱身，只得陪在新房中瞧他们玩骨牌，等八圈骨牌玩毕，接着又是猜拳喝酒，却把朋寿喝得酩酊大醉，睡在床上，不省人事。待他一觉醒来，客人早散，时已夜漏沉沉，房中只有友竹一人，见朋寿醒来，遂给他解衣就寝。朋寿纵然有心赴杏云的约会，但如此深更半夜，友竹面前又怎样说得出口？所以只好爽约，且待明天再去瞧她。朋寿这样一想，遂搂抱着友竹，去享受他甜蜜新婚的快乐了。朋寿在绣花锦被里和友竹似胶投膝，如鱼若水，自然是万分愉快，谁晓得在大陆饭店的杏云真焦急得像热锅上的蚂蚁一样了。杏云给朋寿信，朋寿并没回信，这杏云还原谅他没有接到，今天打电话给他，是他本人亲口答应前来瞧她，谁知左等不来，右等不来，杏云数尽更筹，一直等到天亮，却仍不见朋寿影翩然降临。杏云这一气，以为朋寿是有意拒绝，一时心中大受刺激，伏在枕上，又暗暗抽咽了许久。情场失意，原是青年人的不幸，杏云到此，竟真尝到失恋的滋味了。那时东方已现鱼肚白，杏云哭了一会儿，便整衣而起，临镜自照，突见两眼红肿，好像胡桃的一般，意欲回到校里去，又恐被同学们见笑，左思右想，觉得人生实在是太无意味。"春蚕到死丝方尽，蜡炬成灰泪始干"，一个人好像是个僵蚕，纵然吐丝成茧，也不过是自缚其身。我不如把我的躯壳早日毁灭，不留渣滓，来得干净尽绝，那所有一切的烦恼和痛苦，还怕它不随着躯壳一同消灭吗？杏云既这样地想着，她的心中早萌着死志，但究竟用什么方法死得干净呢？杏云昂了头，想了许久，一时又咮咮地自己笑起来道：

"死了完了，还顾它什么呢？唉，杏云你真痴得可怜了。"

这时杏云突然又从沙发上跳起，好像发狂似的直奔出房去。茶房问她要不要把房间留着，她也没有听到，只把头摇了一摇。

# 第十四回

# 热血而今冷若冰

　　朋寿睡在床上，心里念着杏云，回头见友竹的玉臂却枕在自己的颈下，一手又抱着自己，星眼微闭，脸含笑容，正睡得甜蜜。意欲起身，又恐惊醒友竹，且此时友竹吹气如兰，芬芳可闻，温柔的被窝实在也有些不舍得离开，因此又睡了一会儿。后来听到钟鸣九下，友竹依然酣睡，朋寿因急欲瞧杏云去，遂轻轻地把友竹的手放下，从床上坐起，谁知友竹已经醒了，一见朋寿要披衣神气，便轻轻地道：

　　"你昨天晚上醉了酒，且又……怎么不多睡一会儿啊？"

　　友竹说着，红晕了脸，伸出纤手，把朋寿的左手拉着，意思叫他是再可以睡一忽。朋寿回头见友竹两颊似霞，睡态惺忪，一片柔情，顿觉无限怜惜，因把要披上的衣服重新放下。此时唯觉口中干燥，便对友竹笑道：

　　"昨晚上的酒果然喝得不少，现在别的倒没有什么，只是口渴得很。"

　　友竹道：

　　"原来你是要起来喝茶吗？那你怎么不说呢？"

　　友竹说着，自己便跳下床来，拖了睡鞋，在梳妆台上的热水瓶里倒了一杯，笑盈盈地递到朋寿面前。朋寿见她穿着藕色软绸的短裤，月白软缎的衬衫，窄窄的腰身，露着雪白粉嫩的臂膀，胸口衣襟上又扣着光可夺目的钻针，一种妩媚动人的意态，真是没有一处不是惹人爱怜的。友竹见他呆瞧自己，扑地笑道：

"怎么不喝？"

朋寿连忙要接过杯子，一面又叫她快快睡进被窝，当心着了寒。友竹却不肯把杯子交给他，说不会受寒，一定要他向自己手上喝了，再由自己给他把杯子放到梳妆台上去。朋寿见她这样爱他，心中真是十分喜悦，遂把口凑到杯子上喝了两口，说声："姊姊，谢谢你！"友竹对他嫣然一笑，把杯放下，遂重新睡下。朋寿将她拥在怀里，很肉疼地道：

"累姊姊冻得身子这样凉，待我给你暖暖吧。"

说着，便紧紧地偎着。友竹柔顺得像头羔羊，一动也不动，只管望着朋寿咮咮地笑。朋寿一时爱极，遂对着她嘴甜甜蜜蜜地接了一个长吻。

这时，阳光已晒满窗幔，只听卜卜一声，有人敲门，两人连忙离开嘴，问：

"谁？"

只听春红答道：

"是我。少奶奶先吃燕窝，还是先喝牛奶？"

友竹道：

"少爷口渴，你先拿两杯牛奶来吧。"

春红答应一声，便噔噔地走下楼去了。友竹向朋寿道：

"你今天可觉得乏力吗？你就再晚些起来也不要紧。"

朋寿道：

"我没有乏力，姊姊起来了，我也不睡了。"

说着，两人相互地又望了一眼，便都盈盈笑了。大家披衣下床，一会儿春红上来，先侍候两人梳洗，又端上两杯牛奶、一盘吐司，喊声：

"少爷、少奶用点心！"

朋寿、友竹因对面坐下，朋寿一面喝着，一面向友竹说道：

237

"姊姊，今天我尚须要到友人家去走一趟，你慢慢地用吧。"

说着，把牛奶一口气喝毕。友竹道：

"你什么时候回来？"

朋寿道：

"说不定，晚上总回来伴姊姊的。"

说着，咻咻一笑，友竹啐他一口，朋寿遂急匆匆地赶到大陆饭店去。谁知朋寿到大陆饭店，杏云已先一步走出。朋寿乘兴而来，不遇而返，心里是多么懊恼。后来他想：杏云既然不遇，此刻又没找处，我不如到葵秋那边去一趟，现在算来，和她分别也有十三四天了，今天又是星期日，葵秋一定是住在家里的。因此他便急急地出了大陆饭店，跳上街车，叫他拉到兰心里去。到了十八号，敲门进去。阿金一见，便即高声喊道：

"少爷回来了！"

葵秋和她妈都扑到窗口来望，果然见是朋寿。葵秋叫声朋哥，早已笑逐颜开地迎到扶梯口上来了。朋寿握住她手，笑问：

"妹妹好吗？"

葵秋一面拉他到房中，一面问他南京是几时回来的。朋寿笑道：

"我因心中念着妹妹，所以把事办完，就急急赶来了。"

葵秋瞟着他嫣然一笑。葵秋妈妈倒上一杯茶，因坐着不便，问了几句，遂也退出房去，吩咐阿金煮饭烧菜。这里房中只剩两人，朋寿把葵秋搂到床上，两人并头靠在叠被上，喁喁地谈了一会儿琐屑的事。后来谈到校里功课忙不忙，葵秋红着脸，忽愀然不悦道：

"妹妹恐怕不能再上学校去读书了。"

朋寿一怔道：

"妹妹，你这是什么话呀？"

葵秋被他一问，愈加不好意思，暗想：你这个真是笨人。因万分羞涩地把嘴凑到朋寿耳边说道：

"妹妹觉经水已有两月不来了，恐怕是有了哥哥的结晶品，这几天腰肢酸软，又不时地呕恶，万一是真有了喜，将来肚子高起来，怎好去读书见人呢？"

朋寿听了，喜之欲狂道：

"真的吗？那是再好也没有了，我们不是都可以做孩子的爸妈了吗？"

说着，便伸手去抚她的腹部。葵秋被他扰得痒丝丝的，因握住他手，瞅他一眼笑道：

"你倒想做爸爸哩，但是我书可读不成了。"

朋寿道：

"妹妹，你别愁，往后到夜校里去补习英文也就得了。"

说着，便捧过她脸，亲密密吻着道：

"妹妹，我愿你养个儿子，那我真喜欢你呢！"

葵秋嗔道：

"那么养个女儿呢？你就不爱我了吗？"

朋寿更紧抱了她，连吻她嘴道：

"我亲爱的，你多什么心？你如养个女儿，我更喜欢你哩！"

两人正在很甜蜜的时候，不料壁上的电话铃突然丁零零响起来，葵秋慌忙推开朋寿，站起去接，谁知这个电话正是大陆饭店杏云打来，叫葵秋到她那里去一趟。葵秋答应就来，便把听筒搁起，向朋寿道：

"杏云前次曾有一信寄到，叫哥哥到她那儿去，今天又打电话来喊我，不知道她究竟有什么事情呢？"

朋寿道：

"是杏云打来吗？那么我们一块儿去吧。"

葵秋道：

"也好，我换件衣服。"

说着，遂开橱门，拿出一件青绒旗袍换上，遂勾着朋寿臂，同到大陆饭店里去。原来杏云早晨失心似的奔到马路上踱了一会儿，

239

她想：我死了，葵秋定不给她快乐地过去的，要死也叫她一块儿死。我不如仍旧回到大陆饭店，先打个电话给葵秋，叫她到来，我却睡在床上，用电线缚好身子，单等葵秋到来，我便拉牢她，同时把开关一开，将电流通到身上，那时我自杀，她不是亦要同我死吗？杏云想定这个主意，便立刻回到大陆十二号房间，把种种机关布置完毕，立刻便打电话给葵秋。葵秋哪里晓得杏云要害她，果然和朋寿前来。杏云一听门外有脚步声音，便问：

"是谁？请进来吧！"

只见门启处，葵秋在前，朋寿在后，两人边说边笑进来，见杏云躺在床上，面带泪痕。葵秋欲待上前问她什么事，忽然听得杏云极声地一叫，葵秋给她吓了一跳，连忙俯身下去抱她，一面还喊：

"妹妹，怎样啦？"

不料话声未完，葵秋也早大声叫起来，扑在杏云身上不动了。朋寿一见，还不知何故，意欲也走上前去拉她。这时门外茶房早已进来，一见两人脸色转青，知系触电，连忙把朋寿拉开，说：

"柳少爷，近不得她们。"

一双如花如玉的美人，霎时便都香消玉殒。茶房一面把电线剪断，一面打电话给巡捕房。朋寿见杏云、葵秋的脸好像焦炭一般，一时伤心已极，不觉放声大哭。这时，满房间都站满了人，茶房用竹竿把床上棉被挑开，见杏云身上缠着电线，知是有意自杀，那葵秋实在是无辜受累，冤枉遭殃。众人纷纷议论："那姑娘为什么要自杀？"朋寿站在旁边，心痛如割，眼瞧着两人，又不好上前伏尸痛哭，这种苦楚，真是从生以来不曾尝到过。一会儿巡捕房里已派人到来，详细向朋寿问明来历，又问两人和朋寿关系，因何自杀，并把尸体要送往验尸所去验明。朋寿道：

"她们都是旦华学生，但不知因何自杀，可否请求免验，尸交家属收殓。"

捕房方面对于此种案件无甚关系，遂准如所请。朋寿遂立刻把两人尸体运往大上海殡仪馆，又着人到兰心里去通知葵秋的妈妈，但杏云妈妈是在苏州，朋寿只好叫人代打电报去通知，叫她即速来上海。这时，葵秋妈妈王氏早从兰心里赶来，人还不曾到厅堂，便就放声号啕大哭。待见到葵秋死得这样可怜，人已不成样子，更加痛心，抚着尸身，遂"肉啊儿啊"地大叫起来。朋寿想起葵秋腹中尚有一块肉，一时触动心怀，愈加伤心，走近尸身旁边，也哭得肝肠痛绝。后来伸手触到杏云袋内，见尚有一信，因连忙取出一瞧，那信只有寥寥数字道：

朋哥：

你不爱我了，妹唯有一死，妹为情而死，亦为朋哥而死。妹心至痛，妹心实至快也！妹死后，望哥切勿悲伤。

妹杏云绝笔

朋寿念毕这封信，方知杏云的死原是完全为着我，一时泪下如雨，忍不住又抱尸痛哭，口叫："妹妹，我害了你，累妹妹死得好苦啊！"说罢，又大哭不已，心想：杏云为我而死，葵秋也为我而死，可怜她肚中小生命，也无辜为我而死，她们都死得这样惨酷，平心自问，自己还有脸再生世上见人吗？痛定思痛，又挥泪不止。这时，王氏哭葵秋亦已哭得死去活来，朋寿劝也无从劝起，眼见着大厅上放着一样两副衣衾棺椁，馆中人又来问可否入殓。朋寿因把葵秋先行入殓，杏云尸身且待赵太太到后再说。王氏不肯把葵秋尸身给他们入殓，抱尸号哭不放，后来朋寿做好做歹地劝住了，说：

"老人家一切以后生活，总由我朋寿负担，你放心是了。"

这且按下慢表。再说赵太太自回苏州后，心中时时记挂杏云，这两天里不知怎样，周身的肉竟无故地频频跳动，跳得赵太太心里好不安心。意欲乘火车到上海来瞧瞧杏云，又恐上车落车，路上诸

241

多不便，正在犹豫不决，那朋寿打出的电报已从上海送到。朋寿因恐赵太太急出意外病来，所以电报中并没说出杏云自杀，只说病重，快速到上海来。赵太太一听这个消息，急得不知如何是好，也不理什么，立刻单身登程到上海来了。上海方面的朋寿，既把葵秋入殓，仍劝王氏回兰心里，自己一面算定赵太太到上海时刻，遂预先等在校中候她。这时上海各报早有新闻登出，谓年轻少女失恋自杀，累及同学，当时各界人士无不当作谈话的资料，因此柳老太和梅友竹自然也知道了。这天晚上朋寿回来家，遂都向他诘问。朋寿知隐瞒不过，遂把以前一切经过统统说给两人知道。友竹虽然不赞成朋寿的所为，但事已如此，也只好认为前世冤孽，见他两眼红肿，两颊瘦削，也不忍去说他，只叫他快睡着休息吧。柳老太连说："作孽！"也不敢责他，反劝他不要伤心，自己有了这样美丽的好媳妇，以后就不要再到外面去胡闹了。

再说赵太太一到上海，便即坐车到旦华中学，问杏云现在什么医院诊治。校中教师道：

"什么？杏云又不曾生病，她是已自杀了。"

说着，便把杏云因受刺激，独自开大陆饭店，用电线自缚身子自杀，并且还连累一个同学也一道死了的话说给赵太太知道。赵太太一听杏云已死，顿时急得脸色灰白，把颤巍巍的身子突然跌倒在地。学生们在旁见她厥倒，便忙上前扶起，一面用开水灌醒。赵太太早大哭起来，一面又问：

"杏云尸身在哪儿呢？"

教师道：

"昨天就由柳朋寿给她们送到大上海殡仪馆，死后一切都由朋寿料理。朋寿昨日亦来校关照，说待老太太到后，请暂等片刻，他就会来的。"

正在说时，人丛外便挤进一个西服少年，见了赵太太，便含泪叫道：

242

"这位可就是赵伯母吗？"

赵太太还兀是哭着，并不理会。众人道：

"柳朋寿来了，请老太太不用哭了，还是快跟他到殡仪馆去吧。"

赵太太听了，方才对朋寿望了一会儿，哭道：

"这位就是柳先生吗？唉！想不到我儿竟会这样痴心，就是柳先生缓一步答应她的亲事，也何至出此下策定要自杀呢？"

说毕，又号啕大哭地叫着：

"儿呀，你真死得太可怜了，你不想想，你死了，叫我再靠着谁呢？"

朋寿听了这话，心中自然无限酸楚，那泪便滚滚掉下，就是平日和杏云比较要好些的同学也无不陪着落眼泪。朋寿又对赵太太道：

"伯母，此刻我们且到殡仪馆去，给杏妹成了殓，有话停会儿再说吧。"

赵太太听了，只好收束眼泪，和朋寿别了众人，坐车到殡仪馆。赵太太见大厅上停着一棺，又停着一尸，上面揭开死身脸上的帕，哪里还认得是杏囡？只见她面目发黑，唇如焦炭，赵太太伤心到极顶，抱着尸身痛哭得昏厥数次。这时，王氏亦来哭她女儿来了，见了赵太太，知是杏云的妈，心想：自己葵儿若没有杏云打电话来喊她去，葵儿哪里会得死呢？因此便走上来，向赵太太骂道：

"都是你的女儿害人精，自己要寻死，还叫人去什么？累得我女儿也过电触死了。现在你来得正好，快快赔还我的女儿吧！"

赵太太听王氏这样说，心知这妇人一定是我杏囡同学葵秋的妈了。一时想葵秋真的无辜受累，死得冤枉，又见王氏也是个憔悴多病人，想想自己，想想王氏，真是个同病相怜。自己女儿死了，还要再瞧别人面孔，听别人辱骂，那时心中痛上加痛，便又凄凄切切地哭个不停。王氏见她并没回答，反而哭得更伤心，一时又想这事原怪不来她娘，大家都已死了女儿，还埋怨什么呢？因伏着葵秋的棺材，又痛哭起来。朋寿站在旁边，眼瞧着两个白发的老媪都痛哭着女儿，自己问着自己，也很觉对她们不住，因此心中便存了忏悔的心意，欲把杏云、葵秋葬在一道，把她们都认为自己的未婚妻，一面再拨款赡养她们两老人家，以终天年。朋寿打定这个主意，遂对她们发表这个办法。赵太太和王氏见朋寿这样重义，一会儿又想女儿的死究竟不是朋寿害她们的，因此赵太太遂向朋寿谢道：

"得能照此办法，那死者的心中也略觉安慰了。我只恨杏囡见识短、意志薄，竟闹成这样惨酷的结果。我又哪里敢怨恨贤婿的不好？倒是这位老太太，我真对你不起呀！"王氏听她这样说，因含泪道：

"这是她们的命。"

现在彼此已成亲戚，赵太太也不用说此话了。朋寿见两人都已认为满意，遂即跪下叩头，向赵太太、王氏都喊一声岳母。两人连忙扶起，朋寿遂给杏云入殓盖棺，把杏云、葵秋同葬到上海公墓，立碑一方，题"故未婚妻赵杏云、李葵秋墓"。此事轰动社会，好事者编有《双花冢传奇》，若与本书参照，倒也很足为阅者们茶余的消遣。

# 第十五回

## 何日君再来

朋寿既把葵秋、杏云葬事完毕，和赵太太、王氏三人又在墓前痴立多时，大家又痛哭一场，直到日薄西山，朋寿方把两人劝住，叫赵太太暂时也住到兰心里去，和葵秋的妈做个伴儿。她们原是苏州同乡，此刻变成了同病，自然是你怜着我、我怜着你，慢慢地亲热起来。朋寿当时送两人回到兰心里，阿金前来倒茶拧面巾，朋寿这时便从袋内取出支票簿来，在自己私财名下划了一万元钱，分作两张即期支票交给两人，说作为暂时用度。王氏和赵太太见女儿虽然没了，但瞧朋寿的行为倒还很有良心。赵太太的意思，以为杏云既然死了，我不如替她姊姊笑云代朋寿说亲去，得能成就，那两家的亲戚不是仍可以不断地往来吗？但是可惜笑云是跟她爸爸远远地到青岛去了，这事也只好存在心里，往后再说吧。王氏心中也阵阵地想：这样多情的一个好少爷，世上再也找不出第二个，只可叹我的葵秋福薄，所以竟遭此飞来横祸呢。不说两人各自暗想，她们固不知道朋寿已使君有妇了哩。

再说朋寿经连日忙碌，兼之心境苦闷，当时遂站起和赵老太太、王氏作别，出了兰心里，没精打采地回到家中。进了新房，友竹见他两眼红肿、闷闷不乐的神气，心中也颇觉不快。女子原是好妒的多，因便冷冷地对他笑道：

"士也无良，二三其德，要知自由恋爱，毕竟是没好结果的。请你还是保重着自己身子要紧！"

朋寿听友竹话中带着嘲笑，以为她是含着醋意，但自己仔细想来，原也有许多的不是：第一，不应该和葵秋同居，而且还瞒着妈妈；第二，既把葵秋同居，不应再和友竹结婚；第三，杏云那里，应该决绝地回复她；第四，笑云既然和我订有嫁娶之盟约，我应该终生地守她，不再另娶。现在好像着棋一样，一着棋子错了，满盘里便没有一着不是错的了。友竹的责我话，倒并不是友竹的醋心，实在是的确的真话。我现在第一对不住的是葵秋，第二对不住的是笑云，第三对不住的是杏云，我现在要为这三个人忏悔，我决计不再住在家里，我唯有抛弃了一切，向佛门中忏悔，以减少我的罪孽。想到这里，那朋寿的眼泪又不禁簌簌地掉下来。友竹见他一声也不回答自己，反而这样伤心起来，一时也不好意思再说他了，因亲自拧了手巾，拉着朋寿的手，温和地代他拭泪，同在沙发上坐下，又用好言劝他道：

"人死了是不能再活的，现在你既已把她们作为未婚妻的排场，代她们安葬，这样也可算已尽你的一份心了，再要怎样呢？除非你也跟她们一道……"

说到这里，便又把话缩住，觉得下面的话太以言重，恐怕朋寿更要伤心，更要发痴，因转话道：

"好兄弟，你总要看得明白些，况且你上有老母，下有妻子，难道为了她们，连自己妻子都不……"

说到此，眼皮一红。朋寿一听这话，心中一动，暗想：我若抛她而去，我又怎能对得她住？但对于已死的……我是更对不住呀！正在这时，春红进来，说：

"太太知道少爷回来了，心中很喜欢，过去事不用说了，以后好好伴着新奶奶是了。现在太太是等着你们用晚饭去哩。"

朋寿道：

"我不想吃，姊姊去用吧。"

友竹道：

"那么你也该休息安睡了。"

说着，回头对春红道：

"少爷不想吃，等会儿你给我端碗燕窝粥来好了。"

春红答应自去，友竹遂替朋寿解衣，一面低低唤道：

"萱兄弟，睡了吧。"

这时朋寿一心欲抛弃家园，觉得爱情这样东西是害人的，眼前的一切都是空虚的，浮生若梦，我若不把这个梦打破，我便非大智慧了。一会儿又想南京清凉山上有个清凉寺，闻其中颇多有道行的高僧，我何不径往南京，把我一生的罪孽统统向佛门去忏悔，也许老天可怜我，能原谅我过去的一切。一会儿又想起葵秋和杏云两人，她们完全是为着我一人把肉体毁灭，灵魂牺牲，死后的形骸又这样伤心惨目，令人不堪回忆。朋寿这样痴痴地想，所以友竹叫他安睡，他一些也不在意。友竹拉他到床边，他就跟到床边，友竹推他睡进去，他就睡进去，友竹还道他一时的迷糊，以为睡了一夜，第二天也就明白了。谁知朋寿的心里早已想得透彻，把人生所有一切的烦恼和情场经过所有的是非，好像对着一面明镜，镜里的花朵无论开得怎样美丽、怎样娇艳，但这花终究是空虚的，就是不是空虚，终究也是要枯萎、要凋谢的。把那一片片的花瓣委地化作春泥，同归于无何有之乡，鲜花呢，美人呢？朋寿想到此，只觉四大皆空，所以那晚友竹已沉沉地睡去，他竟还开着眼睡不着。他便索性偷偷地起来，坐到写字台边，写了一封留别的书信，预备明天出走给友竹的。等那信写好，回头见友竹仍酣然没醒，他因又偷偷地睡到床上，预备略事休息，不料这一睡，竟直到第二天午后还没醒来。友竹见他这样好睡，知他连日疲乏，兼之心中忧伤所致，所以倒也并不虑他有意外情事。壁上的时钟一秒一秒地过去，那窗外是刮着一阵阵的秋风，几上摆着两盆才破蕊的菊花，白的好像银丝，黄的好像松针，黄花虽好，更比人瘦，此时若没有葵秋、杏云的事，那友竹伴着良人，坐对名花，不是一个绝好的秋闺赏心雅事吗？现在朋寿既

247

伤心泪落，友竹也人瘦于花，哪里再有心思去赏玩这大好秋光呢？

一会儿朋寿已醒，友竹独坐窗下，瞧那西风吹动帘钩，呆呆地正在出神，遂不觉脱口叫道：

"友竹姊姊，我真对不起你，现在是什么时候了？"

友竹突然听他说出这句话来，心中似乎一怔，因也随口答道：

"时候虽已不早，但你既然乏力，就多睡一会儿要什么紧？"

说着，早已笑盈盈地走到床边，伏在朋寿身上，劝他不要起来，也不要东思西想，好好地再休息一下。朋寿见她如此多情，因捧她脸偎着道：

"姊姊放心，我绝不东思西想了，但姊姊也不要难过呢。"

友竹道：

"我难过什么呢？一个人身子最要紧，所以我劝你要保重身子。"

朋寿吻着她道：

"姊姊的情义使我终生难忘的，我不知怎样报答你才好。"

友竹道：

"我们还用得着报答两字吗？你这是什么话呢？"

说到这里，自己也不知道为了什么，心里只觉一阵酸楚，眼眶一红，险些落下泪来。朋寿见她这个样，心里也自悲伤，吻着她的颊默默地不语。两人温存了一会儿，朋寿道：

"我该起身了。"

友竹因喊春红打脸水，服侍朋寿起来。朋寿漱洗完毕，喝了一杯牛奶，用些吐司，便对友竹道：

"姊姊，今天我还得到她们那儿去一次，以后就没有事了。"

友竹温柔地道：

"见了她们要多伤心的，我劝你还是不去的好。况且昨儿老太太曾关照过，叫你不要再到外面去了。"

朋寿道：

"我一会儿就来的，这次我去是最后一次了。因为她们也很可怜，我是给她们些款子，她们有了用度，那我也就安心了。"

友竹见阻他不住，也只好由他再去一次了，哪里晓得朋寿在昨天早就给她们款子好了，现在所说，乃是完全打着谎话。友竹见他提着小小一只挈匣，果然像要取款付她们的样子，遂也信以为真，哪里料得到有意外呢？朋寿向友竹一握手道：

"姊姊，我去了。"

友竹道：

"早些回来。"

朋寿点头道：

"知道的，我去回妈妈一声。"

说着，走到上房，也向柳老太说是付款去的。柳老太道：

"早去早回，切不要再在外面胡闹呢！"

朋寿点头，但一时却又恋恋不忍舍去。一会儿方才心肠一硬，喊声："妈妈，孩儿去了。"

移着步子，出了上房，在房门口又停住了，回头又向老太太望了一眼，方叹了口气，匆匆出了大门，便坐车直到北火车站。乘车到南京，在旅馆里耽搁一夜，第二天便寻到清凉寺，拜在寺中的云禅法师为徒，立誓出家修行，这且按下慢表。

再说友竹自朋寿出去，心中很觉无聊，且想着朋寿刚才举动言语，更是纳闷儿。意欲向梳妆台抽屉里找本小说来消遣，不料移开抽屉，即见里面放着一信，上面写着"友竹贤妻收拆"，霎时心中大吃一惊，急忙把那信展开一阅，只见满纸狂草，歪歪斜斜地写道：

友竹爱妻收览：

　　朋寿不肖，造下了许多孽冤，现已深自忏悔。但杏云为我自杀，葵秋又为我遭殃，一日之间，连死二人，平心自问，实觉百罪莫赎。今我已决定遁身空门，为死不瞑目者忏悔去。

249

想卿与我，才尔结合，便即生离，此后光阴，定必寂寞寡欢。但人生百年，好如一梦，悲欢离合，均属梦中幻象，合不必欢，离不必愁，我去了，请贤妻切莫悲伤。倘感身世寂寞，万望另择配偶，因人各有志，卿之不能强我不去，亦犹我之不能强卿不嫁也。

我为此言，卿必以我为妄，其实我已心如死灰，虽在恐亦徒拥伉俪虚名耳。卿为现代新女性，当不拘守旧礼教专恋朋寿一人也。否则为社会服务，亦自有乐趣。

总之，朋寿是个负罪之人，与卿只有此缘，既负生，又负死，还望爱卿谅其苦衷，勿再以我为念。是我身虽去，自觉了无挂念，草此留字，聊代面谈。并祝幸福！

朋寿白
即日


友竹读完了这封信，顿时面色灰白，"呀"的一声，不觉倒身地下大哭起来。春红不知道是什么缘故，紧紧奔入新房，一见友竹倒地痛哭，大吃一惊，连忙把她扶到床上，又连喊："少奶，你是为什么啦？"友竹这时心如刀割，哪有回话告诉春红？春红见她不语，因又急到上房去报告老太太。柳老太太一听，忙扶着春红进新房来。这时友竹已哭得泪人一般，柳老太见她没头没脑地痛哭，遂坐在床边，拉了她手叫道：

"我儿，你快说呀！为什么要这么伤心呢？到底是为了什么事啦？"

友竹方才从床上坐起，哽咽着道：

"朋寿他出家了。"

只说一句，又呜咽起来。柳老太一怔道：

"你快别哭，什么？萱儿出家了？那你为什么放他走啊？"

友竹因把朋寿留的书给柳老太瞧。柳老太这时也急起来，连连骂着朋寿不孝："我养了你这么大，你竟这样狠心地抛了老母、妻子去了。"

说着，那眼泪也掉了下来。春红听朋寿出家，一时心中也又恨又急，因插嘴道：

"少爷既做和尚去了，太太和少奶哭也没有用，还是快快设法把少爷去追转来要紧。"

柳老太给她一语提醒，连忙拭泪道：

"春红这话不错，我瞧媳妇还是先到兰心里去找他，也许他还没有动身哩！"

友竹一听，便停止了哭，也不洗脸，就匆匆跳上汽车。谁知到兰心里一问，赵太太说：

"朋寿自昨日回去，今天并没有来过。"

友竹一时急得六神无主。王氏又问：

"朋寿怎么了？"

友竹也无暇回答，转身出了兰心里，遂坐车到朋寿友人处去探问，不料都说并没有来过。这时天色又黑下来，友竹心想：不要朋寿假说出家，也许开着旅馆在自杀，这可怎么办？因叫阿二又把车开到各大旅馆，一家一家地前去查问，哪里有朋寿的只影？只见别人家一对对的青年情侣，臂挽臂地进进出出，瞧在友竹的眼中，心中更觉酸楚。时候一分一刻过去，倒已是九点多了，友竹也忘了肚饿，意欲再找过去，倒是阿二道：

"少奶还是回家去吧，老太太等着也许心焦了呢！偌大的上海，一时又哪儿去找？我瞧明天登报找寻好了。"

友竹听了，也觉有理，只好坐回家去，一路上又抽抽噎噎地哭了一会儿。到了家里，老太太急问：

"有下落没有？"

友竹摇头叹气。春红又问：

251

"少奶可吃了饭？"

友竹道：

"我哪儿还吃得下饭？"

说着，又淌下泪来。婆媳两人哭了一会儿，春红因扶友竹回房，一面又端上一碗燕窝粥，对友竹垂泪道：

"少奶，已十点多了，多少吃一些，饿坏了身子可怎么办？明天登了报，少爷也许会回来的。"

友竹道：

"你放着，我不想吃。"

春红道：

"你吃了，好服侍你睡觉，时候不早呢。"

友竹道：

"我理会得，你自去睡吧。"

春红因自退出。友竹对灯垂了一会儿泪，窗外秋风吹得紧，四周悄悄无声，忽听得隔壁收音机中播送出一阵歌曲。

好花不常开，好景不常在。

愁堆解笑眉，泪洒相思带。

今宵离别后，何日君再来？

玉漏频相催，良辰去不回。

一刻千金价，痛饮莫徘徊。

今宵离别后，何日君再来？

《何日君再来》的歌曲在夜的空气中轻松地激荡着，触在友竹的耳鼓里，是更觉得哀怨凄惨，那两行晶莹莹的热泪只管扑簌簌地滚下来。这晚，友竹睡在床上，通宵不曾合眼，足足地却念了一千遍的"何日君再来"。

次日，友竹便和柳老太说，叫阿二到报馆去登报招寻。柳老太十分赞成，叫友竹拟草稿。友竹拟就，吩咐阿二前去，自己坐车又到一心女学校，把朋寿的留字给夏一心看。一心好生奇怪：怎么朋寿会出家呢？因一面劝慰友竹，一面相帮到处去寻觅，无奈朋寿已到南京，一心纵然热心替她在上海地方找寻，你想又哪能够找寻得到？从此以后，友竹便天天度着她泪天中的生活了。柳老太躺在床上，憔悴得百病丛生，睡梦中也时时喊着："朋寿，我的儿啊！"兰心里的赵太太和王氏也已知道这个消息，所以时常遣人来问。这样过了一星期，依然石沉大海，消息杳然。这天一心有事，要到南京去一次，顺便到柳家来告诉友竹，说自己在上海地方已没有一处不代为探听，只是没有下落，现在我想到了南京，再在南京登报找寻，万一有了着落，自当打电报前来通知。友竹听了，感激得了不得，连连道谢。

过了两天，一心从南京果然有电报到来，说南京有个清凉寺，寺中方丈名叫云禅，前曾剃度一个门徒，法名柳子虚，不晓得子虚是否即是朋寿。但子虚现在已到山东朝泰山云游去了，请友竹即日寄一个朋寿照片到南京，以备往云禅处叫他一认。如果真是朋寿，那就不怕没有下落了。友竹接到电报，连夜把照片寄给一心，未知能否寻着，请看下一节里的事实吧。

# 第十六回

# 云破大悲庵

　　一心到南京的日子，恰值首都佛教救护团于是日开成立大会，会长云禅法师曾托中央民众教育馆会长高天民转邀几位大教育家于开会日登台演讲。高天民和夏一心是多年知友，所以一心到首都便即去拜访天民，天民一见，便笑着欢迎道：

　　"老夏，你来得正好。"

　　一心忙道：

　　"有什么事啦？"

　　天民便把佛教救护团开成立大会的事告诉一遍，并邀一心到会去演讲。一心听了，暗想：我为了朋寿，正要找个僧人探听探听，现在正是以公带私，再好也没有了。因便满口地答应。两人遂坐车到会，见过云禅，彼此介绍，因时间局促，不多一会儿，就开会了。当时先由会长云禅报告开会宗旨，继由一心演讲救护团成立之必要，一时听者无不动容，个个鼓掌欢呼，自愿入团工作。待大会闭后，便由云禅接待一心到客室长谈，招待颇为周到。天民因有事先走，一心遂开口问道：

　　"请问法师，敝友柳君有一子名叫朋寿，最近出家，不知各寺中近日未悉有无其人？"

　　云禅道：

　　"贫僧于上月间曾经剃度一个门徒，俗名柳子虚，是上海人，却没有柳朋寿。"

一心因又把朋寿的年龄、容貌说了一遍。云禅道：

"朋寿现在可有照片吗？"

一心道：

"照片倒不曾随身带得，我想过会儿打个电报去向他家里要一张，等他寄到后，倘子虚即是朋寿，还请法师叫他赶紧回家。因朋寿的家里尚有老母少妻，实在是个不能出家的人。"

云禅道：

"这事是很容易的。不过子虚于四日前业已往山东朝泰山去，此刻行踪无定，此去多则一月，少则半月，待他回寺之后，自当遵命嘱他早日回家。"

一心听他这样说法，当然表示无限感激，一面便告别云禅，一面便打电报向友竹要照片去。

且说朋寿自拜在云禅座下，在寺中约住了半月，他便向云禅禀明，往朝东岳泰山去。这时朋寿身披百衲，头戴竹笠，脚踏芒鞋，栉风沐雨，披月戴星，在路行程，已非一日。那天正是初冬气候，银霜满地，木叶尽脱，远望泰山苍苍，已耐着寒绿。朋寿见嵯峨的山脉已在眼前，知离山已不多远，因此愈加兴奋。又过了两天，方才步到山麓，但见奇峰突起，绵亘千里，天际白云遮住山腰，看不完的山花野草，听不尽的流水鸣泉。一声声的钟声梵音，听在人的耳里，顿觉万虑俱寂，百念皆消。山的南麓，有一个云林草庵，朋寿便息足其中，庵里住持名叫不尘，湖南人，知朋寿系从南京清凉寺而来，招待颇为周到。朋寿游山玩水，从此便在庵中耽搁下来。一日，他想去看东海浴日的奇观，便于五鼓起身，独自跑到南天门的日观峰，只觉山腰际起，云向脚底生，白漫漫地不辨东西南北。站了一会儿，那百衲衣上亦觉潮润如雨，朋寿因拣一块山石上坐下，远望东海，只见水接天、天连水。再过了一会儿，便有一片红光由海面浮动荡漾，浪花涌起，好像一座小山，愈涌愈高，照得波心尽赤，后来那海面上便慢慢涌出半轮红日，好像是个火球，一半浸在水里，一半却现在海面，那整个的太阳便像在海水中洗浴的一般，晨风吹来，太阳在海水里忽吞忽吐。过了一会儿，那太阳便凌空而起，离海面有一丈多高，但见波光万道，好像万点龙鳞。朋寿到此，不禁叹为奇观，此时满天的蔚蓝已化为紫色，大地上顿时现着光明。朋寿尽兴而回，慢慢地步下半山，早已炊烟四起，将近午饭的时候了。朋寿便坐在山坳里一个大悲庵门首休息，在身边取出干粮，竟欲果腹后再行回到云林草庵去。谁知这个时候，突有一乘肩舆由山麓抬至山门，轿后还随着一个小使，那轿一到大悲庵门首，轿夫早把轿子放下，这时由轿内跳出一个素衣缟服的女郎，虽然是形容憔悴，但淡淡两弯眉月，细细一个身材，却终掩不住她的美丽。朋寿瞧了，暗想：山坳里面难道是个菩萨化身吗？正在呆呆地出神，不料那女郎一见朋寿，便即直奔过来，把朋寿的袈裟抱住痛哭，口中还连连喊道：

"朋哥，朋哥，你竟真的会出家了吗？这是我害你了，这是我害你了！"朋寿给她突然地抱住痛哭，心中倒吃了一惊，仔细向她一认，原来那个女郎不是别人，正是自己的同学赵笑云，一时又惊又喜，倒反而说不出一句话来。这时，两人的心中都起了一个误会，笑云以为自己和葆青的订婚，朋寿他是早已知道的，所以他看破红尘，立誓出家，以应当初我俩相爱的誓言，现在他把一切所有的幸福统统捐弃，那不是我害了他的一生吗？因此她见了朋寿，只说了一句"真为我而出家了吗"，此外便一句也说不出，只会顿脚地痛哭。在朋寿这时的心里想，以为自己既娶了友竹，现在却把她抛弃，是害了她的终身，杏云和葵秋又都为了我而牺牲生命，今日我在这里，又遇到了笑云，这叫我又怎样地对她表明心迹呢？因此呆呆地也说不出一句话了。两人对泣了一会儿，笑云心想：爸爸强迫我和葆青订婚，我原不愿意，今朋哥果然出家，他真是个信人。他的心中一定是万分悲痛，我岂能独自在世界上享荣华吗？笑云想罢，瞥眼见山门前有个舍身水池，于是她便又叫声朋哥道：

"妹子今生不能和哥哥结成终身伴侣，妹子实非常抱歉，今天在哥哥跟前表明心迹，万望哥哥原谅。"

说毕，便把朋寿的身子一推，纵身向池内跃入，朋寿欲待把她拉住，但见池中水花四溅，一代美人，早已香消玉殒。这时跟笑云来的小厮和轿夫初见笑云抱着和尚大哭，大家已经不胜诧异，此刻忽然又跳入池内舍身死去，更加目瞪口呆，欲待跳入池内去救，可是这个池四围虽圈着小小的石栏，但其下深有万丈，直通东海，故名舍身池，谁肯冒险下去？只在岸上急得跳脚。朋寿见笑云突然自尽，他觉得她是已登彼岸，自己更加觉得四大皆空，一时跪到尘埃，向池中顶礼膜拜，口中又念："大慈大悲，救苦救难。南无佛南无法。"小使这时再也忍耐不住，便奔上来将朋寿的袈裟拉住，狠狠地骂道：

"你这个和尚，好生无礼，怎么把我们小姐逼到池里去了？现在我没有办法，你快跟我一同见主人去吧！"

朋寿一听，慌忙问道：

"小哥别怒，你家小姐怎么会到这儿来？你家主人为什么不和你小姐同来呢？"

小使道：

"我家小姐因为想念老太太过世，今天特地回明老爷，来此大悲庵进香祝福，不料碰到你这个和尚，她便跳到池中自尽。这其中定有蹊跷，非你这和尚向我家老爷自去说明不可。"

朋寿听小使这样说，便又把两手合十说道：

"阿弥陀佛，你家小姐的死是大家都瞧见的，出家人又哪里知道她呢？"

轿夫道：

"这不关和尚的事，小哥，你也不要冤枉好人。况且小姐跳下去的时候，和尚也曾要拉住她，无奈这样冷不防的事情，又哪里叫人料得到她呢？"

小使听了，呆了半晌，因又问朋寿道：

"我家小姐认得你吗？她为什么要抱着你大哭呢？"

朋寿道：

"出家人哪里认得闺阁小姐？恐怕你小姐认错了人吧。"

轿夫这时又对小使道：

"你不用与和尚多缠，我瞧小哥还是坐在轿里，我们抬你回家报告你老爷去。难道你还要向和尚讨人不成？"小使仔细一想，觉得轿夫的话也颇有理，遂含泪又向池中望了望，但见一片漆黑，深无底止，心中一阵悲酸，又大哭小姐，匆忙坐轿而去。

朋寿直等他们去远，重新又扑到池边，放声大哭。朋寿这一哭，是哭着笑云呢，还是哭着杏云和葵秋？抑并哭着友竹和自己？在朋寿当时的心中，当然是百感交集，万念俱灰。朋寿哭了许久，方才停止。他又觉悟过来，想笑云、杏云、葵秋、友竹，她们和自己虽有死别生离的不同，但都逃不了一个"孽"字。冤孽宜解，罪孽宜忏，我今给她们终生忏悔罪孽，也许天可怜的，超彼冤魂，脱我罪孽了。因此他对着池水，又静默了一会儿，收束泪痕，慢慢地踱到山下云林草庵，随着不尘大师念了一会儿佛，做了一会儿功课。这时朋寿口中虽然念着弥陀，但心里实在却念着笑云，所以他身子是在蒲团上打坐，而他脑际里则一幕一幕地映着和笑云由友谊而到情人的经过，最后又映到眼前两人抱头痛哭，笑云舍身入池的一幕。一时心中忐忑跳跃不停，恍惚间眼前忽然觉得一道光明，现着三朵莲座，座上坐着三尊菩萨，一会儿那三尊菩萨又变为三个丽人，一个像杏云，一个像葵秋，一个像笑云，都含着笑脸，用手招着朋寿。朋寿见这三个人都不曾死去，一时乐得心花怒放，正欲跳下蒲团和三人前去握手，霎时间却见杏云怒目握拳，葵秋愁眉苦脸，笑云则掩面大哭，三人好像又都骂着朋寿负心。朋寿见了，又不敢伸过手去，慌忙伏地哀号，求三人谅其心迹。正在一心祈祷，抬头瞧去，却又不见三人，自己身旁坐着一个老妪，竟是妈妈柳老太，还有一个少妇，又是自己妻子友竹姊，友竹旁边尚有一个丫鬟，好像是春红。朋寿心中好生惊讶，正在这时，春红忽然竟直扑朋寿，要和他拥抱接吻，口中还喊着少爷道："你怎么狠心出家了？你说待娶了少奶，许我做个姨奶奶，叫我先顺从你。现在我的身子倒已给了你，少爷，你怎么不给我收房呢？"朋寿听春红把自己从前的秘密都嚷出来，一时万分惶恐，又恐妈妈责骂，又恐友竹生气，因一面推着春红，一面连忙丢个眼色，意思是快叫春红不要说下去，谁知春红并不理会，两手早把朋寿身子抱住，要他同到床上去。朋寿大吃一惊，这一惊竟出了一身冷汗，大喝："婢子胡闹！"慌忙睁眼一瞧，原来却是一个大梦。回视自己，依然坐在蒲团，对着一盏孤灯，哪里有春红？哪里有友竹？哪里有妈妈？更哪里有笑云、杏云、葵秋？这时耳中所闻到的，只有山脚下树林中发出来一阵呼呼的风声，吹入肺腑，顿觉肌骨生寒，毛发悚然。朋寿那时恍然大彻大悟，回忆方才梦境，真是烦恼无穷，永世不得解脱，我今若不再收摄心神，纵然与友竹、春红过着甜蜜温柔的生活，但人生百年，亦不过是大梦一场，等到大梦醒时，到底万事俱空，还不如天地为庐，日月为灯，唯此身之所适，到处得随遇而安，了无挂碍，那不是自然界的一个自然身体吗？从此以后，朋寿的一腔热血愈加变成为一片冰心，住在庵中，念佛而外，便和不尘谈着禅门正宗、我佛内典，把经中所有真谛互相参透阐发，倒也非常得意。

光阴迅速，转眼又过残冬，朋寿乘着大地回春，便又离开云林草庵，云游到中岳、西岳去，从此四海为家，不知所终了。

再说一心接到朋寿照片，立刻又到清凉寺来见云禅法师。云禅见了照片，便说：

"就是这个人。"

一心心中很是喜欢，便恳求云禅：

"如朋寿回寺，即速嘱他回家。"

云禅连连答应。

一心在南京耽搁半月，事务了毕，遂欲回上海来。临走又到清凉寺问讯，知朋寿仍未到寺，心中颇觉闷闷，只好托云禅：

"朋寿来时，请打电报通知。"

一面便回到上海。先到柳家告诉柳老太太和友竹，这个子虚果然是朋寿，但他朝泰山去却不曾回来，现已托云禅的话，也说一遍。柳老太和友竹当然十分感激。如此又过了两月，朋寿依然石沉大海，友竹从此春闺寂寂，时时念着"何日君再来"。这正是废历的大年夜，友竹独坐灯下，把朋寿留下的书信又从头地细细念着，只觉旧恨新愁陡上心头，一面想着杏云、葵秋两人，她们和朋寿是很沉痛地死别了，自己对于朋寿，虽然不曾死别，但生离的痛苦实较死别更觉伤心。想到这里，那眼泪早已扑簌簌地滚下来，滴到信笺上，成了一大堆泪水渍。因忙把信笺慢慢地收过，口中又念着一个《如梦令》道：

　　谁伴明窗独坐？我共影儿两个。灯烬欲暝时，影也把人抛躲。无奈，无奈，好个凄惶的我。

　　睡不稳纱窗风雨黄昏后，忘不了新愁与旧愁，一寸相思一寸灰，此恨绵绵问阿谁。此景此情，不特友竹此时心里难堪，恐阅者诸君将亦不忍再读了。

附　　录

# 从鸳鸯蝴蝶派谈到冯玉奇小说

裴效维

《民国通俗小说典藏文库·冯玉奇卷》将收录冯玉奇的百余种小说作品，此举极其不易。现在，我愿以这篇文章给出版者呐喊助威。尽管我人微言轻，但我毕竟是一个中国文学的研究者，为鸳鸯蝴蝶派说些公道话是我的责任。

冯玉奇是一位鸳鸯蝴蝶派作家，因此我们要想了解冯玉奇，必须首先厘清有关鸳鸯蝴蝶派的一些问题。

## 一、何谓鸳鸯蝴蝶派

鸳鸯蝴蝶派作家平襟亚在《关于鸳鸯蝴蝶派》（署名宁远）一文中对鸳鸯蝴蝶派的来历说得很清楚：

> 鸳鸯蝴蝶派的名称是由群众起出来的，因为那些作品中常写爱情故事，离不开"卅六鸳鸯同命鸟，一双蝴蝶可怜虫"的范围，因而公赠了这个佳名。
>
> ——载香港《大公报》1960 年 7 月 20 日

可见鸳鸯蝴蝶派并不是一个有组织有宗旨的小说流派，而是因为当时流行的言情小说多写一对对恋人或夫妻如同鸳鸯蝴蝶般相亲相爱，形影不离，因而民间用鸳鸯蝴蝶小说来比喻这种言情小说，那么这种言情小说的作家群当然也就是鸳鸯蝴蝶派了。这种说法应该是可信的，因为民间常用鸳鸯和蝴蝶来比喻恋人或夫妻，很多民间文学作品中不乏其例。这一比喻非常形象生动，但并无褒贬之意，因此不胫而走。

传到新文学家那里，便加以利用，并赋予贬义，作为贬低对手的武器。但新文学家对鸳鸯蝴蝶派的界定并不一致，大致有两种看法。

一种看法认同民间的比喻说法，即将鸳鸯蝴蝶派小说局限为通俗小说中的言情小说，将鸳鸯蝴蝶派局限为言情小说作家群。鲁迅是这种看法的代表，他在 1922 年所写的《所谓"国学"》一文中说："洋场上的文豪又作了几篇鸳鸯蝴蝶派体小说出版"，其内容无非是""卿卿我我''蝴蝶鸳鸯'"（载《晨报副刊》1922 年 10 月 4 日）。又于 1931 年 8 月 12 日在社会科学研究会做了《上海文艺之一瞥》的长篇演讲，其中对鸳鸯蝴蝶派小说更做了形象而精辟的概括：

> 这时新的才子+佳人小说便又流行起来，但佳人已是良家女子了，和才子相悦相恋，分拆不开，柳阴花下，像一对蝴蝶、一双鸳鸯一样。

——连载于《文艺新闻》第 20、21 期

此外，周作人、钱玄同也持这种看法。周作人于 1918 年 4 月 19 日在北京大学文科研究所小说研究会做《日本近三十年小说之发达》的演讲中，就说现代中国小说"还有《玉梨魂》派的鸳鸯蝴蝶体"（载《新青年》第 5 卷第 1 号）。次年 2 月，周作人又发表《中国小说里的男女问题》（署名仲密）一文，认为"近时流行的《玉梨魂》，虽文章很是肉麻，（却）为鸳鸯蝴蝶派小说的鼻祖"（载《每

264

周评论》第 5 卷第 7 号)。与周作人差不多同时，钱玄同在 1919 年 1 月 9 日所写的《"黑幕"书》一文中也说："人人皆知'黑幕'书为一种不正当之书籍，其实与'黑幕'同类之书籍正复不少，如《艳情尺牍》《香闺韵语》及'鸳鸯蝴蝶派小说'等等皆是。"（载《新青年》第 6 卷第 1 号）这种看法后来被人称之为"狭义的鸳鸯蝴蝶派"看法。

另一种看法却将鸳鸯蝴蝶派无限扩大，认为民国年间新文学派之外的所有通俗小说作家都是鸳鸯蝴蝶派，他们的所有通俗小说都是鸳鸯蝴蝶派小说。这种看法的代表人物是瞿秋白和茅盾。瞿秋白从小说的内容方面来扩大鸳鸯蝴蝶派小说的范围，他在《财神还是反财神》一文中说，"什么武侠，什么神怪，什么侦探，什么言情，什么历史，什么家庭"小说，都是鸳鸯蝴蝶派小说（见人民文学出版社 1953 年 10 月版《瞿秋白文集》）。茅盾则从小说的形式方面来扩大鸳鸯蝴蝶派小说的范围，他在《自然主义与中国现代小说》一文中认定鸳鸯蝴蝶派小说包括"旧式章回体的长篇小说""不分章回的旧式小说""中西合璧的旧式小说""文言白话都有"的短篇小说（载 1922 年 7 月《小说月报》第 13 卷第 7 号）。这种看法后来被人称之为"广义的鸳鸯蝴蝶派"看法，而且逐渐成为主流看法，以致后来的文学研究者都接受了这种看法。

新文学家不仅在鸳鸯蝴蝶派的界定问题上分成了两派，而且在鸳鸯蝴蝶派的名称上也花样百出。如罗家伦因为徐枕亚等人好用四六句的文言写小说，便称其为"滥调四六派"（见署名志希的《今日中国之小说界》，载 1919 年《新潮》第 1 卷第 1 号），但无人响应。郑振铎因为《礼拜六》杂志为鸳鸯蝴蝶派的主要刊物之一，便称其为"礼拜六派"（见署名西谛的《新文学观的建设》一文，载 1922 年 5 月 21 日《文学旬刊》第 38 号）。这一说法得到了周作人、茅盾、瞿秋白、朱自清、阿英、冯至、楼适夷等人的响应，纷纷采用，以致使用频率越来越高，知名度越来越大，终于成为鸳鸯蝴蝶派的别称了。于是"鸳鸯蝴蝶派"和"礼拜六派"两个名称便被新文学家所滥用。如郑振铎在《新文学观的建设》一文中称"礼拜六派",而在《〈文学论争集〉导言》一文中却称"鸳鸯蝴蝶派"(见上海良友图书公司1935年10月出版的《新文学大系·文学论争集》卷首)。还有人在同一篇文章里既称鸳鸯蝴蝶派,又称礼拜六派。如阿英在1932年所写的《上海事变与鸳鸯蝴蝶派文艺》一文中说:张恨水的所谓"国难小说",与"礼拜六派的作品一样,是鸳鸯蝴蝶派的一体","充分地说明了鸳鸯蝴蝶派的作家的本色而已"(见上海合众书店1933年6月出版的《现代中国文学论》)。

茅盾在20世纪70年代觉得统称鸳鸯蝴蝶派或礼拜六派都不合适,于是提出了一个折中的看法,他在《紧张而复杂的生活、学习与斗争(上)——回忆录(四)》中说:

> 我以为在"五四"以前,"鸳鸯蝴蝶派"这名称对这一派人是适用的。……但在"五四"以后,这一派中有不少人也来"赶潮流"了,他们不再老是某生某女,而居然写家庭冲突,甚至写劳动人民的悲惨生活了,因此,如果用他们那一派最老的刊物《礼拜六》来称呼他们,较为合式。

——载1979年8月《新文学史料》第4辑

事实是该派在"五四"前后没有根本变化,都是既写言情小说,又写其他小说,将其人为地腰斩为两段,既显得武断,又无法掩盖当时的混乱看法。

这些混乱的看法导致后来的文学研究者无所适从:或沿用"鸳鸯蝴蝶派"的说法(如北大本《中国文学史》和《中国小说史稿》、复旦本《中国文学史》和《中国近代文学史稿》等);或沿用"礼

266

拜六派"的说法（如山东师院本《中国现代文学史》等）；或干脆别出心裁地称之为"鸳鸯蝴蝶—礼拜六派"（见汤哲声《鸳鸯蝴蝶—礼拜六小说观念的价值取向及其评价》，载《苏州大学学报》1992年第2期）。这可真算是中国小说史上的一出有趣的滑稽戏了。

## 二、如何评价鸳鸯蝴蝶派

鸳鸯蝴蝶派的开山作品是1900年陈蝶仙的言情小说《泪珠缘》，因此鸳鸯蝴蝶派应该是指言情小说派，这也就是后来的所谓"狭义的鸳鸯蝴蝶派"，但被新文学家扩大为"广义的鸳鸯蝴蝶派"，实际上也就是民国通俗小说派。

鸳鸯蝴蝶派与同时期的"南社"不同，既没有组织，也没有纲领，而是一个在思想倾向和艺术风格上大体相同或相近的小说流派，连"鸳鸯蝴蝶派"这一招牌也是别人强加给它的。然而客观地说，鸳鸯蝴蝶派确实是一个产生过巨大影响的小说流派。在"五四"以前的近二十年间，它几乎独占了中国文坛；在"五四"以后的三十年间，虽然产生了新文学，但新文学只是表面上风光，而鸳鸯蝴蝶派却一派兴旺发达景象。我对"广义的鸳鸯蝴蝶派"做过不完全的统计：该派作家达数百人，较著名者有一百余人，所办刊物、小报和大报副刊仅在上海就有三百四十种，所著中长篇小说两千多种，至于短篇小说、笔记等更难以计数。在此前的中国文学史上，还没有哪个文学流派有过如此宏大的规模，产生过如此巨大的影响。

鸳鸯蝴蝶派由于规模宏大，又处在历史的一个巨变时期，其成员的确鱼龙混杂，其作品也良莠不齐，但总体来说，它形象地记录了中国二十世纪前五十年的历史，为中国读者提供了丰富的精神食粮，对中国小说的传承起过积极作用，因此应该给予充分的肯定。

鸳鸯蝴蝶派小说已经不是中国传统通俗小说的复制，而是一种改良的通俗小说。在形式方面，它既采用章回体，也采用非章回体，甚至采用了西洋小说的日记体、书信体等，至于侦探小说则更是完全模仿自西洋小说。在艺术手法方面，受西洋小说的影响非常明显，如增加了人物形象和景物描写，结构与叙事方式也趋于多样化，单线和复线结构并用，第三人称和第一人称叙述法兼施，还采用了倒叙法和补叙法。在内容方面，鸳鸯蝴蝶派小说已经扩大了描写范围，反映了当时社会生活的各个方面，甚至已经紧跟时事，及时反映当前的社会现实，被称为"时事小说"。如李涵秋的《广陵潮》描写辛亥革命，而他的《战地莺花录》则描写五四运动，这种及时反映当时发生的重大政治事件的小说，与多写历史故事的古代小说完全不同，显然是一大进步。鸳鸯蝴蝶派的言情小说，也不同于古代的才子佳人小说，而是一种新才子佳人小说。古代的才子佳人小说因面对森严的封建礼教，只能写才子与佳人偶尔一见钟情，以眉目传情或诗书传情的方式进行交流，最后皆是有情人终成眷属的大团圆结局。而这种大团圆结局完全是人为的：或出于巧合，或由于才子金榜题名，皇帝御赐完婚，这就完全回避了封建包办婚姻的问题。而民国年间的封建礼教已经在一定程度上松绑，尤其像上海、北京等大城市得风气之先，恋爱自由和婚姻自主思想已经渐入人心。因此有些鸳鸯蝴蝶派的言情小说也突破了古代才子佳人小说的窠臼，才子佳人已经敢于"相悦相恋，分拆不开，柳阴花下，像一对蝴蝶、一双鸳鸯一样"。其结局也不再全是有情人终成眷属的大团圆，而是"有时因为严亲，或者因为薄命，也竟至于偶见悲剧的结局……这实在不能不说是一个大进步"（鲁迅《上海文艺之一瞥》，连载于1931年7月27日、8月3日《文艺新闻》第20、21期）。言情小说由大团圆结局到悲剧结局的确是一个大进步，因为前者是回避封建包办婚姻礼制，而后者是控诉封建包办婚姻礼制。而这一进步的开创者是曹雪芹和高鹗，他们在《红楼梦》里所写的婚姻差不多都是悲剧。因此胡适称赞《红楼梦》不仅把一个个人物"都写作悲剧的下场"，而且最后"作一个大悲剧的结束，打破了中国小说的团圆迷信"

（《〈红楼梦〉考证》，见 1923 年亚东图书馆版《胡适文存》）。可见鸳鸯蝴蝶派的言情小说在一定程度上继承了《红楼梦》开创的爱情婚姻悲剧模式，因而具有相当的反封建意义。我们可以徐枕亚的《玉梨魂》为例加以说明，因为该小说被新文学家指为鸳鸯蝴蝶派的代表性作品。

《玉梨魂》的故事很简单——清末宣统年间，小学教员何梦霞与年轻寡妇白梨影相爱，但两人均认为他们的这种行为是不道德的。为了得到感情的解脱，白梨影想出个"移花接木"的办法，即撮合何梦霞与自己的小姑崔筠倩订了婚。然而何梦霞既不能移情于崔筠倩，白梨影也无法忘情于何梦霞，结果造成了一连串的悲剧——白梨影在爱情与道德的激烈冲突下郁郁而死；崔筠倩因得不到何梦霞之爱而离开了人世；白梨影的公公因感伤女儿、儿媳之死而一病身亡；白梨影的十岁儿子鹏郎成了孤儿。何梦霞为排遣苦闷，先赴日本留学，继又回国参加了辛亥武昌起义（即辛亥革命），壮烈牺牲。

《玉梨魂》不仅描写了一个爱情婚姻悲剧，而且不同于一般的爱情婚姻悲剧。一般的爱情婚姻悲剧都是由封建势力造成的，即由包办婚姻造成的；而《玉梨魂》所写的爱情婚姻悲剧，其原因却是何梦霞和白梨影自身的封建道德。他们既渴望获得恋爱自由和婚姻自主的权利，又不能摆脱封建道德和封建礼教的束缚，两者激烈冲突，造成三死一孤的惨剧。从而揭露了封建道德和封建礼教的影响力是多么巨大，它已深入人们的骨髓，使其不能自拔。因此，它的反封建意义比一般的爱情婚姻悲剧更为深刻。

其实，新文学阵营也不是铁板一块，虽然大多数新文学家对鸳鸯蝴蝶派全盘否定，但也有少数新文学家态度比较客观，他们对鸳鸯蝴蝶派也给予一定的肯定。鲁迅是其中最突出的一位，他不仅认为某些鸳鸯蝴蝶派的悲剧言情小说是"一大进步"，而且不同意某些新文学家对鸳鸯蝴蝶派消极影响的夸大其词。他说：

至于说他流毒中国的青年，那似乎是过虑。倘有人能为这类小说所害，则即使没有这类东西也还是废物，无从挽救的。与社会，尤其不相干，气类相同的鼓词和唱本，国内非常多，品格也相像，所以这些作品也再不能"火上添油"，使中国人堕落得更厉害了。

——《关于〈小说世界〉》，载《晨报副刊》
1923 年 1 月 15 日

这种客观的观点与前述周作人无限夸大鸳鸯蝴蝶派作品能使国民生活陷入"完全动物的状态"乃至"非动物的状态"的观点形成了鲜明对比。当抗日战争爆发后，鲁迅更提倡文学界的抗日统一战线，主张团结鸳鸯蝴蝶派一起抗日。他说：

我以为文艺家在抗日问题上的联合是无条件的，只要他不是汉奸，愿意或赞成抗日，则不论叫哥哥妹妹，之乎者也，或鸳鸯蝴蝶都无妨。但在文学问题上我们仍可以互相批判。

——《答徐懋庸并关于抗日统一战线问题》，
载《作家》月刊第 1 卷第 5 期

鲁迅不仅提倡团结鸳鸯蝴蝶派一起抗日，而且主张新文学派与鸳鸯蝴蝶派在文学问题上"互相批判"，这种平等对待鸳鸯蝴蝶派的度量，也与那些视鸳鸯蝴蝶派如寇仇，必欲置诸死地而后快的新文学家形成了鲜明对比。

对鸳鸯蝴蝶派给予肯定的不只鲁迅，还有朱自清和茅盾。朱自清认为供人娱乐是中国传统小说的特点，因此不赞成将"消遣"作为罪状来批判鸳鸯蝴蝶派小说。他说：

> 在中国文学的传统里，小说……更是小道中的小道，就因为是消遣的，不严肃。不严肃也就是不正经，小说通常称为"闲书"，不是正经书。……鸳鸯蝴蝶派的小说意在供人们茶余酒后的消遣，倒是中国小说的正宗。
>
> ——《论严肃》，载《中国作家》创刊号

茅盾也承认鸳鸯蝴蝶派小说也"写家庭冲突，甚至写劳动人民的悲惨生活"。他还从艺术性方面对鸳鸯蝴蝶派小说给予一定肯定。他认为鸳鸯蝴蝶派的有些长篇小说"采用西洋小说的布局法"，如倒叙法、补叙法，以及人物出场免去套语、故事叙述"戛然收住"等等，这一切是对"旧章回体小说布局法的革命"。还认为鸳鸯蝴蝶派的有些短篇小说学习了西洋短篇小说"截取一段人生来描写，而人生的全体因之以见"的方法："叙述一段人事，可以无头无尾；出场一个人物，可以不细叙家世；书中人物可以只有一人；书中情节可以简至只是一段回忆。……能够学到这一层的，比起一头死钻在旧章回体小说的圈子里的人，自然要高出几倍。"（《自然主义与中国现代小说》，载 1922 年 7 月 10 日《小说月报》第 13 卷第 7 号）

鲁迅、朱自清、茅盾毕竟属于新文学派，因此他们对鸳鸯蝴蝶派的肯定是有限的。我们应该摆脱成见与束缚，从中国文学史的角度，对鸳鸯蝴蝶派做出客观公正的评价。

## 三、如何看待冯玉奇的小说

我们澄清了以上有关鸳鸯蝴蝶派的三个问题，等于为介绍冯玉奇的小说提供了一个坐标，也等于为读者提供了一把参照标尺。读

者用这把标尺，就可自行评判冯玉奇的小说了。

冯玉奇于 1918 年左右生于浙江慈溪，笔名左明生、海上先觉楼、先觉楼，曾署名慈水冯玉奇、四明冯玉奇、海上冯玉奇。据说他毕业于浙江大学（一说复旦大学）。1937 年九一八事变后寄居上海，感山河破碎，国事蜩螗，开始写作小说以抒怀。其处女作为《解语花》，由上海春明书店出版。出版后旋即由东方书场改编为同名话剧，演出后轰动一时。那时他才十九岁。由此一发而不可收，至 1949 年 7 月《花落谁家》出版，在短短十来年时间里，他创作的小说竟达一百九十多种，平均每年近二十种，总篇幅应该不少于三千万字，只能用"神速"来形容。这时他只有三十一岁。近现代文学史料专家魏绍昌先生（已去世）所编《鸳鸯蝴蝶派研究资料（史料部分)》（上海文艺出版社 1962 年 10 月出版）开列的《冯玉奇作品》目录只有一百七十二种，也有遗珠之憾。不过我们从这一目录中仍可确定冯玉奇是一位以写言情小说为主的通俗小说作家，因为在一百七十二种小说中，言情小说占有一百二十二种，其他小说只有五十种：社会小说三十四种、武侠小说十四种、侦探小说两种。

冯玉奇不仅是一位写作神速且极为多产的通俗小说作家，还是一位热心的剧作家和剧务工作者。早在他二十六岁（1944 年）时，就担任了越剧名伶袁雪芬的雪声剧团的剧务，并为之创作了《雁南归》《红粉金戈》《太平天国》《有情人》《孝女复仇》五大剧本，演出效果全都甚佳。在他二十七到二十八岁（1945～1946）时，又与他人合作，前后为全香剧团和天红剧团编导了《小妹妹》《遗产恨》《飘零泪》《义薄云天》《流亡曲》等二十多个剧本，演出效果同样甚佳。可见冯玉奇至少写过十几个剧本。

冯玉奇一生所写的小说和剧本总计不下两百五十种，总篇幅可能达到四千万字以上，是名副其实的"著作等身"，是当之无愧的中国最多产的作家，号称多产的同派小说家张恨水也难望其项背。当时的文学作品已是一种特殊商品，冯玉奇的小说如此畅销，其剧本演出又如此轰动，这足可以证明其受人欢迎，这就是读者和观众对冯玉奇的评价，它比专家的评价更为准确，也更为重要。遗憾的是，我们无法看到他的剧作和三十岁以后的作品，也不知其晚景如何，卒于何年。

从冯玉奇的生活年代和创作时段来看，他显然是鸳鸯蝴蝶派的后起之秀，所以尽管他作品如此之多，影响如此之大，而同派的老前辈却很少提到他，这也是"文人相轻"的表现之一。

按说要介绍冯玉奇的小说，应该将其全部小说阅读一遍，但我没有这么多时间，也没有这么大精力，因而只向中国文史出版社借阅了《舞宫春艳》《小红楼》《百合花开》三种，全都是言情小说。因此我只能以这三种言情小说为例加以介绍，这可能会犯以偏概全的错误，因此只能供读者参考。

《舞宫春艳》写了两个纠缠在一起的爱情婚姻悲剧故事：苏州富家子秦可玉自幼与邻居豆腐坊之女李慧娟相恋，由于门第悬殊，秦可玉被其父禁锢，二人难圆成婚之梦。不幸李慧娟生下了一个私生女鹃儿，只好遗弃，自己则郁郁而死。鹃儿被无赖李三子收养，长大后卖到上海做伴舞女郎，改名卷耳。中学生唐小棣先是爱上了姑夫秦可玉家的婢女叶小红，不料叶小红失踪，于是移情于卷耳，但无钱为卷耳赎身，两人感到婚姻无望，于是双双吞鸦片自尽。

《小红楼》的故事紧接《舞宫春艳》：曾经被唐小棣爱过的叶小红的失踪，原来也是被无赖李三子拐卖为伴舞女郎，小棣、卷耳自杀后，小红才被救了回来，并被秦可玉认为义女。经苏雨田介绍，与辛石秋相识相恋而订婚。同时石秋的姨表妹巢爱吾也爱石秋，但石秋既与小红订婚在先，便毅然与小红结婚。爱吾为了摆脱难堪的地位，离家出走，下落不明。石秋奉父命赴北平探望二哥雁秋，在火车站被人诬陷私带军火，被军人押到司令部。可巧爱吾此时已成为张司令的干女儿兼秘书，便设法救了石秋一命。但张司令强迫石秋与爱吾结婚，二人既不敢违命，又固守道德，便以假夫妻应付。

后来石秋回到家里，终于与小红团聚。

《百合花开》写了两个紧密相关的爱情婚姻故事：二十岁的寡妇花如兰同时被四十二岁的教育家盖季常和十八岁的革命青年盖雨龙叔侄俩所爱，而盖季常的十六岁侄女盖云仙又同时被三十六岁的银行家杨如仁和十九岁的革命青年杨梦花父子俩所爱。经过许多曲折后，终于两位长辈让步，盖雨龙与花如兰、杨梦花与盖云仙同场结婚。

由以上简单介绍可知，冯玉奇的这三种小说共写了五个爱情婚姻故事，其中两个是悲剧结局，三个是有情人终成眷属。这正如鲁迅所说："有时因为严亲，或者因为薄命，也竟至于偶见悲剧的结局……这实在不能不说是一个大进步。"其次，这三种小说的五个爱情婚姻故事，倒有四个是三角爱情婚姻故事，但它们的情况并不雷同。唐小棣、叶小红、卷耳的三角恋是一男爱二女，辛石秋、叶小红、巢爱吾的三角恋是两女爱一男，而盖季常、盖雨龙、花如兰和杨如仁、杨梦花、盖云仙的三角恋更为异想天开，竟然都是两辈嫡亲男人（叔侄、父子）同爱一个女子。可见冯玉奇极有编故事的才能，从而使作品更具吸引力和娱乐性。又次，这三种言情小说的描写极为干净，没有任何色情描写。除了秦可玉与李慧娟有私生女外，其他人都非礼勿言，非礼勿行。如辛石秋与叶小红因婚礼当天石秋之母去世，为了守孝，新婚夫妻在百日之内没有圆房。而辛石秋与姨表妹巢爱吾为了对得起叶小红，虽被张司令强迫成亲，却只做了几天假夫妻。

从表现形式和艺术手法来看，我觉得冯玉奇的小说与当时新文学的新小说都受了西洋小说的影响，基本相同。譬如：两者都突破了传统小说书名的套路，不拘一格，尤其采用了一字书名和二字书名，如冯玉奇有《罪》《孽》《恨》《血》和《歧途》《逃婚》《情奔》等；而巴金有《家》《春》《秋》，茅盾有《幻灭》《动摇》《追求》。两者的对话方式也突破了传统小说的套路，灵活自如：对话既可置于说话者之后，也可置于说话者之前，还可将说话者夹在两句或两段话之间。至于小说的结构法、叙述法与描写法，更是差不多的。譬如人物描写不再是"沉鱼落雁""闭月羞花""倾国倾城"之类的千人一面，景物描写也不再是"落红满地""绿柳成荫""玉兔东升"之类的千篇一律，而加以具体描绘。这里随便举一个例子：

> 小红坐在窗旁，手托香腮，望着窗外院子里放有一缸残荷，风吹枯叶，瑟瑟作响。墙角旁几株梧桐，巍然而立。下面花坞上满种着秋海棠，正在发花，绿叶红筋，临风生姿，可惜艳而无香，但点缀秋色，也颇令人爱而忘倦。

这是《小红楼》对莲花庵一角的景物描绘，虽然算不上十分精彩，但作者通过小红的眼睛描绘了院中的三样东西——风吹作响的"枯荷"、巍然挺立的"梧桐"、正在开花的"海棠"，从而衬托出莲花庵幽静的环境，曲折地表明了时在秋季。频繁使用巧合手法是冯玉奇小说的显著特点，可以说把所谓"无巧不成书"用到了极致。巧合手法有助于编织故事，缩短篇幅，增加作品的吸引力等，但使用过多则时有破绽，有损于作品的真实性。冯玉奇的某些小说也采用了章回体，但只是标题用"第×回"和对偶句，"却说""且听下回分解"之类的套语已不再经常出现，因此并非章回体的完全照搬。况且章回体并非劣等小说的标志，它在我国小说史上发挥过巨大作用，产生过杰出的四大古典小说。因此用章回体来贬低冯玉奇的小说，也是毫无道理的。

冯玉奇的小说也有明显的缺点。它们与其他鸳鸯蝴蝶派小说一样，主要注重小说的娱乐性，而忽视小说的社会性和艺术性，因此没有产生杰出的作品。他是南方人而小说采用北方话，加之写作速度太快，无暇深思熟虑，导致语言不够流畅，用词不够准确，还有许多错别字和语病。还有使用"巧合"法太多，有时破绽明显，这里不再举例。

　　总而言之，冯玉奇既不是"黄色"和"反动"小说家，也不是杰出小说家，而是一位勤奋多产、有益无害的通俗小说家，他应在中国小说史尤其是中国现代小说中占有一席之地。

　　　　　　　　　　　　　　　　2017 年 6 月 4 日于北京蜗居

**图书在版编目(CIP)数据**

春雨飞花·热血冰心/冯玉奇著. — 北京：中国文史
出版社，2018.3

(民国通俗小说典藏文库·冯玉奇卷)

ISBN 978 - 7 - 5205 - 0015 - 9

Ⅰ.①春… Ⅱ.①冯… Ⅲ.①长篇小说 - 中国 - 现代
Ⅳ.①I246.5

中国版本图书馆 CIP 数据核字(2018)第 010238 号

点　　校：吴　琼　清寒树

责任编辑：牟国煜

出版发行：**中国文史出版社**

网　　址：http://www.chinawenshi.net

社　　址：北京市西城区太平桥大街 23 号　邮编：100811

电　　话：010 - 66173572　66168268　66192736（发行部）

传　　真：010 - 66192703

印　　装：廊坊市海涛印刷有限公司

经　　销：全国新华书店

开　　本：720×1020　1/16

印　　张：17.75　　字数：227 千字

版　　次：2018 年 3 月第 1 版

印　　次：2018 年 3 月第 1 次印刷

定　　价：52.00 元